遅く起きた日曜日にいつもの自分じゃないほうを選ぶ　目次

JN057498

＊本書に掲載しているメニュー表記・価格は執筆時のものです。

まえがき

私の最初の著書『深夜高速バスに100回ぐらい乗ってわかったこと』がスタンド・ブックスから刊行されたのは2019年11月のことだった。続編にあたる本書に収めた文章の多くは、その後に私がいくつかのWEBメディアに向けて執筆したものや2019年以前に執筆していたもののなかから厳選したものである。

つまり、2020年初頭から世界中に広まりはじめた新型コロナウイルスによって生活様式が一変する以前の文章と、それ以降の文章が1冊の中に混在しているわけである。

通して読み直してみると、なんの不安も感じずに旅行に出かけ、居酒屋に飲みに行くことができた頃のことを思い出して懐かしい気もするが、しかし同時に、コロナ以前・以降とで自分のしていることがそれほど変わっていないことにも気づく。

気の向くままに散歩しては目についた店に入ってひと休みしたり、相手が許してくれる場合はその人の話をじっくりと聞かせてもらったり、どんなことにでもノリノリでつき合ってくれる友人たちと穏やかな時間を過ごしたり、そんなことを繰り返して日々を過ごしてきた。

本書のタイトルの元になった記事が掲載された「遅く起きた日曜日に」という連載は、ＷＥＢメディア『QJWeb クイック・ジャパン ウェブ』で２０２０年の３月から１年ほどにわたってつづいた。ほぼ丸ごとコロナ禍と時期が重なっていたが、連載をはじめるにあたって考えた「休日の昼下がりからでも味わえるようなちょっとした楽しみについて書く」というコンセプトはほとんど影響を受けることがなかった。むしろコロナ禍だからこそ、今まで以上に自分の住まいの近所に目を向ける機会を得たような気がした。

おかげで普段、何も考えずに通り過ぎてきた近所の喫茶店や食堂の扉の向こうに自分の知らなかった空間と時間があるという、そんな当然のことを改めて知った。そして、〝近所〟と簡単な言葉で指し示してしまう範囲に限っても、私が一生かけたところで到底知り尽くすことのできない広がりがあることも痛感した。

これからの世の中がどうなっていくのか、この文章を書いている今、まだまだ見通すことはできない状況だ。しかし、新型コロナウイルスによって、あるいはその他の何かによって私たちの生活がどんな制限を受けようと、自分の近くにあるものにじっくりと目を向ければ見出せる楽しみがある。本書を読んで、そんなことをほんの少しでも感じていただけたら、それ以上に嬉しいことはないと思う

遅く起きた日曜日にいつもの自分じゃないほうを選ぶ

装画：ポッポコピー
デザイン：戸塚泰雄（nu）

第1章

元気でいれば、もう数回ぐらい今日みたいな素晴らしい日がめぐってくるだろう──近所

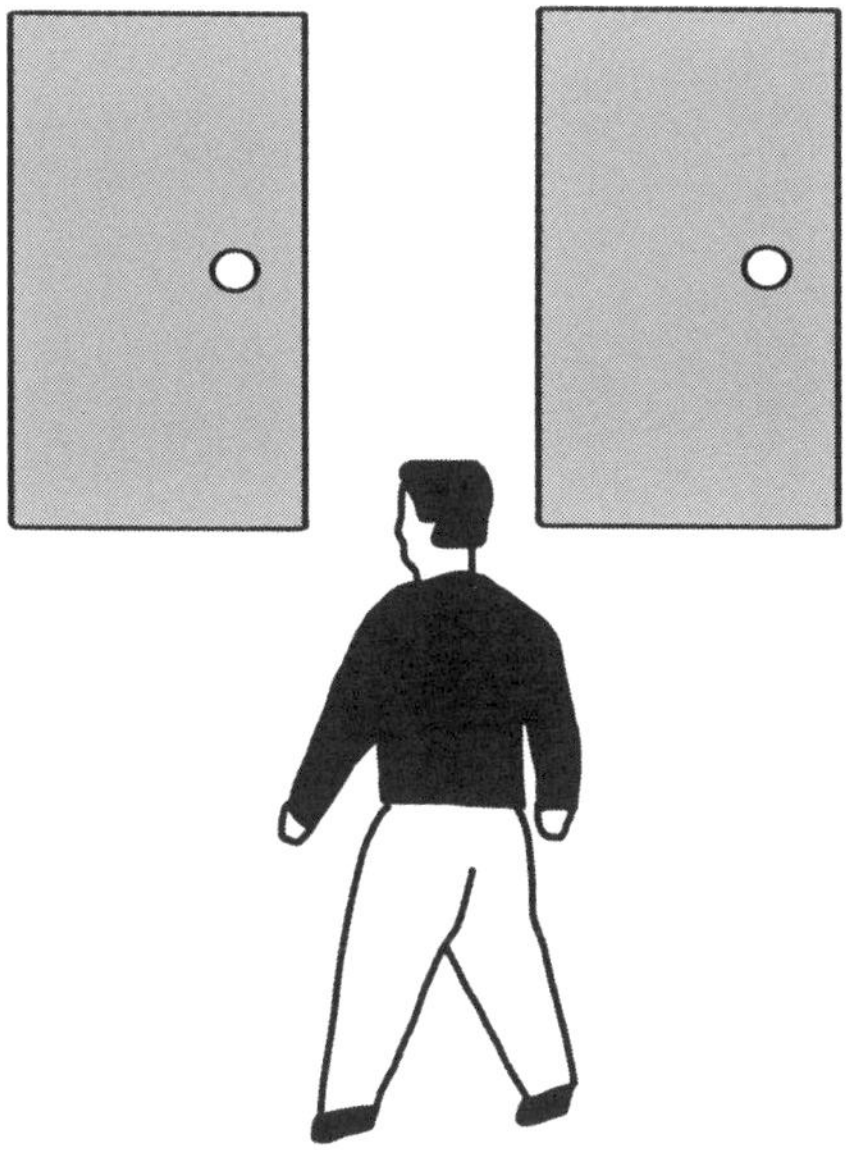

海を見に行くだけの午後

「とにかく大量の水が見たい」と思うときがある。海か、湖でも川でもいい、できるだけ大きな体積の水がある景色を目の中に収めたい。東京の池袋近くに住んでいた頃、近所には川が流れていなくて、大量の水が見たくなったときは地下鉄の有楽町線に乗って新木場駅まで行き、駅から少し歩いた先にある公園に突っ立って東京湾を眺めていた。

流れていく水が、その表面を波打たせたり、太陽の光を複雑な形に反射させたりする様子はいつまでも見飽きることがない。自分には到底力の及ばない圧倒的なものを目の当たりにすることで、心が静かに落ち着いていくように感じる。その静かな気持ちにたどり着きたくて、水を見に行くのだ。

だからそれは山でもいいし、広い草原でもたぶんいいのだが、私が住んでいた町からはなかなか簡単にそういった〝デカいもの〟を見に行くことができなかった。人間がつくった巨大なビルでは全然ダメだ。池袋の高層ビル「サンシャイン60」にはよく暇つぶしに行っていたが、その高さを下から見上げても、あの静かな気持ちはやってこない。

東京から大阪に引っ越して来て、今までより〝大量の水〟が身近になった。大阪は町のあちこちを川が流れていて、少し散歩すれば行き当たる。海も近くなった。大阪駅から東海道・山陽本線に乗って40分で須磨駅に着く。須磨駅があるのは三ノ宮や元町を過ぎて、明石まで行く手前の辺り。駅前に綺麗な砂浜があって夏は海水浴場として大変な賑わいになる。大阪に住んでいる人が海で泳ごうと思ったら和歌山県に近い南のほう、泉南《せんなん》市とか貝塚市辺りの海か、でなければ兵庫県方面に向かって須磨の海水浴場で、というのが定番みたいだ。東京にいた頃は、砂浜に立って海が見たければ鎌倉まで行っていた。試しに検索してみると東京駅から鎌倉駅までだって1時間はかからない。大阪から須磨まで行くのにかかる時間とそれほど大きく違うわけではない。だけどなぜか須磨のほうがスッと気軽に行ける。「よし、今度の週末は海に行くぞ!」というふうに構えずとも、日常の延長線上という感じで行くことができる。

それはおそらく、駅の目の前に海があるからだ。というか、須磨駅に着く手前から電車の窓の外、すぐ近くに海が見える。須磨駅を過ぎてさらに明石方面へ行くあいだにも車窓から海が見えて、乗車料金にいくらか加算されてもいいのではないかと思うぐらい得した気になる。

たとえば、日曜の昼過ぎに目が覚めたとしよう。外の天気の良さがもったいなくて、なんだかこのまま家にいるだけでは気が済まない。簡単に身支度をして家を出る。最寄り駅から大阪駅まで出て、網干《あぼし》行きの快速電車に乗り換える。本を読んだり、スマホを見たり、たまに窓の外を見て、気づけばウトウト眠っていたり、そうしているといきなり海が目の前に現れる。

須磨駅の改札を出るとすぐにコンビニがある。そこで発泡酒を買い、コンビニの向かいの「水野家」で和牛ビーフコロッケを買う。これだけでひとり飲みセッ

改札を出たらすぐに海が見えるJR須磨駅。大阪駅から40分ほどで着く

トができ上がる。それを持って砂浜へ。海水浴の季節を避ければ人もまばら。水平線を一望しつつコロッケにかぶりつく。やたらに美味しい。淡路島産の玉ねぎを使っているらしい。私はこの「淡路島産の玉ねぎ」という言葉に弱くて、そうと聞くだけで一層美味しく思える。発泡酒もまたうまい。乾いた大地に水が染み込むかのように体の中に行き渡っていく。

海に近づいてみると水が透明だ。何度も来たことがある須磨の海だが、こんなにきれいだったっけ。遠くの海の底は青く見え、リゾート地に来たかのような気分だ。海面の絶え間ない変化。いくら人間が手を尽くそうと、このような繊細で複雑な動きを再現することはできないんじゃないか。自分が生まれる前からあり、自分が死んだあとも当然のように存在する、そういうものを見ることでしか得られない安らぎがあると思う。

名産の「須磨海苔」が買える売店が海辺にあり、そこで8枚入り350円の「一番摘み海苔」を購入。通常、海苔は何度も繰り返し摘み取るそうなのだが、これはその1回目で採れたものだけを使った海苔で、香りが格別なのだという。

「水野家」の正式な店舗名は「コロッケと…神戸水野家」だ。この「…」にどんな思いが込められているのだろうか、想像してみてください

時計を見ると15時だ。「まだ間に合うか」と山陽電車の山陽須磨駅へ向かう。ひと駅先の須磨浦公園駅まで行けばそこからロープウェイに乗り、一気に山に登ることができる。登った先には「須《す》磨浦山上《まうらやまじょう》遊園」という遊園地がある。開園から60年の歴史を持つ昔ながらの遊園地といった風情で、特に、遊園地エリアまで行くルートの途中にある「回転展望閣」という建物が私のお気に入りだ。

この回転展望閣の3階には「コスモス」という喫茶スペースがあり、床がゆっくりと動いていて、座っているだけで景色が一回転する。この喫茶スペースがあるから「回転展望閣」という名が付いているわけである。昭和中期に日本のあちこちにつくられ、今はだいぶその数を減らしてしまった貴重な〝回転レストラン〟のひとつがここに残っているのだ。カウンターで缶ビールと「えびピラフ」を注文して席に着く。

広い窓の外に海岸線が見える。あれはさっきまで自分がいた須磨駅前の砂浜だ。じわじわと時計回りに窓の外の風景が回転していき、淡路島へと延びる明石海峡大橋が見えてくる。スピーカーからは控えめな音量で90年代のJ－POPが流れつづけていて、PUFFYや安室奈美恵やX JAPANのTOSHIの歌声が

ゆっくり回転する喫茶室「コスモス」。カセットコンロでジンギスカンを楽しむこともできるそうだ

聴こえてくる。

缶ビールと一緒に出されたプラカップの下にはこの喫茶スペースオリジナルのコースターが敷かれていて、これは伊藤太一《いとうたいち》さんという神戸生まれの画家の手掛けたものだとか。回転展望閣の前に立つ少女、ロープウェイと須磨の海、リフトに乗る少女が描かれた3種類のデザインがあって、どれも可愛らしい。墨を塗った紙をカッターで切って絵柄をつくる「彫画《ちょうが》」という独自の手法で描かれているという。部屋に飾りたいと思い、冷えたビールの缶から水滴が落ちる前にリュックにしまう。

スプーンで口に運ぶピラフの味は、いつかどこかで食べたような味で、それがまたいい。椅子に座ってビールを飲んでいれば風景のほうが勝手に回ってくれるなんて、考えてみたらなんとナマケモノな発想なのだろうか。思いついた人のことがたまらなく愛しくなるようなアイデアだ。

このまま窓の外が夜景に変わっていくまでここにいたい気もするが、営業時間は夕方まで。いつまでもこの素晴らしい施設が存在しつづけますようにと祈りつつ外に出る。駅から回転展望閣へはロープウェイだけでなく、「カーレーター」

という乗り物にも乗っていくのだが、このカーレーター、ガタガタと激しく揺れ、その乗り心地の悪さも含めて有名になっている。何度乗ってもその揺れに慣れず、毎回笑ってしまう。

ロープウェイの窓から、徐々に近づいてくる海を眺めるのもまたいい。砂浜で海風に吹かれ、今度は山の高みから海を見て、と、神戸は風景のバリエーションがたくさんあって、それぞれを簡単に行き来できるのがいいなと思う。電車に乗り、あっという間に大阪に戻ってきた。ただただ海を眺めながらお酒を飲んでいただけのような時間だったけど、気持ちが柔らかくほぐれた気がする。

帰宅後、いつも食べている袋タイプのインスタントラーメンを茹で、買ってきた須磨の海苔をのせて食べてみる。磯の香りが濃厚で、よく食べているラーメンが一段と美味しくなった。「もっと買ってくればよかったな」と思い、すぐに「いや、いつでも行けるんだった」と気づいて嬉しくなる。須磨の海の青い広がりを思い返しながら、海苔の味が溶け込んだスープをズズッと飲んだ。

気軽に焚き火を楽しんでみる

先日、大阪市内にある大きな公園を散歩していた。新型コロナウイルスの感染拡大を受けて大阪府が「外出自粛要請」というものを出す直前、すでに小中高校の休校が全国的にはじまっている時期で、公園には暇を持て余した子供たちがたくさんいた。

もうすっかり春のような暖かさだし、みんなできるだけ広い場所にいたいのだろう。私もまさにそのような気持ちでそこに散歩に来ていた。園内の一画では火気の使用が許可されていて、ＢＢＱセットを持ち込んで食事をしている家族が数組いる。肉の焼けるいい匂いが漂ってきて、うらやましい気持ちでチラッとそっちに視線を向けた。すると見慣れないものが目に入った。

銀色の皿のような、円盤のような形状のものに脚が付いている。そして、その器具の前にイスを出して座っている人がいて、皿の上では薪が燃えている。あれは、焚き火をしているのだ。なるほど、火気使用が許可されている場所でも、地面に直接火が触れる「直火」を禁止していることは多い。あの器具を使えば、そういった場所でも焚き火ができるということか。

すぐにスマホで「焚き火　円盤」などと検索し、さっき見たようなものを探し当てることができた。アウトドアグッズメーカーのコールマンが出している「ファイアーディスク」というのがそれのようである。値段も5000円程度と思ったより手頃に思えた。「通販サイトを開いて何回かクリックすれば今すぐ買えてしまうがどうする？」と自分に問いかけ、その場で即購入するのは一旦ためらって、帰宅後にもう一度考えたうえでやっぱり買うことにした。

私はずっと焚き火がしたかったのだ。両親の実家のある山形へ遊びに行くと、よく親戚が畑の脇に置かれたドラム缶に枯れ枝や紙ごみを入れて燃やしていて、たまに私に火の番を任せてくれた。火の番と言っても、親戚がちょっとした畑仕事をしているあいだ、ただじっと火を眺めているというだけだが、その時間がたまらなく好きだった。揺れる炎が不思議で、見飽きることがなかった。

とはいえ、町の中に焚き火ができる場所はない。広いところへ行ってキャンプでもすればいいのだろうけど、車を持たない私には難しいことである。自分の人生は焚き火とは無縁なのだと半ば諦めていた。しかし、公園で見かけたあの銀の皿さえあれば、焚き火がいきなり身近なものになるんじゃないか。

その「ファイアーディスク」は重さ1・6キロと簡単に運べるほどのもので、専用のキャリーケースも付属しているから肩に引っかけてすぐ外に持ち出せる。ケースから取り出したら、下部についた折り畳み式の3本の脚を開くだけで設置完了。とにかくコンパクトでシンプルな構造。ケースから取り出してみると自分の顔が移り込むほどに銀色に輝き、なんだか美しい楽器のようにも見える。

外箱には「広い焚き火スペースと高い収納性　収納ケース付きの　オールインワンモデル」と書かれている。まさか焚き火の世界に「オールインワンモデル」があるとは。とにかく、これさえあれば問題なさそうだ。

数日後、天気の良い昼下がりに焚き火をしに出かけることにした。ファイアーディスクの入ったキャリーケースを颯爽と肩にかけ、着火用のライターと新聞紙と片付け用のゴミ入れと、あとは普段どおり、携帯用の小さなイスを持って行くぐらいで、全部リュックの中に収まった。途中、近所の100円ショップで炭とトングを買い、コンビニで缶チューハイを買って河原へ向かう。家からそれほど遠くない場所に広い河川敷があり、火気使用が許可されているエリアがあるのだ。念のため事前に「焚き火をしてもいいですか？」と電話で確認したのだが、「直火でなければ大丈夫です」とのこと。

河川敷には、家にいて気が塞いだらしき人々が、お互いに距離を取りながら、少人数単位で集まっている。これからファイアーディスクを使ったはじめての焚き火をするにあたり、誰かの迷惑にならぬよう、私はエリアの端っこに陣取る。迷惑に、というのもそうだし、「え、あの人、焚き火してる？　バーベキューじゃなくて？」と指をさされるのもなんだか照れるし、とにかく目立たぬようにやりたい。

さて、ケースから取り出した銀の皿を前に深呼吸だ。うまくいくだろうか……。炭に火を移すのだって確かコツがあったはず。と、基本的なノウハウすら一切持たない自分がどんどん不安になってきたが、「まあ最悪の場合は皿にのった冷たいままの炭を眺めてチューハイを飲めばいい」と開き直った。まずは100円ショップの炭を数個、皿の上に並べ、持ってきた新聞紙を棒状に固くひねってその下に潜り込ませるように置き、ライターで火をつけてみる。

新聞紙が燃え、その火がすぐに小さくなって、シーンとした時が流れる。ダメか……。しかし、耳を澄ますと炭がくすぶるようなシンシンという音が聞こえ、トングで掴み上げてみると、意外にもあっさりと炭に火が移っているではないか。このファイアーディスクが優れている点はその構造にあって、浅いボウルのような、お相撲さんが優勝してお酒を飲む大きな器みたいな、ああいうふうな形になっているので、炭や薪を置いたとき、その下の部分に隙間ができる。そこに空気が入り込むために効率的に火が起こり、焚き火がしやすいんだそうだ。

キャンプで本格的な焚き火をする人のブログを見たりすると、薪を組む形からして、うまく空気を通したり、火力を集中させたりするためのコツがあるようだけど、それがこのグッズのおかげで簡単になっているということらしい。

炭に火が移ればもう、そこからは心配ない。そばに落ちている細かい枯れ枝を

ピカピカのファイアーディスクに青空が映り込む

集めて燃やし、火が消えたらまた少しくべて、と、缶チューハイをゆっくり飲みながら炎の揺れを眺めて過ごした。

木が燃えながら立てる音、火の動き、煙の匂い。どれもうっとりするほど魅力的だ。火はやっぱり特別だと思った。

最初はうまく炭に火が移るかどうかすら不安だったが、それがなんとかなった今、難しいのが炎のコントロールである。火が大きくなると怖くなるし、しっかり様子を見ていかないと徐々に小さくなっていく。目を離さず、手をかけてひとつの焚き火を一定の状態にキープしていく、というような心構えで向き合うことになり、気づけばかなりの時間が経っている。

枝に火が移り、燃え上がり、真っ白い灰になっていく、それを見ていたらどうしても命のはじまりとおわりを連想せずにはいられない。これは決して私が大げさに言っているのではないと思う。何もかもがはじまりからおわりに向かっていくという宿命の象徴が火で、同じ運動性がすべてに共通してあるから、生命とか人生とか、きっとそういうことを考えずにはいられないのだ。

「今の世の中を覆っている不安が消えていくときが来るんだろうか」と考えて心

缶チューハイを飲みながら焚き火を眺められる夢の環境

細くなったり「とにかくできるだけ慎重に生活して、あとはなんとか楽しみを探していかなくてはな」とちょっと力強い気持ちが湧いたり、炎を眺めていると考えごとが尽きない。「キャンプの醍醐味は焚き火にあり」みたいに言う人がいると聞いていたが、火を見ながらいろいろなことを考える時間にこそ特別な価値があるということなのだろう。

　と、まあそんなことを言っているわりには、「さあ、そろそろ日が暮れそうだし帰るか」と、気持ちを切り替えてパッと焚き火を切り上げられるのがファイアーディスクのいいところ。処分しやすいように炭をトングで砕いて火を小さくしていき、きちんと消火し切ったところで灰をゴミ入れへ。皿の表面を水で流し、布で拭き取ってケースにしまい、肩に担げばもう帰り支度も完了である。さっきまで火を見つめてうっとりしていたのが嘘のようにコンパクトな荷物。焚き火の完全犯罪成立である。

　青空と白い雲を映していたピカピカの皿は1回の焚き火で黒くすすけた。イン

思ったよりだいぶ簡単に焚き火ができた

ターネットで検索してみると、他の人が使い込んだファイアーディスクの画像が現れる。使うほどに鈍色《にびいろ》になっていくものらしく、それはそれで味があるものに見える。私もこれをどんどん使い込み、いつか〝焚き火仲間〟ができたらそれを見せて「おお、この風合い。さては結構な焚き火歴ですね？」などと言われるようになりたい。

友達の生い立ちから今までについてじっくり聞く

新型コロナウイルスの大流行によってほとんどの時間を家で過ごすようになり、食料の買い出しと少しの散歩以外、外に出ることもなくなった。人恋しく感じたときは、ＷＥＢ会議サービスの「Ｚｏｏｍ」などを使ってオンライン飲み会をしたりする。

モニタの中で友達の表情が動き、声が聞こえるだけで気持ちが落ち着き、深刻な話も笑いを交えながらできたりするからいい。心のバランスを取るうえでも意味のあることだと思う。ただ、「オンライン飲み会」と言ってはいるけど、当然今までのように、居酒屋で向き合って酒を飲みつつ話しているのとは全然違う。

オンライン飲み会をしてみると、そこには無駄な要素があまりないことに気づく。壁のメニューを見ながら「へー！　〝カレーのルーだけ〟ってのもあるんだな」とか話すこともないし、もちろんそれを注文して一緒に味わうこともできない。近くのテーブルから大きな声で下世話な話が聴こえてくることも、店のテレビからプロ野球中継の音声が流れてくることもない。現実の飲み会だったらあるようなさまざまな要素が削ぎ落とされ、シンプルに、ただただ会話をしつづけるのがオンライン飲み会なんだな、と、何度か繰り返しやって思った。

そうしてみると、これまでに経験してきた現実の飲み会で同席した相手と自分がいかにたいした話をしてこなかったか、ということにも気がつく。注文したメニューについて「うまい、すげーうまい」などと言いながら、次の飲み物をどうするか悩んで店員さんに声をかけるタイミングをうかがい、「いやー、いい店だね」ぐらいのことを言い合って、しばらく沈黙がつづいたのち、「もう一軒行ってみようか」と早くも言い出したりして……なんだかいつもせわしなく過ごしてきた。

そのせわしなさが好きだったけど、そこに戻れない今だ。こうなったら、どこまでもたっぷり会話そのものを楽しんだらいいんじゃないか、とも思えてくる。こんなときだからこそ、友達とゆっくり話してみるのはどうだろうか。長いつき合いがある割りに面と向かってゆっくり話したことがない。考えてみるとそんな友達ばかりである。

私はバンドを組んでいて、今でもたまにライブをしたりしているのだが、そのバンドメンバーのひとりに「トミータ」という人がいる。「トミタ」という名字だからニックネームがトミータ。もう10年以上のつき合いになるのだが、よく考えたらトミータとじっくり面と向かって話した時間はそんなにないような気がする。ギュッと圧縮したら20分間ぐらいかもしれない。この機会に、トミータの生い立ちから今までについて、ふたりきりのオンライン通話でじっくり聞いてみよう。

約束した時間になると、パソコンの画面にトミータの顔が現れた。最初は照れて、「えーと、今日はちょっとじっくりと話したくて」「ははは、じっくりと？

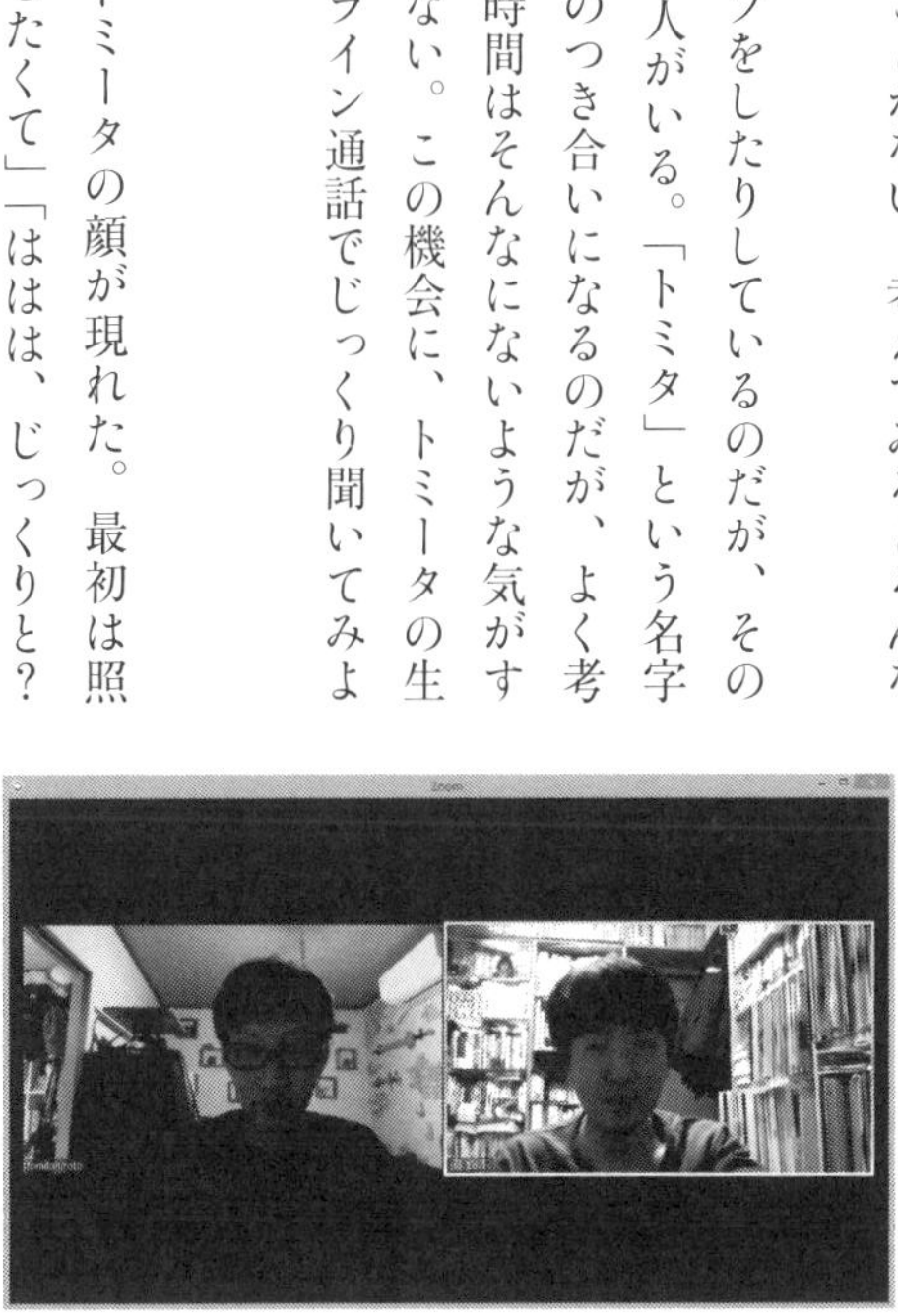

左がトミータ。4月中頃からテレワーク中とのこと

話すことあるかな」みたいなふわふわとしたやり取りになったが、気を取り直して話しはじめる。

「まず、生い立ちから聞きたいんだけど」と切り出した私に「そこから聞くんだ」と笑いながら、トミータは自分の写真が収められたアルバムをモニタに向かって見せてくれた。彼は2020年の4月に結婚式を挙げる予定で、直前まで準備を進めていたのが、新型コロナウイルスの影響でやむを得ず延期することになってしまった。私も招待してもらっていて、久々に周辺の仲間たちにも会えるのを楽しみにしていたのだが、こればかりは仕方ない。その結婚式の演出用に用意した写真がちょうど手元にあるという。その写真を見せてもらいつつ、幼少期の話を聞く。

――トミータって何年生まれだっけか？
「1980年生まれ。千葉で生まれた。千葉県の千葉市」
――それはなんで、というか、お父さんが千葉の人だったの？

「両親とも千葉で、母方の実家に、親父がマスオさんみたいに来て、じいちゃんばあちゃんと2世帯で住んでた。婿に入ったわけじゃないんだけど」

――へー。そうだったのか。

「これがね、七五三の写真」

――あれ！　兄弟いるんだっけ？

「いるいる。3人兄弟。俺、長男。これさ、七五三の写真なんだけど、ちょうど年齢が7歳、5歳、3歳なんだよ」

――兄弟がいたんだな。前に聞いたことあったっけ。

「言った気がするけどな（笑）。兄弟は今、みんな結婚して子供いる」

――そうなんだねー。


と、こんなふうに、友達のことを改めて最初から知っていくみたいにいろいろと聞く。小学校の頃のトミータはやせ型で小児喘息持ちで、入院することもたびたびだったという。ご両親は心配しただろうな、と想像する。

長いつき合いになる友達だが七五三の時の写真を見るのははじめてだ

——お父さんはどんな人なの？

「親父は59歳で死んじゃったんだけど、ちょっと濃い顔しててさ、港の設計をするような仕事をしてた。土木の仕事だよね。護岸工事どうするかとか、テトラポッドみたいなのをどうやって配置するかとか。海外出張で単身赴任が多かったから」

——あ、そういうふうに長い間海外にいたりしたんだ？

「そうそう。長い間、家にいなかったりした。国際電話とかがさ、まだすごいタイムラグがある時代だったから、こっちから話しかけて、1秒、2秒して親父の声が聴こえてくるの。週に1回ぐらい電話してた。俺が中学ぐらいのときに親父は会社から独立して、それからはずっと国内にいたけど」

——お母さんはどんな人？

「優しい。優しいけど、変わってるね。テンションが高くて、平野レミみたいな。ひとりでずっとしゃべってるし。お母さんも、親父も、音楽が好きで」

——そうだったんだね。家で音楽がかかってるみたいな？

「親父がプログレが好きで、ピンク・フロイドがすごい好きで。お母さんはビー

友達の生い立ちについて聞くのがこんなに楽しいと思わなかった

トルズがすごい好きだった」

１９８０年生まれのトミータ。「ユニコーン」に憧れて中学2年生で友達とバンドを結成し、ボーカルを務めていたという。それから徐々にビジュアル系、ヘヴィメタルといった音楽が好きになり、高校でもバンド活動をつづけていたそう。その後もさまざまなジャンルの音楽のおもしろさを知っていく。高校を卒業した直後はベックが好きで、憧れから髪を金に染めたりしていたそうである。

高校卒業後、音楽制作関連の専門学校に進学。同級生とマニアックな音楽の話ができるかと期待していたそうだが、学校にいる人の多くは音楽そのものよりも音楽業界や芸能界への憧れが強いように思えて、あまりそりが合わなかったらしい。〝学校になじめないタイプのやつら〟と寄り添うように親睦を深め、卒業後、学校の先生のすすめもあり、ケータイ電話の「着メロ」制作会社で、業務委託契約で働くようになる。それが２００３年頃のことだったという。

当時のケータイ電話には、電話の着信時に鳴らす「着信メロディ」というサウンドがあった。扱えるデータの容量上、今のスマホみたいに音楽データそのものを簡単に再生したりはできないので、そのかわりに少ない音数で当時のヒット曲等を再現した音源を鳴らすわけだ。最新のゲーム機で流れるゲーム音楽と、ファミコン時代のBGMの差をイメージするとわかりやすいかもしれない。トミータが仕事をしていたのはその「着メロ」をコンピューターで打ち込んで制作する企業で、その頃の話がおもしろかった。

――どんなふうに着メロって作ってたの？

「当時はヤマハの『XGworks』っていうソフトがあって、それを使ってMIDIで打ち込んで。なんていうんだろう、当時は4和音と16和音と32和音とでつくってたのかな？　そのなかでも4和音で作るのがすごくおもしろくてさ、音を間引いていって4和音でその曲を再現しなきゃいけないわけだから」

――「4和音」って同時に鳴らせる音が4つしかないってことだよね？

「そうそう。4つだけで作るの。そうするとまず、ひとつノイズみたいな、『チッ』とか『ツー』っていう音をつくって、それをリズムにして、あとベースをつけたら2和音じゃん。もうあとふたつしかない（笑）。メインのメロディにひとつは使うから、それ以外のアレンジはもう1音で表現するしかないの。その作業がすごいおもしろくて、うまくできると、ちゃんとその曲そっくりに聴こえるのよ。それが気持ちいいの」

――へー！　音がもっと使えるやつよりも4和音のほうがかえっておもしろいわけね。その技術ってもう今は一切使いようがないの？

「ははは。活かしようはないね！　でもさ、あの頃4和音でつくられた着メロですごいものって、今聴いてもおもしろいと思う。当時、自分でつくったのですげーうまくいったのとかは自分のケータイに全部入れておいたんだけど、そのケータイ自体がもうないからね（笑）」

それから数年が経ち、ケータイが進化して大きな容量のデータを扱えるようになると「着メロ」は衰退し、オリジナル音源に忠実な楽曲データに取って代わられるようになる。トミータは職を変えることになり、音楽仲間の紹介でケータイ電話の販売代理店に勤めることに。そこから代理店の親会社が変わったり、勤務先が変わったり、と仕事の思い出を聞いていく。自分たちが出会った頃の話、ここ最近の、コロナ禍での仕事の状況など、こうしてみると話したいことは山ほどある。

このあともここに書ききれないほどたくさんのことを聞いたが、その多くがこういう機会でもなければ改めて聞くこともなかったであろう話ばかりだった。今まで当たり前のように存在するものと思っていた友達の姿が、モニタの向こうで新しく立ち上がり直すような、不思議な時間だった。一人ひとりの頭の中に、些細なことから、人生を大きく変えてしまうような出来事のことまで、たくさんの記憶がしまい込まれている。それを知れること、こうして伝えてくれる友達がいることが、とても贅沢で幸せなことに思えてくる。

延期になっている結婚式について「お金も結構損しちゃったけど、式場もプランナーも俺たちも誰も悪くないからなあ。とにかく、できる時になったら賑やかにやろうと思うよ」とトミータは言っていた。私もその日を楽しみに待っている。

行ったことのない近所の喫茶店でコーヒーを飲む

自堕落な生活を送っている自覚があるので、年に一度、健康診断に行くことにしている。しばらくして郵送されてくる結果を見ると、だいたいいつも肝臓に関する数値が悪くて「良くないです。再検査してください」というようなことが書いてある。

改めて病院に行くと、診断結果の書類に目を通した医師に「酒を控えることですね」というようなことを言われる。これもいつものことである。「20代、30代と同じような生活をつづけることはできないんです。年齢に応じて体は変わっていくんです」と医師から静かに諭される。

いつか酒が飲めなくなってしまうのか……。体のどこかに穴が開いて、そこから空気が少しずつ漏れていくような心細い気持ちになって家に帰り、肝臓の数値についてネットで検索してみれば、だいたい怖いことばかり書いてある。

「このままいくとこんなに恐ろしいことが起こりますよ」「油断していると手遅れになります。いや、もうすでに手遅れかもしれません」みたいな。よくも人をそんなにおびえさせるような言葉を書き連ねられるものだ。まあ、「気にしないで大丈夫！　そんな数値関係ないから！」と書いてあるサイトがあったらそれはそれで信用しないが。自分から怖がりたくて調べているようなところもある。

気持ちはすっかりくじけつつも、せめてもう少し前向きな情報はないかと探しつづけていると、「疲れた肝臓にはコーヒーがいい」と書いてあるサイトがいくつかあった。なかには「コーヒーを一日に最低でも5杯は飲みなさい」と提案するサイトまである。そんなに飲んだら今度は胃に悪いんじゃないか。

とにかく、「毎日ジョギングせよ」と言われてもできないが、コーヒーを飲むぐらいならそれほど苦ではない。私はできる限りたくさんコーヒーを飲むことにした。味などわからぬまま「とにかくコーヒーならいいんだろう」と、苦い薬を飲む気分でインスタントコーヒーをすする。

そうやって急にコーヒーに親しみ出したからか、「喫茶店にでも行ってみようか」と考えるようになった。これまでの自分の生活のなかに、喫茶店で過ごす時間はほとんどなかった。ひとりで店に入るならいつも居酒屋だ。「どうせ400円とか500円とかを一杯の飲み物に使うならコーヒーよりもアルコールだろ！」と思ってしまっていた。

ちょうど、ということもないが、コロナ騒動の日々で、自分の住む町の個人店のことが急に気になり出したところでもある。「外出自粛」「休業要請」といった言葉がこだまするなか、シャッターを閉め、そのままそこに閉店の知らせが貼られる店もある。近所を散歩して目に入る店がどこもそのうち閉まってしまうのではないかと不安になってくる。

これまで幾度となく目の前を歩きながら、一度も足を踏み入れたことのない近所の喫茶店へ行ってみよう。コーヒーを一杯だけ飲んで、サッと出てこよう。そう思った。

私の住まいの最寄り駅の、いつも利用する改札を出たすぐ目の前に喫茶店がある。大阪に引っ越して6年近く同じ町に暮らしているが、その喫茶店の前を何百回と歩き、たまに「珈琲 一茶」と書いた渋い看板に目がいくことはありながらも、これまで一度も店の中に入ったことがない。

ドアを開けると、テーブルを挟んでふたり座れる窓際の席が空いていて、そこに腰かけようとすると「よかったらこっちでどうぞ」と広い4人掛け席へ案内してくれた。

黒い革張りの椅子。濃い茶色の縁取りがされた黒いテーブル。どちらも年代物なのだろうけど古ぼけた感じは全然なく、きれいに手入れがされている感じだ。クラシックが静かに流れていて、店内には私が座っているような4人掛け席が合計3つ、ふたり掛け席が合計ふたつあるようだ。小さなお店である。ホットコーヒーをいただく。

コーヒーの味はまったくわからないが、家で飲むインスタントコーヒーよりは確実にありがたい味がする。電車の音がして、窓の外、高架を走るＪＲの電車が

いつも目にしていた店にようやく初めてコーヒーを飲みに来た

高い位置に見える。いつも乗っている電車は、この喫茶店のこの席からこんな角度で見えていたのか。

「そうか、この辺は確か小林一茶が生まれた町に近いんだ。この店の名前はそれにあやかって『一茶』なんだな。しかも喫茶店の店名が『一茶』って、なんてぴったりなんだ！」と、考えながら「あ、やばい。またやってる！」と思う。この辺りに生まれたのは同じ俳人でも与謝蕪村なのだ。小林一茶は今の長野県に生まれている。私はいつもこの店の看板を見るたびに、「そういえばこの辺りで小林一茶が生まれて……」と同じ勘違いをして、その間違いに気づくのに時間がかかる。一度、勘違いしたまま人に話して、「え、違うよ。蕪村じゃない？」と言われてびっくりしたこともある。それでも間違いつづけてしまう。今日、ここでコーヒーを飲みながらもまた同じ思考の流れをたどった。もう一生、この勘違いから逃れられないのかもしれない。小林一茶、大阪で生まれていてほしかったよ。

コーヒーをグッと飲みきってしまうと、もうすることがない。本を持ってくればよかった。居酒屋ならもう一杯注文するところだけど、お会計を済ませて店を出る。

これが「一茶」のホットコーヒー。350円

同じように近所にまだ何軒か前を歩いては看板の文字を頭の中でたどり、そして通り過ぎるだけの喫茶店があった気がする。もう少し散歩してみることにする。あったあった。「パドレ」だ。この「パ！　ド！　レ！」って感じのひさしがいいんだ。いいなっていつも思ってたけど、ずっと通過するだけだった。

こちらはさっきよりも広めの店内。窓が大きく、日が差して明るい。窓際の席に座らせてもらい、ホットコーヒーを注文。さっき飲んだばかりだが、なんせ一日に最低5杯は必要らしいからな。

窓から外を見ると、通りを挟んだ向こうの薬局の前に白衣を着た人がジョウロを持って出て、店先の植木に水をやっている。そして水をやり終わったと思ったら、ほどなくして薬局のシャッターが降ろされた。今日の最後のひと仕事だったのか。

コーヒーを運んできてくれた店主が、「蒸し暑いねえ、今日は」と言う。「ですねえ。夜から雨が降るらしいですね」「うん。雨や言うてたねえ」と言葉を交わす。

この店の前も幾度となく歩いてきた

私の他には客がいない時間で、店の奥に置かれたテレビ画面にはプロ野球の無観客試合が映し出されている。時計を見ると、もう16時近い。おやつを食べてもいいだろうと思い、メニューのなかからアイスクリームを追加で頼む。

なかなか量のあるバニラアイス。上にメロン味のシロップがかかっている。さっぱりしていてうまい。コーヒーとアイスを交互に味わう。最高だな。コーヒーの味、さっきの店より酸味が少しあるような、いや、ないような。わかんない。それにしてもコーヒーでもアイスクリームでも、パッと写真を撮ったときの納まりがいい。絵になるというか。喫茶店を写したフォトジェニックな写真を見慣れているからか。それともそもそもコーヒーやデザートいうものたちの存在自体に愛嬌があるからだろうか。居酒屋で頼んだマグロぶつとか湯豆腐とかを写真に撮ってもこんなふうに思えないのにな。

お会計時に「喫茶店が好きなん？　写真撮って歩いてるの？」と話しかけられ、「ええ、ああ、まあ」と、モゴモゴしながら少しお話を聞いた。「パドレ」は開業から43年になるそうで、開店当初のこの辺りは、どの路地に折れても喫茶店が3軒並んでいるのが見えたほど、喫茶店だらけの土地だったそう。しかし、時代が

「パドレ」のホットコーヒーも1杯350円

アイスクリームは370円

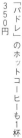

進むにつれてどんどん店が減り、今は「こことすぐ近くのもう一軒ぐらいやねぇ」と言う。「蒸し暑いから倒れんようになぁ。散歩もほどほどにしときやぁ」と送り出されてみると、今日は徹底的に「喫茶めぐり」の人となり、せめてもう一軒ぐらいは行かねばと思いはじめた。

とはいえ店主の言うとおり、その近辺にはもう喫茶店が見つからず、だいぶ歩いて天神橋筋商店街まで来てしまった。長くつづくアーケード街がいつも賑やかなこの辺り。4月、5月辺りは閑散としていたようだが、すでにだいぶ活気が戻っているように思える。

商店街沿いの「ビクター」という喫茶店にやってきた。ここもまた、一度も入ったことのない店。

活気のある通りに面した店だけあり、これまでに巡った2軒の雰囲気とはうって変わって客の出入りが激しい。2階にも席があり、そこでは商店街を行き交う人を見下ろしながらひと息つけるみたいだ。

そういえばここにこういう喫茶店があったな、と思う

私は1階、店内中ほどの席に通された。窓の外を歩く人の姿がほんの少し見える位置。だいぶ歩いて汗をかいた。もうホットコーヒーはやめ、欲望に忠実にミックスジュースだ。

メニューを見ると、フルーツが山ほど盛られたパフェとか、オムライスやサンドイッチなんかも美味しそうだ。店内をサッと見まわしても、コーヒーだけを注文している人のほうが少ないぐらいに見えた。もっとじっくり考えてから注文すべきだったかなとも思うが、ストローで一気に吸い上げたミックスジュースはとても美味しい。爽快な酸味が体の隅々までエネルギーをくれるイメージ。

ふと壁を見るとサインがある。高橋……克……典、高橋克典だ。そのサインの文字を見つめながらグラスの底に残ったミックスジュースを飲み干し、外へ出る。

家にたどり着くと、心地良い疲労と、ほのかな達成感があった。

サインに添えられていた日付を思い返し、高橋克典がその日に書いたブログを検索して読んだ。一時期、大阪に長く滞在してロケをしていたみたいで、毎日のように天神橋筋商店街を歩いている様子が綴られていた。この辺りの雰囲気がか

ミックスジュースは450円

なり気に入ったらしく、あちこちの店の写真を並べて「楽しすぎ」という言葉のあと絵文字を連打している。サインが飾られていた喫茶店のことは書かれていなかったけど、高橋克典があの店のことも気に入ってくれていたらいいなと思う。この気持ちはなんなんだ。今日初めて行ったくせに、謎の上から目線。

今日歩いたルートを思い返していると、もう少し離れた場所にもいくつか喫茶店があったことを思い出した。どの店にも行ったことがない。扉の向こうにどんな空間が広がっているだろうかと、確かめてみたくなる。そうやって近所の喫茶店を巡り歩くうち、少しはコーヒーの味がわかるようになっているだろうか。

近所の食堂で静かに昼ごはんを食べる

近所の古い食堂が閉店したという知らせを聞いたのはつい先日のことだ。しばらく営業している気配がないな、とは思っていたのだが、「あそこ、店閉めたよ」と、同じ町に住む友人が教えてくれた。

「松葉食堂」という店で、「めし」と大きく書いた看板が好きだった。店の佇まい自体も良くて、いつもその前を歩いては「いい看板だな。いい店構えだな」と、指差し確認するみたいに思っていた。

毎年、冬になると店のドアに「かす汁　さくら咲くまで」と色紙に書いたものが張り出される。「冷やし中華はじめました」は季節の到来を告げるフレーズとしてすっかり定着したけど、「かす汁　さくら咲くまで」も負けてない。いや、こっちのほうが風情があるんじゃないか。

写真右手の看板は「めし」の2文字だけという潔さ

と、こんなふうに書きながら、いつも自分はその店の前を通り過ぎるだけだった。店内に足を踏み入れたのはたった一度きりだ。デジカメで撮った写真を適当に突っ込んであるパソコンのフォルダから、ようやくそのときに撮った何枚かの画像データが見つかった。5年ほど前に撮ったものだ。その一枚一枚に助けられるようにして、ようやくじわじわと記憶が蘇ってくる。

店に入ると左手に木枠で縁取られたガラス戸があり、そこに煮魚とか揚げ物とかおでんとか、おかずがのった皿が置かれている。そこから食べたい物を選ぶか、丼物、うどん、ラーメンなどの単品メニューを注文するか、好きにしていい。

この日の私はトンカツとマカロニサラダをおかずに大盛りの白米を食べたようである。そしてそこにあとから汁物を追加したようだ。

店内をきれいな猫が歩いてきて、思わずその姿を写真に撮った。「かわいく撮ったってなー」とお店のおばさんが笑っていたような記憶がある。

「うちは古いんよ。50年以上やってるで」と、お客さんが他にいなくて暇な時間だったからか、店のおばさんが語ってくれた。「その頃、この辺ゆうたら賑やか

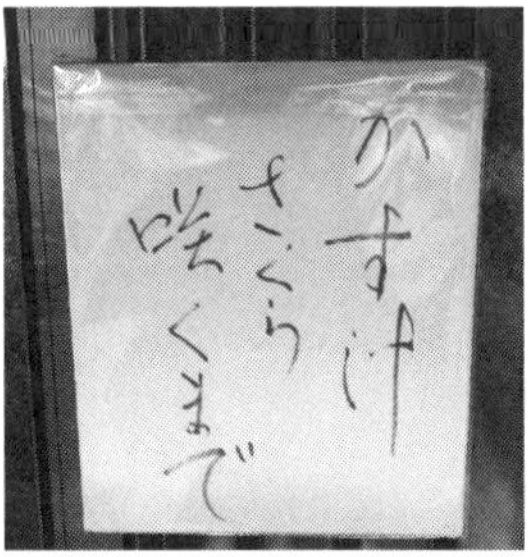

毎年決まったフレーズの色紙が貼られていた

ガラスケースの向こうにいろいろなおかずが並ぶ

やったよ。路面電車の起点やったんよ」と言う。

その路面電車は「大阪市電」というもので、いくつかあった路線のなかの「都島守口線」というものがここから延びていたようだ。1969年まで走っていて、起点であったこの辺りは乗降客も多く、駅を中心にして栄えていたという。映画館が何軒も建っているほどだったらしい。


ちなみに現在のこの辺りは、地下鉄の駅こそあるものの、はじめて歩く人がいたらきっと「これといった特徴のない町だなー」と感じるであろう閑静な住宅街で、映画館があったなんてとても信じられない雰囲気である。

あとになって、その映画館のひとつを運営していた人の孫に偶然出会った。賑やかな町に映画館を開業して、「さあ繁盛するぞ」とその人の祖父は意気込んだそうだが、観客は割と多く入るのに一向に売り上げが上がらない。よくよく調べてみると、受付を任せていたおばさんが顔の広い人で、近所の人をいつもみんなタダで入れていたんだとか。それがきっかけかはわからないが、その映画館はすぐたたむことになったと、そんな話を聞いた。

5年前のある日、私はこういう昼ご飯を食べたようだ

お行儀のいい「松葉食堂」の猫

「松葉食堂」のおばさんが古い写真を持ってきて見せてくれた。この辺りを市電が走っていた頃の写真だ。

そのなかには開業当時の「松葉食堂」の写真もあった。店の前に立っている子供のひとりが、おばさんだっただろうか。詳しくいろいろと聞かせてくれたはずなのに、残念ながら記憶が曖昧である。

次に来たら単品メニューのなかの「ラーメン」を食べようと、そのときそう思ったのに、あっという間にそれから5年も経ち、閉店の知らせを聞くことになった。店の前まで行ってみると「めし」の看板はすでになく、かつてここが食堂だったことすらすっかりわからなくなっていた。

もう幾度となく繰り返してきたことだが、いつだってこうなってしまってからようやく後悔するものだ。焦るような気持ちで、もうひとつ、近所にある食堂を訪ねてみることとした。

やはり近所にある「梅ヶ枝食堂」も、大阪に引っ越してきて以来、前を歩くた

近所に路面電車の駅ができた頃の写真。１９６９年に廃線になった

創業当時の松葉食堂の店先を撮影した一枚

びに何度も「いい店だな」と頭の中で指差し確認をしてきた店だ。年季を感じる食堂で、ふらっと入っていいものか、少し躊躇があった。ためらっているうちに時間がグングン過ぎ去り、少し前に通りかかったところ、外観がパッと新しくなったように感じた。リニューアルしたようである。

このご時世ゆえにマメに換気をしているのだろう、ドアが半分開いていて、店内の様子もうかがえた。思い切って中へ入ってみる。

定食メニューも美味しそうだったが、カレーうどんを注文してみることにした。いや、その前に瓶ビールの小瓶も。すると、「小瓶がまだよく冷えてないんです」と申し訳なさそうにお店の方が言う。であれば、大瓶でいこう。そのほうがたくさん飲めるのだから、むしろ嬉しい。大瓶のほうはしっかり冷えているそうである。「ごめんなさいね」と冷やっこをサービスしてくださった。

店内のテーブルや椅子は、古い建物になじむ雰囲気でありつつ清潔感を感じられるもので、リニューアルした際にひと通り新しくしたらしい。波板ガラスから外光が入ってくる感じもちょうど良く、居心地のいい空間だと思った。

お肉たっぷりのカレーうどん。ダシがしっかりきいたスープにはビリビリくる

その後、閉店してしまった「松葉食堂」

息子さん夫婦が引き継いでリニューアルオープンした「梅ヶ枝食堂」

辛さもあり、汗を浮かべつつズルズル吸い込む。うまい。

お会計時に聞いたところによると、「梅ヶ枝食堂」は1957年の創業で、つまり60年以上の歴史を持つ店なのだが、店主が高齢となって昨年（2019年）末に店を閉めた。それから半年近く経ち、店主の息子さん夫婦が跡を継ぐことを決めたのだとか。

新しいメニューを取り入れながらも、ダシは昔のままの味を守っているそうで、さっきのカレーうどんにも60年の歴史が生きているのだと思うと嬉しくなる。

「また来ます」と店を出かけて、最後にひとつだけ気になっていたことについて尋ねた。店の棚に置かれていたYMOのファーストアルバムとハービー・ハンコックの『Head Hunters』のレコードは、あれは、なんなのだろう。聞いてみると、厨房で忙しく働く息子さんの愛聴盤なのだとか。

長く通えそうな食堂が近所にまだ存在してくれていることのありがたさを感じつつ、「あの2枚、どっちも部屋にあったはず」と、自室のレコード棚を思い浮かべて帰り道を歩いた。

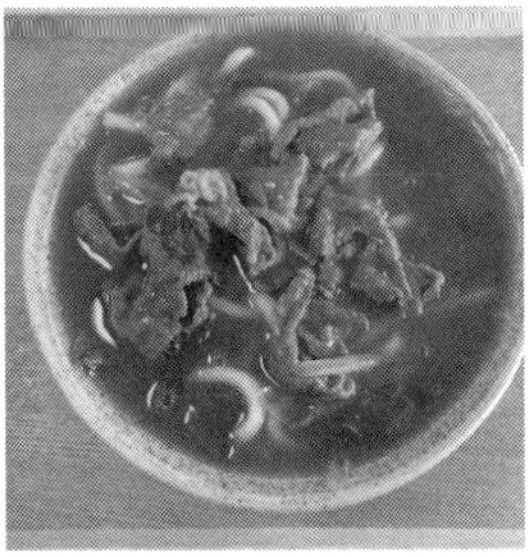

うどんのダシは昔のままの味を守っているという

店の棚に立てかけられたレコード

近所の中華料理店で贅沢してみる

ラーメンを食べようと思って近所を歩いていた。最寄りの駅前には去年できたばかりの新しいラーメン店があり、白湯系の凝ったスープが美味しくてたまに行くのだが、外から見るにどうやら満席のようだ。じゃあ今日は別の店で食べようか……とふらふら歩き、店の前を歩いたことは何度もあるけど今まで一度も入店したことのない中華料理店の前にやって来た。今日はなんだか「ここ！」という気がする。

カウンター6席ほどの小さな店だ。「ラーメンを……」と言いかけて奥を見やるとビールを飲んでいる先客の姿が目に入った。「あと瓶ビールもお願いします！」と注文完了。

昼下がりの穏やかな時間が流れる店内。静かで落ち着く。グラスに注いだビー

近所にありながら入ったことのなかった店

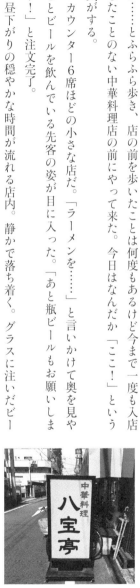

ルを飲みながら、目の前の水槽を泳ぐメダカを眺めて過ごす。

しばらくして、カウンターの向こうからラーメン鉢がそーっとこちらへ差し出された。慎重に受け取る。

あっさりした鶏ガラスープにつるつるしたストレート麺。具材はもやしとネギとチャーシュー。こんなラーメンが食べたかった自分に改めて気がつく。仕込みダレの味が沁み込んだチャーシュー、すごく美味しい。

店を出て、やっぱりこういう町の中華料理屋が好きだなと思った。味そのものもそうだけど、座席に身を置いて過ごす時間がそれに輪をかけて好きである。「しばらく行けてないお店も近所にたくさんあるし、今度巡り直してみよう」と思いながら店をあとにしたのだが、その機会は割とすぐに訪れた。

日曜日、起きてみるともう昼だ。片づけなくてはならない仕事もいくつかあるし、今日は家で過ごすことにするか。とはいえ、ずっと家の中っていうのもつまらないしなぁ、と、そこで近所の中華料理店巡りのことを思い出したのだ。洗面台の前に立つ。鏡に写っているのは寝ぼけた顔だが、マスクさえすれば半分は隠

チャーシューが美味しかった「八宝亭」のラーメン

れる。よし、もうこのまま外に出てしまおう。
「中華、中華……」と頭の中で繰り返しながら家の近くを歩き回る。どこにあったっけな、と考えるうちにひとつ思い出した店があり、そこへ向かうことにした。「パーサイラーメン」という麺料理が名物の店で、だいぶ前に一度、食べに来たことがある。

カウンター前に数席、そしてふたつのテーブル席が設置された店内にはご常連らしき先客がちらほら。私はふたり掛けのテーブル席に通してもらい瓶ビールとパーサイラーメンを注文する。パーサイラーメンには「0カラ」から「5カラ」まで辛さのレベルがあり、「辛さはどうしますか?」とオーダー時に聞かれる。壁のメニュー表に「1カラ…チョビッと辛いです」「2カラ…通常提供している辛さです」「3カラ…『辛いのは大丈夫』という方へ 激辛」と書いてあるのを見て、通常提供だという2カラにしてもらうことに。

一緒に運ばれてきた小皿のキムチをつまみつつビールを飲んでいると、テーブル席で食事をしていた家族連れがお会計をして出ていくところだ。久しぶりに来店したようで「お姉ちゃん、背え伸びたなー!」とお店の方が言っている。

「パーサイラーメン」が名物の「珉龍毛馬（けま）店」

瓶ビールにはおつまみのキムチがサービスされるみたいだ

「久々に食べれてよかったー！　また来ます」と去っていくお客さん。家族みんなで来られるようななじみの店があるっていいよな、と思う。

　パーサイラーメンが運ばれてきた。スープをひと口すする。うまい。そしてめちゃくちゃ辛い。汗がタラタラと流れる。少しずつ食べ進む私の姿を見たお店の方が「辛いでしょ！　大丈夫!?　『1カラ』をおすすめすればよかったねえ。ごめんねぇ」と言ってくださる。「いや、美味しいです！」と、闘志を燃やす。しかし、舌も燃えそうである。

　近くに座っていたご常連さんが笑いながら「『2カラ』でこれだけやったら、『3カラ』ってどうなんのやろね」という。その方もまだ「2カラ」までしか食べたことがないらしかった。

　たまにビールで口の中を冷やしながら、なんとか食べきった。辛い物が好きな人ならちょうどいいぐらいなのかもしれないが、私にとってはなかなかにハードであった。それでも箸が止まらぬ美味しさだ。

　食べ終えて放心したままぼーっと前方を眺めていると、店主が歩いてきて、前の壁に貼られていた「冷麺セット」と「冷やし中華」のメニューを剥がしてい

「2カラ」ですでに激辛な「パーサイラーメン」に汗が流れる

る。「冷やし中華はじめました」は暑い季節の始まりを告げる定番のセリフだけど、こうやって「冷やし中華のおわり」を見届けられるというのは貴重なのではないだろうか。今、目の前で夏がおわった。

汗だくの私だけが夏を引きずったようにして外へ出た。帰宅して扇風機の風を浴びながらもうひと眠りする。気づけばもう夕方である。

今日は徹底的に中華の気分だ。「もう一軒、行くでしょ！」と謎の情熱に突き動かされ、再び外へ出る。近所にある別の中華料理店へやってきた。

たまにラーメンを食べに来る近所の店「大王《ターワン》」だが、今日は今まで注文してこなかったメニューも試しつつ、ゆっくり腰を落ち着けて飲み食いしてみようと思う。

もう「なんでも来い」という気持ちである。ここしばらく外食もしてなかったし、豪遊するぐらいのつもりで飲み食いしたい。まずは〝スピードメニュー〟と書かれた中から「味つけもやし」を。

次だ。「ギョーザ」と「シューマイ」で迷った挙句、両方注文する。そして店

これまたうちの近所にある安心の中華料理店「大王」

なにはともあれ瓶ビール

の人気ナンバーワンだという「中華ランチ（酢豚、サラダ、玉子焼、チャーシュー、スープ、ライスのセット）」も、「ムースーロー」も注文。ビールをグビグビ飲みきったあと、チューハイをもらい、次々運ばれてくる皿の上の料理をどんどん食べていく。「ムースーロー」のふわふわした玉子も美味しいし、「中華ランチ」の酢豚も甘酸っぱくて美味しい。そしてその両方の皿を行ったり来たりする幸せよ。

小一時間が経過したあと、膨らんだお腹を押さえてすっかり静かになった自分がいた。５０００円近くになった会計を終え、ゆっくりと外へ出る。普段、食事が１０００円を超えてくるともうとんでもない贅沢をしているような気になってしまう自分にとっては、年に数回あるかないかの宴会レベルである。

でも、近所のお店でたくさんお金を使って飲み食いすることに罪悪感を覚えなくて済むのが今の時代である。コロナ禍で大変な飲食店にとって、普段から通っているわけでもない私のひと時の贅沢などお店にとって少しの足しにもならないだろうが、少なくとも迷惑にはなっていないはずだと思える。

よくよく振り返ってみれば「家の近くでめちゃくちゃたくさん食べて寝てばか

餃子とシューマイの両方を頼んでしまう夜もある

夜でも注文可能な「中華ランチ」の中身は盛りだくさん

りいた」というだけの一日だったけど、なんだか華やかな気分になった。ラーメン専門店とは違っていろいろなメニューが用意されている中華料理店ゆえの楽しみ。こんな楽しさが近場で味わえることのありがたみを感じつつ、今はとにかく食べたものが消化されるのを待って横になる。

いつもの自分じゃないほうを選ぶ

選択肢のなかから、自分がいつも選び取ってしまいがちなものがある。イタリアンレストランと中華料理店が並んでいたら私は中華のほうを選びがちだ。そして、ラーメンとチャーハンだったらラーメン。ラーメンに醤油と味噌があったら味噌のほう、と、自分のよく選ぶものが決まってしまっている。

それが好きで選んでいるんだから何も問題はないのだが、捨ててしまっているほうの選択肢にもいいものがたくさんあるんだろうな、と思うことがある。

そこで「今日は〝じゃないほう〟ばっかりを選ぶ自分になってみるぞ」と決意してみた。昼頃に寝床から起き出し、身支度を整えて外に出る。

最寄りの地下鉄の駅にやってきた。たいてい自分はここから「東梅田方面」行きの電車に乗る。天神橋筋六丁目駅、東梅田駅、谷町六丁目駅など、よく利用する駅はそっち方面にある。一方、反対側の「大日《だいにち》方面」行きに乗ることはほとんどない。

　今日の私は〝じゃないほう〟を選ぶ私だから、なんのためらいもなく「大日方面」の電車に乗り込む。停車駅のなかから、これまでの自分に縁のなかった駅を選んで降りてみる。「守口」という駅で下車してみよう。

　改札を出ると左右に出口が分かれており、案内板を見るに、左側へ行くと京阪電車の守口市駅もあっていろいろなお店がありそうである。しかし、繰り返すが今日は〝じゃないほう〟である。右側へと進むことにした。

　階段をのぼってみると、当然ながら見知らぬ町並みである。こういうとき、いつもの自分ならなんとなく飲食店が立ち並んでいそうな雰囲気のほうへ向かうのだが、従来の自分のチョイスをあえて裏切っていくのが今日の過ごし方なのだ。

　しばらく歩いていくと、右手にインド料理店、左手に釜揚げうどん店がある一角に差しかかった。昼過ぎでちょうどお腹がすいている。いつもの自分であればまず間違いなくうどんのほうを選ぶだろう。私は麺類が好きなのだ。だが、〝じゃないほう〟の自分はインド料理店の「ジャンビー」を選択する。

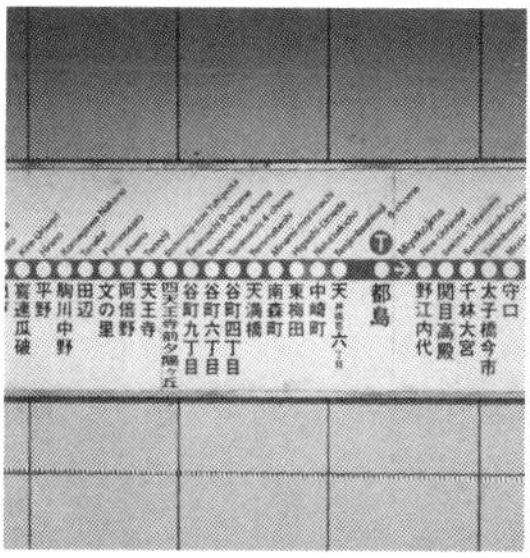

〝じゃないほう〟の電車に乗ってみる

最近オープンしたばかりのお店らしかった

居酒屋の居抜きだろうか、和風を感じさせるカウンターとインド料理との取り合わせが新鮮な店だ。

メニューを見ると、2種類のカレーとナン、ライス、サラダがセットになった「Aセット」と、さらにそこにタンドリーチキンが加わった「Bセット」などがある。小食な自分は、普段なら絶対に「Aセット」を選ぶだろう。しかし、今日は「Bセット」で攻めていく。

ナンってだいたい予想以上に大きいものだけど、それにしても結構なボリュームだ。カレーはキーマとマトンにした。これもいくつか種類がある中から〝じゃないほう〟を選んだものである。

どちらもすごく美味しい。麺ばかり食べがちな自分は普段からカレーを食べる機会が少なく、さらにこのような本格的なインドカレーを食べる機会となるとさらに少ないのだが、こんなに美味しいものをいつもの自分ならスルーしていたなんて、恐ろしいとすら思う。

私が食べているあいだにもひっきりなしにお客が来ており、「ジャンビー」は近所でも評判の店らしかった。

旬の食材を使った小鉢なんかが出てきそうな店だがインド料理店だ

テーブルからはみ出す大きさのナン

「ありがとうございました！　サンキューベリーマッチ！」と店員さんに元気に送り出されて外へ。〝じゃないほう〟の自分は今、めちゃくちゃ満腹である。

腹ごなしすべく、とりあえずウロウロと散策。大阪府内のあちこちで見かける「力餅食堂」がここにもあり、いつもの自分なら立ち寄っていただろうなと思う。

住宅街が広がるエリアに入ってしまい、いつもなら駅前まで引き返すところだが、今日は自分を裏切って路地に入り込んでみる。すると目の前にスーパーマーケットが現れた。

入店するなり酒コーナーから発泡酒あるいは缶チューハイを手に取って購入し、散歩しながら飲むのが普段の私。しかし、今日はいつもと違う自分だ。「午後の紅茶」のレモンティーをチョイスする。

「おいおい今日の自分、どこへ向かっているんだ!?」と自分でも驚くほどだ。しかし、まださっきのカレーの辛みが舌に残っているところに、レモンティーの爽やかなあと味が合うこととといったらない！　チューハイを飲んでいる場合じゃなかった。

お酒コーナーを物色するのはいつものことだが……

自分を裏切り、レモンティーを購入した

さらに、スーパーの目の前にあった甘味屋さんでアイス最中を買って食べてみる。私は普段、甘いものなどめったに食べず、したがって甘味屋さんに行くこともないのだが、今日はいつもと違う自分なのだ。

「ここら辺でそろそろ駅前に戻ろうかな」と、これまでの自分なら思っていたであろうところも、今日の私は不安な方向へグングン進んでみる。特にあてはないが、臆せずに進もう。すると公園のような場所に出て、木立を抜けてさらに進んでいくといきなり淀川の土手に出て驚いた。

空が広くて気持ち良い。秋の日差しをキラキラと跳ね返す水面に見惚れながら、川沿いを歩く。

芝生の広場に石のベンチが置かれていたのでそこに腰かけて、こんなこともあろうかと途中のコンビニで買ってリュックに忍ばせておいた缶チューハイを取り出す。「川沿いで缶チューハイを飲む」という行為は普段自分が好んでしていることなので〝じゃないほう〟では全然ないのだが、いつもなら選ばない「シークワーサー味」のチューハイを買ってきたので大目に見てほしい。

しばらく風に吹かれてのんびりしたあと、淀川沿いを下流に向かってずっと歩

いつもは食べないアイス最中も〝じゃないほう〟の自分なら食べる

いつもなら選ばない味のチューハイを飲む

く。途中、「わんど群」と表示された案内板があり、いつもの自分ならスルーしてしまっていたかもしれないところだが、指し示された方向へ行ってみると、川の本流とは別にため池のようなものが現れ、そのあちこちに釣り人たちの姿が見えてくる。

「わんど」は「湾処」と書き、川岸にできた水の淀み、溜まりのことなのだという。淀川には大小のわんどが45か所もあり、それぞれに環境も異なり、別々の生態系が維持されているそう。国の天然記念物に指定されている「イタセンパラ」という希少な淡水魚も生息しているそうだ。

釣り人たちが思い思いの場所からわんどに釣り糸を垂らしている風景もまた、今日の自分でなければ見つけられなかったものだろう。

さあ、そろそろ帰路につこう。河川敷から町へとつづく階段をのぼっていく。いつもの自分ならどこかで一杯お酒でもひっかけて帰りたいところだが、今日はたまたま見つけた豆腐屋さんの軒先で豆乳を飲んで帰ることにする。豆乳を飲んで帰るなんて、〝じゃないほう〟の自分はなんとも粋だ。

豆乳とともに豆腐も1丁購入して家に帰り、そこに醤油をかけて食べながら気

いつもと違う場所に向かったからこそ出会えた風景

河川敷はどこを撮っても絵になるな

づいたことがあった。私はいつも選びがちな木綿豆腐を買ってきてしまっていたのである。木綿と絹の二択。ここは絶対に絹を選んでおくべきだった……。気を抜くとすぐにいつもの自分に戻ってしまうみたいだ。

　というかそもそも「特に目的地を決めず出発して、川沿いをチューハイを飲みながら歩いて帰ってきた」という一日って、ほとんどいつもの自分と同じじゃないか……。ひょっとしたら〝じゃないほう〟の自分とは、自分とよく似ているけどほんの少しだけ違う、兄弟のような双子のような、親友のような、そんな存在なのかもしれない。

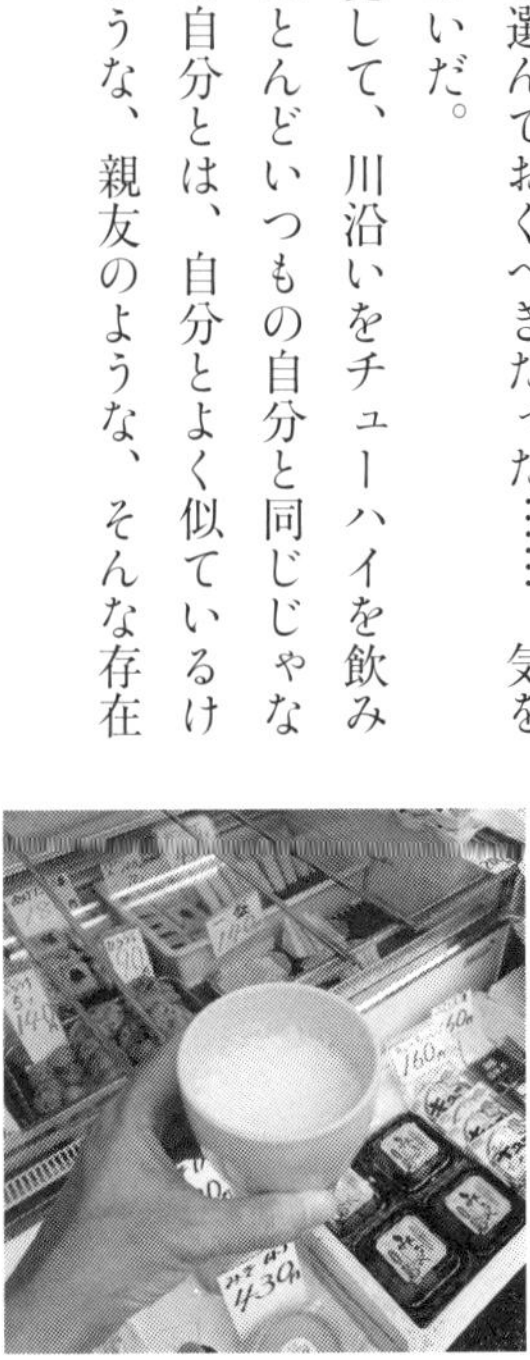

豆腐屋さんの豆乳で一日を締めくくる〝じゃないほう〟の自分

さっきまでいた場所を高いところから眺めてみる

ＪＲ大阪駅には「大阪ステーションシティ」という商業施設が併設されている。「ノースゲートビルディング」、「サウスゲートビルディング」のふたつのビルがある。

その〝ノース〟のほうの11階に「風の広場」という露天の休憩スペースがあって、私はそこによく行く。

「風の広場」が好きな理由はたくさんある。まず何がいいって駅から近いことだ。大阪駅の改札を出てノースゲートビルディングのほうに歩き、あとは上に向かうエスカレーターを次々乗り継いでいくだけ。数分で着く。

ちなみに5階には「時空の広場」があるが、こっちは屋根の下だから開放感がもうひとつで、あまり利用したことがない。「時空」と書いて「とき」と読ませるところがちょっとキザだし。

風の広場は細長いスペースの中にいろいろな形のベンチがあり、芝生もあり、いろいろな人が好き好きにくつろいでいる。夜になったら恋人たちがじゃれ合っていたりもする。雨を避けられる場所もあるから、私は年がら年中、天候も気にせずここに来る。

見晴らしがいいのもこの場所が好きな理由だ。大阪駅の北側の、やけに長い期間に渡って工事をしているエリアが眼下に見え、その向こうには山が見える。冬になると空気が透き通るからか、グッと視界の解像度が上がって山の緑がただ一色の緑じゃなく、少しずつ色調の違う緑から構成されていることがちゃんとわかる。

梅田の駅周辺はいつでもたくさん人がいて混んでいるけど、ここに来て向こうの山を見るといつも落ち着いた気持ちになる。

また、風の広場にはコンビニが併設されていて、いつもきれいなトイレがある。

「風の広場」、大阪駅周辺でいちばん好きな場所かもしれない

大阪駅から北西方向の景色を見渡すことができる

これはこの場所が巨大な商業施設の一部であることの恩恵だが、あるんだから利用しない手はない。

コンビニで缶チューハイと、それからインスタント蕎麦の「どん兵衛」を買う。お湯をもらってカップに注ぎ、テーブル付きのベンチで食べる。風の広場でどん兵衛を食べる行為を「壁ドン」みたいなイントネーションで「風どん」と、心の中で呼んでいる。

今日もそうやって遅い昼ごはんを風どんで済ませた。どん兵衛のそば、前よりおいしくなった気がするな……とかそんなことを思いながら改めて遠くの景色に目をやったついでに、「あっちからこっちを見たらどんなふうだろう」と思った。「あっち」というのは「梅田スカイビル」のこと。このビルには展望台があるのだが、のぼるのにお金がかかる有料の展望台だからケチな私は行ったことがなかった。でも、たまには奮発してそこにのぼり、向こうから今いる場所を見てみるのもおもしろそうだ。

ちなみに梅田スカイビルの写真を遠景で撮ろうと思った私がのぼってきたのは、

広場に併設されたコンビニでカップそばとチューハイを買うのが好きだ

向こう側に見える梅田スカイビルは不思議な形をしている

風の広場から階段を上がった先にある「天空の農園」というスペースだ。ここにはさまざまな野菜が植えられていて、〝屋上大根〟、〝屋上ネギ〟などを見ることができて楽しい。

　スマートフォンで梅田スカイビルのことを検索してみたら、オンライン予約限定のビールつきの割引チケットというものが見つかった。ビール2杯と入場料がセットになって２２００円。これが得なのかどうかあまりわからないけど、まあ、たまにはいいだろう。

　予約を済ませて梅田スカイビルへ歩いていく。梅田スカイビルの中には映画館があって、わりと渋い映画が上映されたりするからそこには何度も来たことがある。しかし、今から展望台にのぼるぞと思って見上げると少しドキドキした。

　エスカレーターで3階まで上がると展望台行きのエレベーターがある。ボタンの上に「空中庭園」と書いてある。今の私は「天空の農園」から来て「空中庭園」へ行こうとする者である。

　エレベーターは35階に着き、そこからまだのぼる。「死んだらこういうエスカ

ビルの屋上の「天空の農園」には大根が生えていた

「今からそっちまで行くよ」と見上げる

レーターに乗せられるんじゃないか」と思うようなものに乗り、より高い場所を目指す。

このエスカレーターは、梅田スカイビルの上部の円形にポッカリ開いた穴を貫くように渡されているもので、「さっき下から見上げたあれに今自分が乗っているんだな」と思うと縮み上がるような怖さを感じる。

エスカレーターを乗り継いで40階へ。さらにそこから屋上へと上がる。すると、ぽっかり開いた円形のフチの部分に出た。回廊部分はぐるりと一周歩けるようになっている。遮るもののない広い眺めだ。淀川の大きさを感じる。

さっき私がいた風の広場も見えた。あそこで風どんしていたのか。自分がまだそこに座っているのが見えてもおかしくないような、なんだか不思議な気持ちだ。

回廊の内側もまたすごい。自分の姿が映り込むようにと、あえてすり鉢状に設計されているんだそうである。

「ハートロック」と名の付いたスペースがあり、恋人たちが永遠の愛を誓ってハート型の鍵をかけられるようになっていた。観光地に行くとたまに見かける感じのものだけど、梅田の巨大なビルの頂上にもこういう場所が存在するなんて、恋

天国へと連れていかれるかのようなエスカレーター

地上173メートルとのこと。さすがに風の広場とは眺めが全然違う

というものはつくづく普遍的な力を持っている。

さて、恋人たちから離れて私はビールを飲むのだ。40階には「cafe SKY40」というスタンドがあり、世界各国のビールが並んでいる。私が持っているチケットで好きなものを選んで飲めるらしい。

お店の方におすすめしてもらった「Leffe」というベルギーの修道院ビールとグラスを手に窓辺の席に向かう。ビール瓶とグラスを置いてみると、テーブルも透明になっているからお酒が宙に浮いているように見えて笑えた。

淀川を眺めつつ、ビールを飲んでぼーっとくつろぐ。たまにはこんな場所でダラッと過ごすのもいいな。建物がひしめいて人がその間をひっきりなしに往来している騒がしい街が、高いところに来るだけでいきなり愛おしく見えてくるからおもしろい。高層マンションの上階に住む人の気持ちとはこうも優雅なものなんだろうか。

もう一枚あったビール券を使って、今度は「PERONI」というイタリアのビールを。さっきとは別の方角を向いた窓辺に座ってみると、西日が差してポカポカ

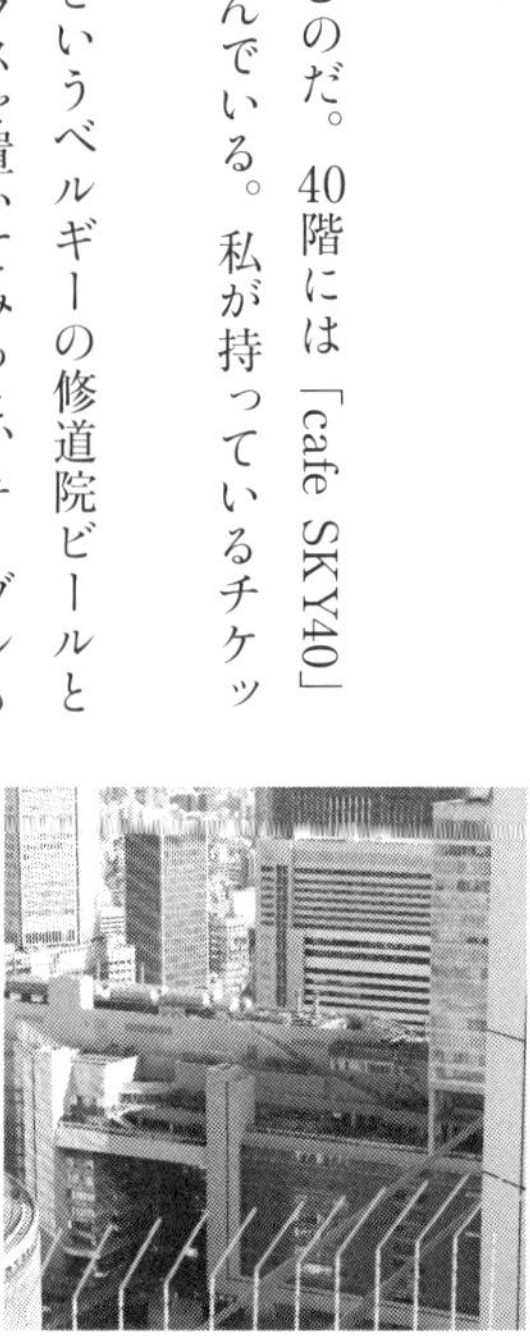
「風の広場」が見えた。あそこでどん兵衛を食べていたのか

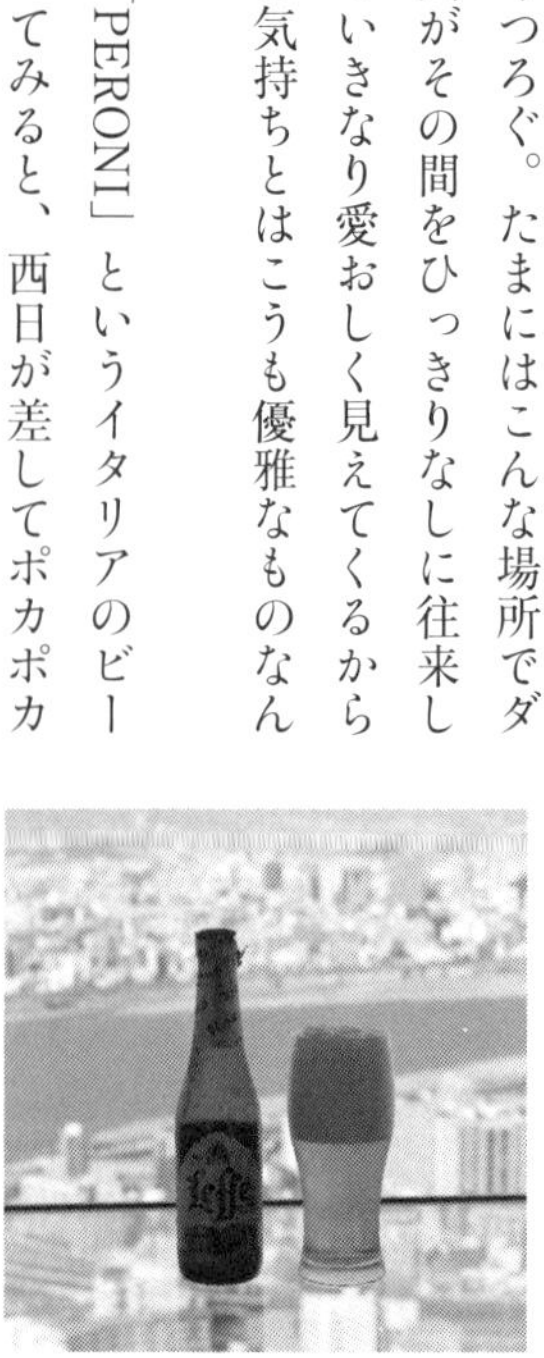

ビールが空に浮かんだみたいで愉快だ

と暖かかった。

グラスの中のビールを通った日光がテーブルに描く色彩を、じっと見る。雲海から日の出が現れたみたいに見えるような気がして「美しい……」と感動してしまった。たぶん、すでに酔っていたからなのだろうけど。

ほろ酔い気分で地上に降り、歩いていたらもう一軒ハシゴしたくなった。居酒屋ではなく、空のハシゴだ。梅田周辺のあちこちから見えてやたら目立つ観覧車、「HEP FIVE」という商業施設の真っ赤な観覧車に、この勢いで乗ってみよう。

ビルの中に食い込むようにして観覧車が設置されている。この町を歩く人はすっかり見慣れているだろうけど、改めて考えるととんでもない建築だ。大阪にはこういう、見た目のインパクトにすべてを賭けたような建物が点在している。

「HEP FIVE」の7階まで上がると観覧車の下の部分が見え、ドアの向こうがすぐ乗り場になっている。大人６００円で一周が約15分間とのこと。ちょっといい居酒屋で生ビールを一杯飲んだと思えば高く感じることはない。

少し待ってゴンドラに乗り込むと、正面にＪＲ大阪駅がドーンとあり、ここか

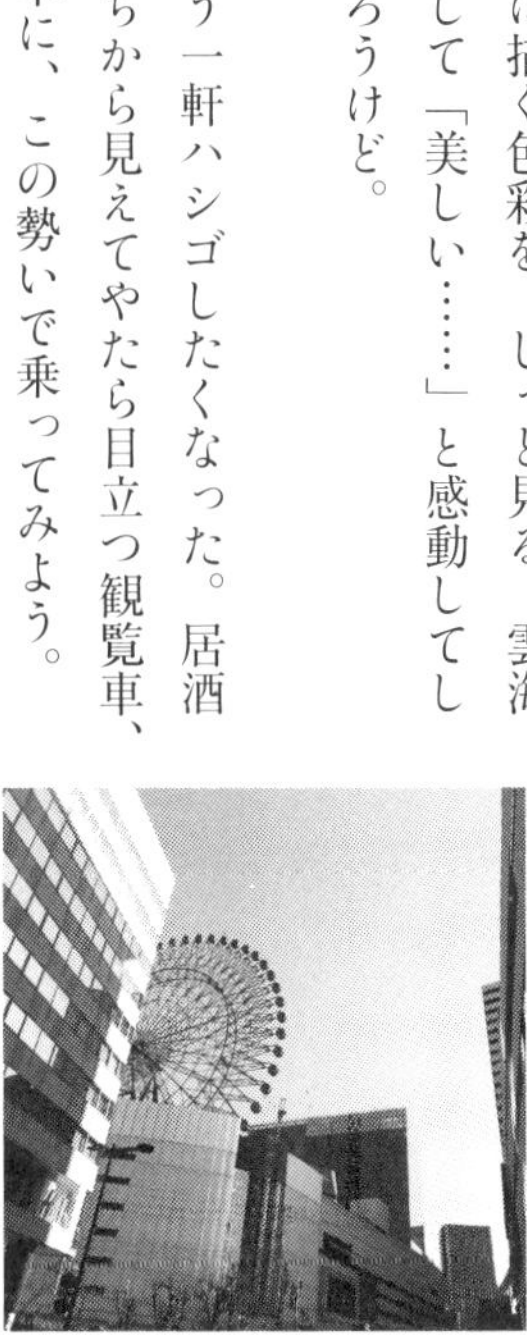
梅田の商業施設「HEP FIVE」には観覧車が併設されている

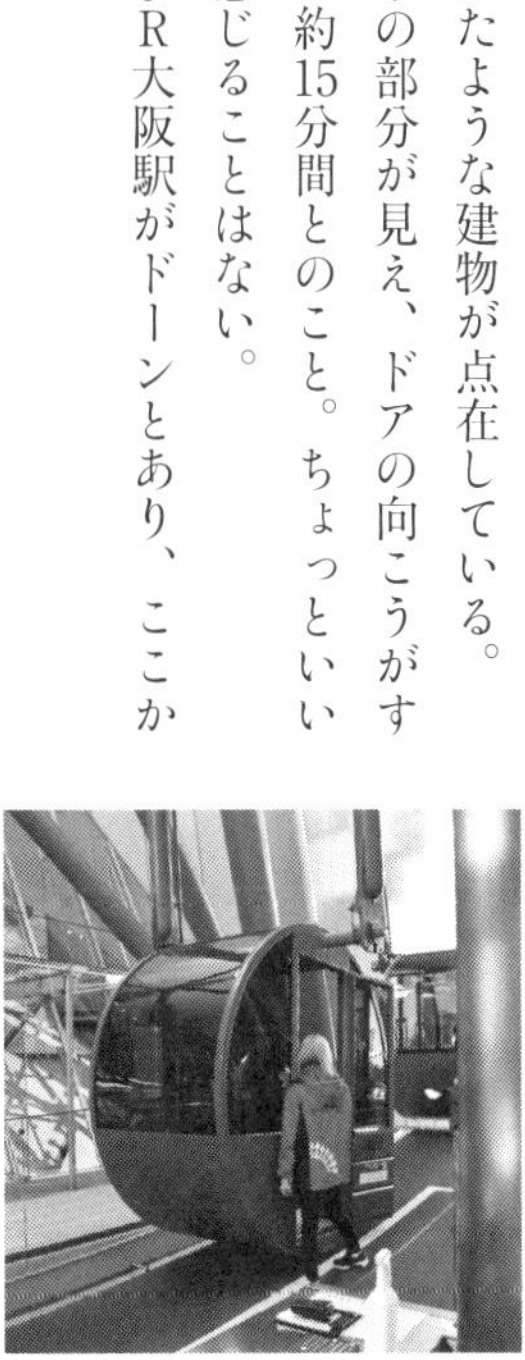
ビルの中の乗り場から15分間の空の旅へ出発

らも風の広場の裏手の部分が見えた。15分という時間は思ったよりも全然長くて、一日のなかにこんなにぼんやりした時間があるということがいいものに思えた。しかも今日はそんな時間ばっかり過ごしているのだ。つまり、悪くない一日だ。「それにしてもデカいビルばっかりだな」とか「自分の住んでいる場所はあっちか」とか思って景色を見ていたら徐々に視界が低くなり、やがて終点が近づいてきた。

高いところから元の低い場所に戻ってきたときのフワフワした気分がおもしろい。魔法が解けたような感じでもあり、でもどこかいつもより足取りが軽く思えるような。

「これからもたまには天空やら空中やらに深呼吸のような時間を味わいに行こう」と思いながら、さっきは上空から見下ろしていた街を、点になって歩いていく。

観覧車っていい乗り物だな

憧れの〝寿司折〟を求めて散歩する

寿司が食べたいと思ったら私は近所の回転寿司に行く。「はま寿司」という大型の回転寿司チェーンが徒歩圏内にある。あるいは自転車に乗って少し行ったところには「くら寿司」もあるから、そのどちらかに行く。

近所を散策していると、そういうチェーンではなく、回転しないほうの寿司屋さんもちらほら目に入る。しかし私はそういう店に入る勇気がなく、「まあ、いずれ行くこともあるだろう」と未来の自分に投げやりなタスキを渡す感覚で通り過ぎてしまう。

ある日、昼頃に目覚めたところ、窓の外からポカポカと暖かい日差しが入ってきており、ベランダに出て見上げると空が青かった。

「こんな日は外でお寿司を食べながら日向ぼっこをするのはどうだろう」と思っ

た。回転しない寿司屋さんでも、持ち帰りだったら利用しやすいのではないか。お任せで握りを何貫か詰め合わせてもらう〝寿司折〟というやつだ。酔っ払ったお父さんがお土産に持って帰ってくるあれ。食パンをくわえて学校へ急ぐシーンぐらい定番のイメージなのに、実際どこで見たものなのかは一切思い出せないあれである。

どこに行けばそれが手に入るのか、今はパッとイメージすることができないが、近所の寿司屋さんを片っ端から巡ればなんとかなるんじゃないかと思う。

外をしばらく歩くといつも行く「はま寿司」が見えてきた。「はま寿司」でだって好きなお寿司の詰め合わせ持ち帰りで購入することができる。それは知っているのだが、今日はそういうのじゃないものが食べたいのだ。先を急ごう。

近所の「桜通商店街」を歩く。たまにしか歩くことのない商店街なのだが、寿司屋があったようななかったような……。

総菜を売るお店とうなぎ店が隣り合っていて、ここには何度か立ち寄ったことがある。しかし今日は違うのだ。

商店街には寿司屋さんは見当たらなかったが、その少し先に「喜楽すし」とい

よく行く近所の「はま寿司」。いつもお世話になっております

う店があった。「うんうん！　確かにこの辺に寿司屋があった気がしてた！」と脳内の自分が叫ぶ。しかし、残念ながらシャッターが降りている。夕方以降に営業を開始する店のようだ。

　気を取り直してさらに歩いてみよう。大通りに出てしばらく行くと「すし中」という店が見えてきた。看板に貼られたメニューを見ると「にぎり盛合せ」「すし盛合せ（にぎりと細巻の盛合せ）」がそれぞれ１０００円。「そうそう！　こういうのが欲しかったんだ！」という感じだ。

　しかし、このお店は基本的に17時からの営業で、お昼は事前に予約をしないと利用できないとのこと。こちらもあとで検索してみると、広い店舗の中に大きないけすがあって、お客さんがそこから魚をすくってさばいてもらうこともできるという、宴会が盛り上がりそうな店であった。

　もう少し歩くと「穴場」という寿司店があった。しかしここも17時からの営業だ。さらに進むと「梅すし」という店が見えてくる。ここもお昼はお休みの様子。それにしても、近所を少し歩いただけでこんなにたくさんの寿司屋さんが見つか

そういえばあった！　と思った「喜楽すし」

見つけた！　と思っても夕方から開く店ばかりだった

るとは意外なことだ。普段の自分がいかに〝寿司アンテナ〟を立てずにぼーっと歩いていたかを思い知る。

というか、ひょっとして寿司屋さんってたいてい夕方からオープンするのだろうか？　お昼からやっているのはチェーン店だけなのか……。いやそんなことはないはず。空腹感がつのって辛くなってきたが、もう少し歩いてみる。

道沿いの掲示板の下にいかにもレトロな雰囲気の理髪店の広告があって、「あー、昔こんなお店があって、広告だけがこのまま残されているんだろうな」と思った。しかし、しばらく歩いていたらその「男爵」の実物が目の前に現れて驚いた。勝手に「昔あった店」なんて思っていたが、現役である。と、そんなことがあったり、「すし」という文字が目に入って「あ、あったぞ！」と思って近づいてみると、「はん」の2文字だったりもした。

歩き疲れ、お腹が空いて私の〝寿司アンテナ〟はハンコ屋と寿司屋を見間違えるほどに敏感になってきているらしい。「もういいわ。スーパーに入って惣菜コーナーで買ってしまえ」とくじけそうにもなった。しかし、今度こそ見つけた。「三陸寿し」という店だ。

なんとも時代を感じる広告だなと思った

しかし「男爵」は今も営業中でした。失礼しました

そういえばこの店の前を何度も通ったことがあった。いつも少しだけ気になっていたのだ。ドアに持ち帰りのメニューが貼られていて、「大将おまかせ折」というものもある。

「日替わりのおすすめネタをお得に！」とあって、税込1000円とのこと。まさに探していたようなものである。

「ここまで頑張って歩いて来て良かったよ……」、と引き戸をガラガラと開けて中に入ると「あ、すいませーん！　今日は終わっちゃった！」と大将。「あ、そうですか！　すみません！」と言って外に出てみると、お昼の営業は14時半までと書いてある。腕時計を見てみるとすでにその時間を過ぎているのだった。

もうダメだ。遅く起きてしまった自分が悪い。あるいはいっそのこともうひと眠りして、夕方以降に出直そうか……と、トボトボと家に向かう。しかし、帰り道、私の目の前に「中村商店」という持ち帰り専門の寿司店が現れたのだった。

いや、ここも近所なので何度も前を通ったことがあるのだが、見慣れすぎてその存在を忘れてしまっていたのである。

ハンコ店の「はん」が「すし」に見えてしまう始末

やっとたどり着いたと思ったが、ここもダメだった

〝寿司折〟という感じではないけど、店内では手頃な価格の盛り合わせパックが販売されている。購入したパックを持って、近くを流れる「大川」の川沿いまで足を延ばす。折しも桜が見頃を迎えている。

年を重ねるごとに、桜がきれいに咲いて、それを気持ちの良い天気の日に心ゆくまで眺めて歩けるなんてタイミングは実はそうそうないということを知る。仕事が忙しかったり、やっと暇になったと思ったら雨と風が花びらを一気に散らしてしまったりする。今日みたいに完璧な日はそんなに多くは巡ってこないのだ。桜を眺めながら歩けることの喜びを残さず味わえるように、体全体で幸せを抱きしめるようにして進む。空いているベンチを見つけ、ようやくお寿司タイムだ。

マグロを食べ、エビを食べ、タコを食べ、チューハイをぐびり。ああ、うまい。外で食べるお寿司の美味しさを私は今日ようやく知った気がする。

ふいに「ふぉーっ」という音が聞こえてきて、なんだろうと思ってそっちをみると「ほら貝」を吹いている方がいた。

寿司、満開の桜、川の流れに加えてほら貝の音色だ。なんだかまるで夢の世界のようではないか。思わず近寄って声をかけ、「写真を撮らせていただいていい

あきらめかけたところに現れた「中村商店」

満開の桜のトンネルを通ってベンチを探す

でしょうか」とほら貝の主に許可をいただく。

そしてお話を聞いたところによると、この方は山伏を目指してほら貝を練習しているそうで、ほら貝を手にして7年になるという。ほら貝というと「いざ出陣じゃ！」と、戦のはじまりを告げる音のように思うけど、死者の魂を鎮める意味も込められているのだという。

「この辺りは戦災で多くの人が亡くなられた場所でもありますので、それでこうして吹いているんです」と、その方が「伏せ貝」という、貝の口を下に向けて静かに長く伸ばすような吹き方を聴かせてくれた。

お礼を言ってベンチに戻り、引きつづき残りのお寿司とチューハイを静かに口に運びながら桜を眺めた。寿司もうまい。チューハイもうまい。肌寒くもなく、いつまでもこうしていられそうな気温だ。ありがたいことに私は今のところ健康で、桜が一斉に咲くのを今年もこうして眺めることができた。

と、今この文章を書きながら調べてみたところ、私が寿司パックを買った「中村商店」は、「魚輝水産」という大阪府内と関西圏に何店舗もの寿司店を展開す

素晴らしいセットじゃないか

満開の桜の下で食べる寿司は美味しいに決まってる

るチェーン店のテイクアウト専門業態で、つまりこれでは「はま寿司」で持ち帰り寿司を購入したのとほぼ同じことだ！

しかし、もう、今回はこれでいいことにしよう。元気でいればもう数回ぐらいは今日みたいな素晴らしい日が巡ってくるだろう。そしていつの日か、憧れの〝寿司折〟を買える時が来るだろう。

ほら貝の響きによっていよいよ夢見心地に

第2章

電車に乗った途端、さっきまで洋上にいたことがまるで嘘みたいに思える——旅

行くことができない山形に行った気分を味わう

国内の新型コロナウイルスの感染者数は２０２０年5月の中頃辺りから減りはじめ、私が住む大阪では5月23日に休業要請と外出自粛要請の対象範囲を縮小するという発表があった。日々状況は変わっていく。

数日前、用事があって少しのあいだだけ梅田を歩いた。新型コロナウイルスが騒ぎになる以前と比べると人出はだいぶ少ないが、それでも駅周辺はかなり混み合っている印象だった。

とはいえ、日本各地で毎日ある程度の感染例は報告されつづけていて、ということはそこからまた一気に感染者数が増えていくこともじゅうぶんにあり得る。

ルールを緩めた結果として感染者数が増えたらそこでまた縛りを強めてと、その繰り返しがつづいていくことになるのかもしれない。
　そう考えれば、たとえ国内であっても、行きたい場所へ気ままに旅に出るなんてまだまだ夢のような話なのだろう。外出自粛状態に突入して以来、「東京に行きたい」と、事あるごとに思う。大好きな地元の中華料理店でタンメンが食べたいし、好きな居酒屋も覗いてみたい。友達の元気そうな姿を見て、実家にも顔を出してと、ささやかな望みばかりだが、やりたいことは尽きない。でもまあ、自分が知らず知らずのうちに感染者となり、誰かに迷惑をかけるかも……という新型コロナウイルスの巧妙でいやらしい仕組みのせいもあって、今すぐに行こうとは思えないでいる。

　それと同じぐらいの頻度で「行けたらなあ……」と想像するのが東北の山形である。私の両親が山形県出身で、子供の頃からたびたび両親の実家に連れて行かれた。年の近いいとこたちが遊び相手をしてくれたり、親戚たちの宴会に便乗してあちこちから小遣いをもらったり、夏にオニヤンマを捕まえたり、冬に裏山でソリ滑りをしたり、絵に描いたような田舎の楽しみを何度も味わってきた。

子供の頃から好きだった山形だが、歳を重ねるとその魅力がなおさら心に染み入ってくるように感じる。特にコロナ騒ぎのなか、家に閉じこもっている日々の合間に、山形に住む親戚の家のまわりの広々とした景色を思い返しては、「あの辺だったら感染を気にせず悠々と散歩できるのかもな」と、広い景色の中に飛び込んで行きたくなるのだった。

もちろん、実際のところは山形のように感染者数が少ない（2020年6月5日時点で山形県内の累計感染者数は69人だという）土地のほうがかえって感染者への目が厳しかったりして、よそから来る者には特にシビアだろう。親戚から電話があり、「こっちはみんな元気です。また落ち着いたら遊びに来てな」と言ってもらったけど、それはいったいいつになるんだろうかと思う。

山形の景色を思い浮かべながら過ごすうち、「何か山形ならではの食べ物を取り寄せることならできるんじゃないか」と思った。それで、気分だけでも山形に行ったかのように思えないか。ネットで検索してみると、日本各地の飲食店や宿泊業者をサポートすべく起ち上げられた「TASTE LOCAL」という通販サイトで、山形の月山《がっさん》のふもとにある「出羽屋」という宿の「月山山菜そばセット」というものが販売されている。「出羽屋」は山菜料理にこだわった宿で、コロナの影響で休業を余儀なくされていたようだ（2020年6月から営業を再開しているとのこと）。

山で収穫された山菜がたっぷり入って、そばとセットで2人前3300円（2020年6月）。いつもの自分ならすぐには手が出ない額だが、山形の新鮮な山菜が自分の家にいながらにして食べられるということのありがたさが今ならわかる。購入ボタンをクリックし、その顚末を母にLINEで伝えてみると「『出羽屋』って有名なところだよ！　若い頃に行ったなー。もう一度行ってみたいと思ってた」とのことで、期待がますます高まるのであった。

それと並行して、山形に住む私の友人である伊澤均《いざわひとし》さんが通販サイトをオープンしたということも知った。伊澤さんは山形県東置賜郡《ひがしおきたまぐん》の高畠町《たかはたまち》に住んでいて、春から秋までは「つけものと手打ちそばの伊澤」という蕎麦屋を、冬季は「ロッジイザワ」というスキー場を経営している。

その伊澤さんが「伊澤商店」という通販サイトで自家製のスモークナッツを販売しはじめたという。ナッツの他にも高畠町の老舗漬物店「三奥屋」の漬け物など山形らしい食品類を扱っていて、あれこれ欲しくなる。ちなみに伊澤さんの蕎麦屋も2020年5月末まで休業となっていたそう。久しく会えていない伊澤さんと何年か前に山形の河原で飲んだことを思い出しつつ、いくつかの商品を購入した。

さて、山菜そばセットとスモークナッツと漬け物とが、ちょうどいいタイミングで一気に届いた。今日は家にいながらにして山形気分を味わい、豪快に飲み食いしようと決める。

まずは出羽屋の「月山山菜そばセット」である。届いた箱を開けると、種類ごとに小分けにされた山菜がギッシリ詰まっている。うるい、ぎんぼ、こごみ、みず、山うど、月山筍《がっさんだけ》などなど。一つひとつの山菜がじゅうぶんな量で、2人前とはいえ全体的にかなりのボリュームに見える。

説明書きに従い、特製のつゆを入れた鍋の中で山菜を煮込み、アクを取り、別に茹でてあったそばを入れたどんぶりにその中身をダーッとあける。改めて山菜

「出羽屋」から届いた箱の中には山菜がたっぷり

の量がすごい。ボリュームが自慢のラーメン屋みたいにこんもりと山になる。

その山のような山菜を大事に味わっていく。シャキシャキした歯ごたえが最高な「あいこ」、つるっとなめらかな「わらび」、少しほろ苦い「山うど」、甘みがあってブロッコリーの茎のほうみたいでもある「ぎんぼ」。どれもこれも違った個性があり、山菜にしかない味わいだ。また、これが山形の土と水で育ったものだと思うとなおさらありがたいじゃないか。希少なものだという「月山筍」の旨みを目を閉じて味わう。いかにも「田舎そば」といった感じの黒っぽくてコシのあるお蕎麦も自分好みである。

山菜がこんなに美味しいものだなんて、それこそ最近になるまでわかっていなかった。この地味な色合い。渋い味わい。たまらない。いつか本当に「出羽屋」まで行ってさらに新鮮な山菜を頬張りたいものだ。

山菜そばだけでお腹がいっぱいになったが、まだまだ私の山形は終わらない。「伊澤商店」から届いたスモークナッツと漬け物がある。伊澤さんの自家製スモークナッツが美味しいことは仲間内でも評判で、私の酒仲間・パリッコさんも「以前送っていただいて食べたんですが、あれはすごく美味しいですよ！」と太

こんなボリュームの山菜そばを食べるのははじめてかも

鼓判を押していた。

封を開けるとスモーキーな匂いが漂う。くるみ、カシューナッツ、アーモンドなどに混じってレーズンやバナナも入っている。ひとつ食べてみると、しっかりした香りとほどよい塩味が口の中に広がり、慌てて冷蔵庫からキンキンに冷やしておいた缶ビールを持ってくる。ナッツひと口、ビールごくり。ナッツまたひと口、ビールごくごく。極上の反復である。

この勢いで私の飲みモードは一気に加速し、「三奥屋」の「南蛮味噌」の封も切って今度は焼酎を飲みながら味わってみる。南蛮味噌は青唐辛子の味噌漬けで、山形では定番のもの。仙台で名物の牛タン定食を食べると脇に添えられていたりする。味噌はしょっぱくて青唐辛子は辛くて、箸の先でちょこっとつまんだのを口に入れるだけで酒がグッと進む私の大好物だ。山形の親戚の家では自家製のものが食卓に並ぶのだが、もちろん今回注文したものもすごく美味しい。

さらに、私の手元には山形県南陽市にある「宮内ハム」のサラミソーセージ「味な物語」がある。

これは前述の伊澤さんがお裾分けしてくださったもので、酒好きの伊澤さんい

「伊澤商店」から届いた南蛮味噌（左）とスモークナッツ（右）

ち推しのサラミなんだとか。そもそも山形県はサラミの消費量が全国的に見てもかなり高いらしく、確かに思い起こしてみれば、親戚の家で小さい子供たちがサラミをバクバクと食べまくっている光景をよく見るのである。親戚が我が家にサラミを送ってくれたこともあった。山形の人々にとってサラミとはお酒のつまみというよりもっと身近な、日常的に食べるおやつであるらしいのだ。

サラミか。自分もこれまで幾度となく食べてきたけど、そこまでしっかりサラミと向き合ってこなかったな。いつもぼーっとした状態で食べてしまっていた。

伊澤さんがこんなメッセージを添えてくれていた。

「このサラミは『宮内ハム』の人気商品です。この辺では宅呑みの定番のつまみで、もちろんそのまま食べてもいいのですが、刻んで軽くフライパンで炒めても美味しいと思います。ハム工場の近くの居酒屋ではこのサラミを炒めたやつがメニューになっているところもあります。ライターでちょっと炙って食べると美味しいです」

サラミを、炙る……？　なんて悪い遊びを知っているんだ、伊澤さん。台所へ向かい、コンロの火でサラミを炙ってみる。脂が浮かび上がり、軽く焦げ目がつ

伊澤さんが酒のアテにといち推しするサラミもまた美味だった

いたぐらいが頃合いだろうか。立ったままそれをかじってみて驚く。これはもう、ステーキだ！　いや、ステーキではない。冷静に考えるとステーキではないのだが、ステーキを食べたときみたいに体が「ごちそうだ」と認識しているのがわかる。舌が喜んでいる。そのまま食べてみてももちろん美味しかったが、炙りのあるなしでは味わいが全然違う。焦げ目の香ばしさと、溶け出した脂がポイントなのだろうと思われる。サラミの世界の扉が開いた気がした。

山菜をモリモリ食べた時点で満腹に近かったはずなのに、気づけば際限なく飲み食いしてしまっている。まあいいか、いつも山形に遊びに行ったら親戚の家で山ほど美味しいものをごちそうになるもんな。いつもお腹が苦しくて動けなくなる。みんなで宴会をするから酒も相当飲むし、雰囲気だけでもそんな一日を味わったと思えば、幸せな時間ではないか。

伊澤さんにお礼のメッセージを送ると「お互いもう少し辛抱してまた必ずや乾杯しましょうね！」と返事があって、今はまだ遠い山形の風景をもう一度思い浮かべた。

山で汲んできた美味しい水で焼酎を割る

野外でアクティブに過ごすこともほとんどなく、「アウトドア」なんて柄にもない私だが、たまに山に登ることがある。私が住む大阪から神戸方面へ向かう電車に乗れば、それほど時間もかからず六甲山系の山々にアクセスできるのだ。本格的な「登山」よりももう少し気軽な、「ハイキング」という言葉のニュアンスに近い感覚で登れるコースもたくさんある。もちろん山登りを軽く見たら痛い目を見ることは間違いない。せいぜい私ができるのは、自分の歩き慣れたコースを無理せず登り、気が済んだところで引き返して来るぐらいだ。

そんな六甲山系の山のひとつ、神戸市東灘区にある七兵衛《しちべい》山《やま》には何度か登ったことがある。この山を下りてしばらく歩いたところにある「すじモダンの店 えっちゃん」というテイクアウト専門のモダン焼き屋さんを取材したことが過去にあり、その店の店主が七兵衛山の登山道を長年に渡って整備しているというので興味を持ったのだ（拙著『深夜高速バスに100回ぐらい乗ってわかったこと』をご参照ください）。

店主が「あなたぐらいの年の人の足ならそんなに大変じゃないと思うよ」とおっしゃるから調子に乗った勢いで登ってみたが、日頃の運動不足のせいですぐにバテてしまい、帰りは足がガクガクと棒のようになった。

しかし、筋肉痛に苦しむ日々さえ過ぎ去れば不思議とまた登りたくなってくるものである。秋晴れのある日、私は再び七兵衛山を目指すことにした。

JR摂津本山駅から「八幡谷《はちまんだに》入口」という登山道を目指す。登山道の入口までは住宅も立ち並んでいるが、なんせ勾配がきつい。ここまで来るだけでも息が上がる。登山道から山へ入り、道の脇の石仏に頭を下げて登っていく。

済んだ空気を胸に吸い込みながら進んでいくと、木の形をそのまま活かして組み上げたベンチ群が目の前に現れる。このベンチも、前述の「えっちゃん」店主・深田勲《ふかだいさお》さんが自分ひとりの力で作り上げたもの。

柔らかいすじ肉が絶品のモダン焼きが食べられる「えっちゃん」

山頂の見晴らし台も「えっちゃん」店主が整備した

店主は20年近くかけてこの登山道を整備し、あちこちに自作のベンチや手すりを作っていった。そこに費やされた時間の途方もなさを想像しながらさらに登っていく。つづら折りのようになった山道を、息を切らしながら登っていくと、水の流れる音が聞こえる。そちらへ近づいてみると岩の隙間からパイプが延びており、その先から勢いよく水が流れ出している。

ひと口飲む。がんばって登ってきたせいもあってか、痺れるほどにうまい。ちょうどリュックの中に空のペットボトルが入っていたのでそこに水を汲ませてもらった。

さらにしばらく登っていくと、その先に人影が見える。ちょうど登山道の整備作業を行っていた店主に出会うことができたのだった。

店主はお店が休みの日はほぼいつも朝の5時から山に来て作業を進めているという。77歳という年齢で、つい最近膝を痛めて手術をしたばかりだというのである。なんとタフなのか。今は登山道の安全性を高めるために道の端を木で補強しているところらしい。

生きた木は切らず、既成の木材も使わず、山の倒木や岩だけを利用して作業す

周囲の自然と違和感なく調和している手作りベンチ

七兵衛山の恵みの水。なんと美味しい水なんだろう

るのが店主のポリシー。斜面に倒れた木を慎重に下へおろしながら、必要な場所へ導いていくのにコツがいるという。「手伝っていく？」とおっしゃるのを丁重にお断りして、邪魔にならぬよう先を急ぐことにした。

すると、店主と一緒に作業をしてた井伊《いい》恒子《つねこ》さんという方が「少しそこまで行きましょうか」と登山道を案内してくださることになった。

井伊さんは2年ほど前から登山道の整備作業を手伝いはじめたという。その経緯について話を聞いてみて驚いた。さっき私が汲んできた山の水がきっかけだったというのだ。

井伊さんは幼い頃から水道の水が体に合わず、おいしい水を探していたのだという。しかし浄水器を使ってみてもしっくりこず、これというものに出会えないまま数十年の月日が経ってしまった。この山の近くに住むようになってしばらくして、知人の勧めもあって山登りをはじめた。それが3年ほど前のこと。それまではちょっと近所に行くのでも自転車に乗るぐらい、歩くのが嫌いだったんだそうだ。

そんな自分にとっては運動になるとはじめた山登りをしばらくつづけるうち、

「すじモダンの店 えっちゃん」の店主　深田勲さん

井伊さんの頼もしい背中についていく

山で知り合った仲間に、「いい水場がある」と案内してもらった。ひと口飲んでみると、これまで味わったことのないおいしさを感じたという。以来、井伊さんは毎日水を汲みに山に登るようになった。台風やよっぽど激しい雷雨でもない限り、ほぼ毎日、山に来て水を汲む。飲み水としてはもちろん、料理に使うのもその水だ。それがさっき私が汲んだ水なのである。

そんな話を聞いていて、私によこしまな気持ちが芽生えた。「あとで喉が乾いたら飲もう」と、なんの気なしに汲んだ水だったが、「いや、この水を持ち帰り、焼酎を割って飲むことにしよう」と決めた。山から汲んできた水で割って飲むお酒なんてなんだかものすごくありがたいではないか。井伊さんの話を聞いた今となってはなおさらのことである。

ペットボトルの蓋を改めてきつく締め、私は歩きつづけた。井伊さんと「えっちゃん」の店主とが「万里の長城」と呼んでいるという手すりを見せてもらった。この長くつづく手すりも、店主が地道に作り上げたものだ。井伊さんが手伝った一部分を除いてはたったひとりで作りつづけたものだという。そう聞いてもなお、これがほぼひとりの力で作られたものだとは信じられないほどの距離に渡って、手すりは延々とつづく。

自分に合う水に出会った井伊さんが「えっちゃん」店主と知り合ったのはこの「万里の長城」のおかげなのだとか。ここを歩き、「誰がこんなすごいものをつくったんだろう」と思っていた井伊さん。ある日、向こうから歩いてくる店主の顔を見て「あ、この人だ」と不思議とすぐにわかったのだと語る。

「えー！ そんなことがパッとわかるものなんですか！」と私が驚くと、井伊さんは手すりの断面を指し示し、「なんとなく丸太の切り口に似てたんです」と言う。

そんな話も、こうして山を歩いているとすーっと自分の中に入ってくるように思える。実際、山でばったり出会った店主はまるで仙人のようにも見えたし、それぐらいの神通力は持っていそうだ。

山を下りた私は、早速（いや、正確には帰りに立ち飲み屋に寄ったあとでだったが）山の水で焼酎を割ってみることにした。この水のために今日はずいぶんが

深田さんが作った手すり。通称「万里の長城」

言われてみれば……深田さんの顔に見えなくもないような

んばったぞ。これはそんじょそこらの水ではない。「がんばり水」と名づけよう。

まずは「がんばり水」だけをひと口飲んでみる。うまい。家の浄水器の水を飲む。まあ……これもうまい。しかし、「がんばり水」のほうがまろやかで、それでいながら芯がしっかりしているように思える。

そこにキンミヤ焼酎を少し足してみる。水の中に焼酎が溶けていくとき、ゆらーっとグラスの中に広がっていく様が美しくて、いつも見惚れてしまう。飲んでみると、いつも以上に飲み口が柔らかくなったような気がする。これはうまいな。

焼酎を少し濃い目にしてみようとか、今度はあえて薄めで試してみようとか、そんなことをしているうちに「がんばり水」はあっという間になくなってしまった。

今度は1リットルのペットボトルを持って水を汲みにいきたい。いや、2リットルぐらいはいけるか。山を登り終えた足は今日もガクガクしているが、山の水のせいかそれとも酔いのせいか、不思議とがんばれそうな気がしてくるのである。

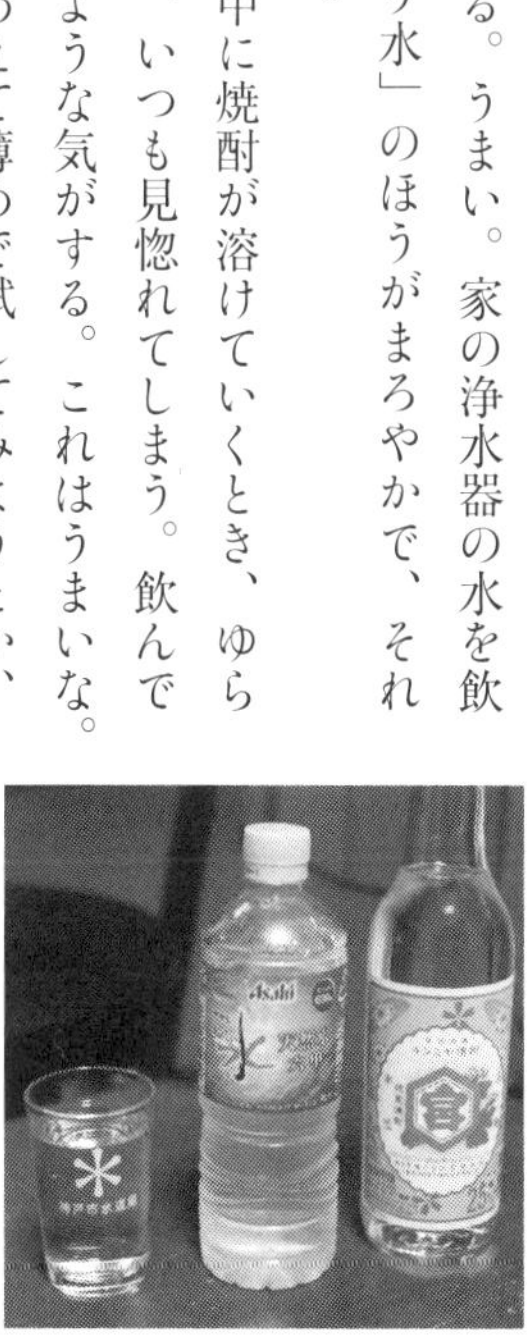

お酒より貴重に思える七兵衛山の水

高尾山の山頂辺りで気楽にハシゴする

ずっと家の中にいると息が詰まる。かといって人の多い町に出る気にもなれない。そんな日々がつづくなかでは、気軽に登ることのできる山が息抜きのひとときを与えてくれる。

東京都心から1時間ほど電車に乗ればたどり着ける高尾山は、年齢を選ばずハイキング感覚で登れる山として古くから多くの人に愛されてきた。標高は599メートル。麓から中腹へはケーブルカーとリフトを利用して一気に運んでもらうこともでき、初心者でも簡単に山気分を味わえる。

私はこれまでに何度も高尾山に登ったことがある。リフトを使ってショートカットをすることもあれば、徒歩で1時間半ほどかけて登ることもある。歩きで登ればなかなかいい運動になるし、登山上級者の方々は高尾山からさらに先、近く

高尾山の中腹へ向かうケーブルカー・リフト乗り場

の山々へと縦走していくようだし、とにかくそのときの気分、条件などによって難易度を細かく設定できるのが高尾山のいいところだと思う。

今回、広い景色を見渡しながらぼーっとした時間を過ごすべく、高尾山の山頂までできるだけ気楽に登って付近の茶屋で軽く飲んで帰ってくることにした。交通の便もいい高尾山だけに週末にはこのご時世でも登山客で混み合うことがあると聞き、平日の午前中に出かけてみることに。

高尾山口駅を降りると、これから山に登るらしき人々の姿が。山登りウェアで全身をしっかり固めている人もいれば、街の中を歩いているままのようなオシャレな服装の方もいて、その雑多さがいかにも高尾山らしい。駅から数分歩けばすぐケーブルカー・リフトの乗り場だ。

15分間隔で運転しているケーブルカー、常時稼働しているリフトともに同じ料金で山の中腹まで運んでくれる。どちらを選んでもだいたい同じ場所にたどり着くのだが、外の空気をじかに感じられてちょっとスリルも味わえるリフトを選ぶことにする。

リフトに乗るといつもちょっとドキドキする

急斜面を登っていくリフトの両脇には木々が高く伸び、シーズンを過ぎた今でも鮮やかに紅葉している木がちらほら。リフトから紅葉を眺められただけでも来た甲斐があった 約12分の乗車時間が過ぎ、リフトから降りるともうそこは標高462メートル地点だ。

「ここでゆっくり休んでリフトで降りるだけでいいのでは?」とも思ってしまうが、それではあまりに志が低すぎる。山頂を目指して登っていこう。

高尾山山頂へ至る登山道は複数あるが、私が歩いている「1号路」はそのなかでも最も登りやすいルート。山頂近くに建つ高尾山薬王院への参道でもあり、ほとんどの部分が舗装されている。しばらく歩くと迫力のある石段が現れる。108段あるという石段を「煩悩が消えますよう」にと願いつつ登っていく。石段を上りきった辺りに石の門があり、「三密の道」という朱文字が目に入った。ここでいう「三密」は、「新語・流行語大賞」に選ばれたあの言葉ではなく、仏教の言葉。人間の日常生活を構成し、煩悩の元となる「身(身体)」、「口(言葉)」、「意(心)」を意味しているという。

少し歩くと薬王院の立派な山門が見えてくる。薬王院は744年に行基《ぎょうき》によっ

まだ少しも自力で登っていないというのにすごい眺めだ

自分以外には誰もいなかった「三密の道」

て開山されたと伝えられ、古くから信仰を集めてきた。境内を経由して登っていけば山頂まではもうすぐ。激しく息が切れるようなこともなく、すんなりたどり着くことができた。山頂の展望台からは南アルプス、丹沢の山々が見える。すすき越しに広がる都心方面の眺めもいい。

　高尾山山頂まで来るといつも私はそのまま近くの小仏城山《こぼとけしろやま》方面へと向かい、その途中にある「細田屋」という茶屋や、小仏城山の山頂の「城山茶屋」を目指すのだが、冬季の平日ということもあってどちらもお休みらしかった。

　それでも安心なのが高尾山のいいところ。茶屋は他にも複数あり、平日でも開いているお店もある。層が厚いのである。とりあえず高尾山の登頂を達成した自分をねぎらおうと、山頂辺りにある休憩所「曙亭」へ立ち寄ることに。店内は日が差して明るく、風通しがいい。そば・うどんが看板メニューの「曙亭」だが、このあとに別の茶屋も巡ることを考えてここは軽めで済ませることに。「山菜盛り合わせ」をつまみつつ缶ビールをいただこうではないか。

　500円でボリュームたっぷりの山菜盛り合わせ。ぬめりと歯ごたえがたまらない。店内では若い店員さんがテキパキと働かれていて、みなさん気さくな雰囲

山頂近く、見晴らしのいい場所に建つ「曙亭」

山菜盛り合わせと缶ビールでひと息つく

気。座敷席の居心地もよく、「やっぱりここでもうちょっと飲もう。そばも食べようか」と思いはじめる自分だったが、今日は高尾山であちこち行ってみたい気分なのだった。

会計を済ませて次に向かうのは「やまびこ茶屋」。さっきの「曙亭」から歩いて2分ほどの距離。山の上でこんなに簡単にハシゴできてしまうのも高尾山ならではかもしれない。1945年創業だという「やまびこ茶屋」の店内は広々としていて、座席も多数。屋内席もいい雰囲気だが、日差しもポカポカと暖かいし、オープンエアの屋外カウンター席を選んでみることにする。

メニューのなかから、名物だというカレーライスの小サイズと山菜きのこ汁を。もちろんお供に缶ビールも。小食な私にとってはカレーライスに小サイズがあるのが嬉しい。「やまびこ茶屋」のカレーライスは複数のルーをオリジナルでブレンドしたもので、テレビ番組にも取り上げられた看板メニューなのだという。一見すると甘そうなカレーに見えるが、コクがあって結構辛め。ビールが進む。ズズッとすする味噌仕立ての山菜きのこ汁も美味しいし、なんと幸せで落ち着いた時間だろうか。数時間前まで都心にいたとは思えない気分である。

次は「やまびこ茶屋」へとハシゴだ

広々として座席もたくさんある

山頂は若い登山客でかなり賑わっていたのでここは混雑を避け、山を下っていくことに。薬王院の手前、来る途中で営業しているのを見かけていた「ごまどころ　権現茶屋」まで戻ってきた。店頭で売られている名物のごまだんごを求めて人が集まっているのだが、店内でも食事ができるようだ。

「おつまみでも一品もらってもう一杯だけ飲んでいくか」と思って入店してから気づいたのだが、この「ごまどころ　権現茶屋」の店内はラーメン専門店になっていて、これを食べなければ話にならないようである。

さっきカレーや山菜をたくさん食べてきたところだが、これを今日の締めのラーメンということにしよう。看板メニューの「八王子ラーメン」とレモンサワーをオーダーすることに。こちらのお店にも屋外のテラス席があり、外の空気に触れながら食事することができる。

刻んだ玉ねぎがたくさん入っているのが「八王子ラーメン」の特徴なのだという。その玉ねぎのおかげかスープに奥深い甘みがある。こってりしすぎていなくてまさに締めの気分にぴったりの一杯。ジョッキにたっぷり入ったレモンサワーが合う。それにしても今日はなんだか目まぐるしくいろいろ飲んで食べているな。

小食な私にとってはカレーライスに小サイズがあるのが嬉しい

「権現茶屋」へも入ってみよう

ちょうどいい酔い心地となり、ケーブルカーの乗り場辺りまで戻ってきた。近くに設置されていた有料の望遠鏡を覗いてみると、遠くにスカイツリーの姿が見えた。

下りのケーブルカーが出発するまでまだ少し時間があった。ビアガーデンならぬ「ビアマウント」を開催することでも知られるレストランの展望スペースへ無料で入れるとのことで、そこに向かうことにする。コロナ禍でもいろいろと工夫しながら営業をつづけているレストラン兼売店スペースで「パッションフルーツサワー」を買い、それを飲みながらこの眺望との別れを惜しんだ。

ほんの少し気合を入れて電車に乗ればここでこういう景色を見ることができるということをいつも頭の片隅に置いておきたい。またいつか高尾山に息抜きをしに来ようと思いながら大きく伸びをして、澄んだ空気を吸い込んだ。

なんだか目まぐるしくいろいろ飲んで食べているな

高尾山ですっかり気持ちがほぐれた

神戸・高取山は山茶屋の天国だった

神戸方面へ出かけて六甲山系の山に登るのが好きだ。澄んだ空気、鳥の声、町の中では見かけない草花、そして山頂からの眺め……と、私の目的はそういった登山の楽しみそのものにあるのではなく（いや、それももちろん素晴らしいのだけど）、山茶屋で飲む酒が大好きなのだ。

ＪＲ新神戸駅から徒歩15分ほどの距離にあって「布引《ぬのびき》の滝」を眼前に望む「布引雄滝茶屋《ぬのびきおんたき》」では、名物の具だくさん湯豆腐をつまみながら飲むビールが美味しい。

阪急・芦屋川駅で降り、芦屋川に沿って山側へしばらく歩いた場所にある「滝の茶屋」は、のんびりした雰囲気のなかで味わう大鍋のおでんが絶品である。「唐揚げ」、「だし巻」、「冷奴」など、居酒屋として利用することを想定されているとしか思えない絶妙に気の利いたメニューが用意されていてついつい長居してしまう。

あっさりした中華そば、トーストにジャムとバターを半分ずつ塗った「アベック」というメニューが名物として知られる再度山《ふたたびさん》の燈籠茶屋の雰囲気も大好きだし、ケーブルカーとロープウェイを乗り継いだ先にとんでもない絶景の待つ摩耶《まや》山《さん》へもよく行く。摩耶山の山頂には「cafe 702」という喫茶スペースがあり、アルコールや軽食も提供しているし、レンタルチェアを利用して、好きな場所でチェアリングを楽しむこともできる。

山陽電車の須磨浦公園駅付近からロープウェイと「カーレーター」という不思議な乗り物に乗ってたどり着く須磨浦山上遊園近くの「旗振《はたふり》茶屋」もまた、眺望が素晴らしい茶屋だ。

と、こうして思い返すだけでも大好きな場所がたくさんあるのだが、あるとき、神戸の山茶屋事情に詳しい友人から「ぜひ高取山《たかとりやま》にも行ってみてください！」と薦められたのだった。その山にも素晴らしい茶屋があるそうだ。

高取山は神戸市の須磨区と長田《ながた》区にまたがる標高328メートルの低山で、山岳信仰の場として知られるとともに、地元の方のちょっとした散歩コースとして愛される身近な山でもあるようだ。

ロープウェイで一気に山頂まで、といった感じで簡単に登れる山ではなく、山陽電車の板宿《いたやど》駅からおよそ40分ほど歩いていく必要がある。

2021年2月のある日、駅からスマホのナビを頼りにひとりで歩いて行った私だったが、愚かなことに目的地を「高取山」と設定してしまっていた。〝山〟とひと口に言っても山頂までのルートはひとつではない。茶屋を目当てにしていた私だったが、ナビに導かれてたどり着いたのは山の西側に広がる霊園だ。町を見下ろす眺めのいい敷地にお墓が並び、「こんなところに骨を埋められたらいいかもな……」などと想像してみたが、違う。私は理想の墓地を探しにやって来たのではないのだ。

一度下山し、大きく山の裾を迂回する形で改めて目的の茶屋を目指し直すことにした。いくつもの茶屋が並んでいるのは「高取神社」という、山頂にある神社の参道である。スマホのナビを頼りに登りたいという方は、ぜひ「高取神社」を目的地に設定していただきたい。

ナビに誘導された先は眺めのいい霊園だった

すっかり膝がガクガクになった状態でようやく茶屋が立ち並ぶエリアにやってきた。「清水茶屋」「中の茶屋」「安井茶屋」「月見茶屋」と、どこもそれぞれに魅力的な雰囲気の店ばかりだ。こんなに茶屋の選択肢が豊富な山は六甲山系でも少ないのではないだろうか。胸が躍る。

今回、私が最も楽しみにしていたのが「月見茶屋」だ。友人がいちばんにお薦めしてくれたのもここである。大正12年創業、もうすぐ１００周年を迎えるという老舗で、店内に足を踏み入れた途端に現実感が薄らぐような、時の流れの積み重なりを感じる空間だ。

この月見茶屋の名物は手作りの餃子だという。店主がじっくりと焼いて運んでくれた餃子は野菜の旨みを感じる餡がこれでもかとたっぷり詰まっている。「外はパリッと」みたいな、よく餃子の理想形としてイメージされるような感じではなく、全体がふにふにと柔らかくて、すごく好みだ。頑張って山を登ってきて、このような場所で食べるからこそ美味しさもひとしおというもの。一緒に注文してあった缶チューハイを飲みながらゆっくりと味わい、常連客らしき人たちの口から発せられる神戸の言葉の抑揚に心地良さを感じながら過ごす。山に登ったご

高取山「月見茶屋」の入口

名物の餃子をつまみにチューハイを飲む

褒美のような、穏やかで満ち足りた時間だ。

店内に置かれた石油ストーブから、落ち着く匂いとともに薄い煙がすーっと糸のようにたなびき、店の空気に溶けて消えていくのを見た。まるで時間そのものが形になったかのようだった。

ほろ酔いらしきご常連同士が話している。「自分な、皇居の広さ知ってるか? 知らんやろ」「知らんなぁ」「そんなんも知らんのか! あかんなぁ。〇〇坪やで!」と、そこに店主が「自分で測ったんか!」と鋭いツッコミを入れ、みんなの笑い声が響き渡る。

会計を済ませ、店の看板猫に送り出されるように外へ出る。もうひと頑張りして山頂まで登り、高取神社の境内からの素晴らしい景色を眺めたあと、帰りにもう一軒と「中の茶屋」へ立ち寄った。

おしゃべりで元気いっぱいの店主が自家製だというお漬物を振る舞ってくれた。シャキッとした歯ごたえと適度な酸味があとを引く。瓶ビールをいただきつつ、気さくなご常連さんから高取山の素晴らしさについて教わった。お近くに住んでいるという常連さんは、ここに登ってはお酒を一杯飲んで帰るのが日課だそうで、

ウトウトしてしまいそうなほど穏やかな雰囲気

「月見茶屋」の看板猫が顔を見せてくれた

家の近所にこのような場があることがうらやましく思えた。

　何かの話の流れから私がライターをしていると告げると、店主が「じゃあサインもらわな！」と色紙を差し出してくれた。店内には過去にこの店を訪れた著名人のサインがストックしてあって、私は「そんな名乗るような者ではないんです！」と遠慮したが「いや、いつか有名になるかもしらんから！」という勢いに押され、背中に冷や汗を流しながら落書きのようなサインを書いた。いつかもう少し有名になれたらいいのだが……。

　山の茶屋で過ごす時間は、街の中のそれとは進み方がまったく違うように思える。ぼーっとしているとあっという間に小一時間が経っていたり、そうかと思えば、ずいぶん長い時間を過ごしたと思って外に出たのにまだまだ昼間だったりする。山の茶屋に毎日やってくる常連客達はきっと、秒針通りの日常的時間から離れた時を過ごしたくてここまで登ってくるのだろう。

　六甲山系にはまだまだ魅力的な茶屋が存在すると聞く。私ももっと体力をつけてあちこち訪ねてみたいと思っている。

下山の前に「中の茶屋」でもう一杯

色紙にサインなんてしたことがないので困った

「ちょっとそこまで」の気分で海を渡る

私の家からＪＲ明石駅までは電車に乗って1時間もかからずにたどり着ける。南口を出て真新しいショッピングビルを突っ切り、「魚の棚商店街」に出るといつもそれだけで旅行に来たような気分になる。

近くの海で獲られた新鮮な海産物を売る店が立ち並び、その店先では天ぷらとか練り物とか串に刺さったイイダコとか、いろいろ売っていてお祭りみたいだ。商店街やその周辺にはご当地名物の明石焼きを出す店も多く、それを食べてお土産に新鮮なタコを買って帰ったってじゅうぶん楽しいのだが、私が明石に来る目的は海を渡ることなのだ。

ＪＲ明石駅から南へ歩いて10分ほど。「淡路ジェノバライン」というフェリーの乗り場がある。明石港と淡路島北部の岩屋港とを13分で結ぶ高速船で、片道5

「淡路ジェノバライン」の乗り場

３０円という料金で海を渡してくれる。

乗船時間はほんの少しだし、そこからバスや自転車にでも乗って淡路島を巡ったりするわけでもない。せいぜいたどり着いた港の周辺をちょっと散歩するぐらいだ。しかしそれだけでもいつもは味わうことのできない気分が胸に訪れる。「いよいよ遠くに来たぞ」という開放感や、少しの心細さや、いつもと違う景色に心が躍るような気分だ。

繰り返すが、小一時間乗った電車を降りてまっすぐ港に向かい、10分ちょっと船に乗っただけなのだ。それだけでこんな気分に浸れるなんて、なんとお手軽なことだろうか。思うに、海を渡っていくということが大きいのだ。淡路島へは、たとえば車に乗って明石海峡大橋を行けばすぐだから、車で淡路島へ行くという人は私ほど大げさに「遠くに来た！」なんて思わないかもしれない。

フェリー乗り場で出航時間を待つあいだに胸が高鳴る。乗船の受付が開始され、いよいよ船の中へ。屋内席は冬でも暖かくて快適だが、外気に触れたくていつも2階のデッキ席に座る。

13分の短い船旅だが、どうしても海風に吹かれながら飲みたくて缶チューハイ

屋外席で海風に吹かれるのが気持ちいい

船は明石海峡大橋の下をくぐって淡路島へたどり着く

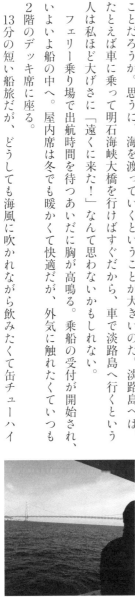

を買ってある。

船が出るとほどなくして淡路島が見えてくる。日差しを受けて輝く海面が好きで、眩しいけどずっと眺めてしまう。

船が明石海峡大橋の下をくぐる瞬間は何度体験してもそのたびに嬉しくなって記念写真を撮る。橋の下をくぐり抜けたらもう岩屋港はすぐそこ。あっという間に下船のときだ。

港に建つ「岩屋ポートビル」の1階には売店スペースがあって、地元の野菜などが販売されている。ここで買い物をするのもいつもの楽しみで、まだ着いたばかりだというのにリュックが大根や玉ねぎでパンパンになるのが恒例だ。買い物を済ませたところで島を散策してみる。洞窟が本殿になっている岩楠《いわくす》神社は、国生み神話のイザナギが隠れた場所だと言い伝えられているという。先へ歩いていくと岩屋商店街の入口ゲートが見えてくる。

かつては多くの商店が並ぶ活気のある通りだったそうだが、今はほんの数店舗の飲食店、雑貨店などが点在するのみとなっている。通り沿いでは、地元の方が魚を捌《さば》いているのをよく見かける。その近くにはおこぼれを待つ猫の姿もある。

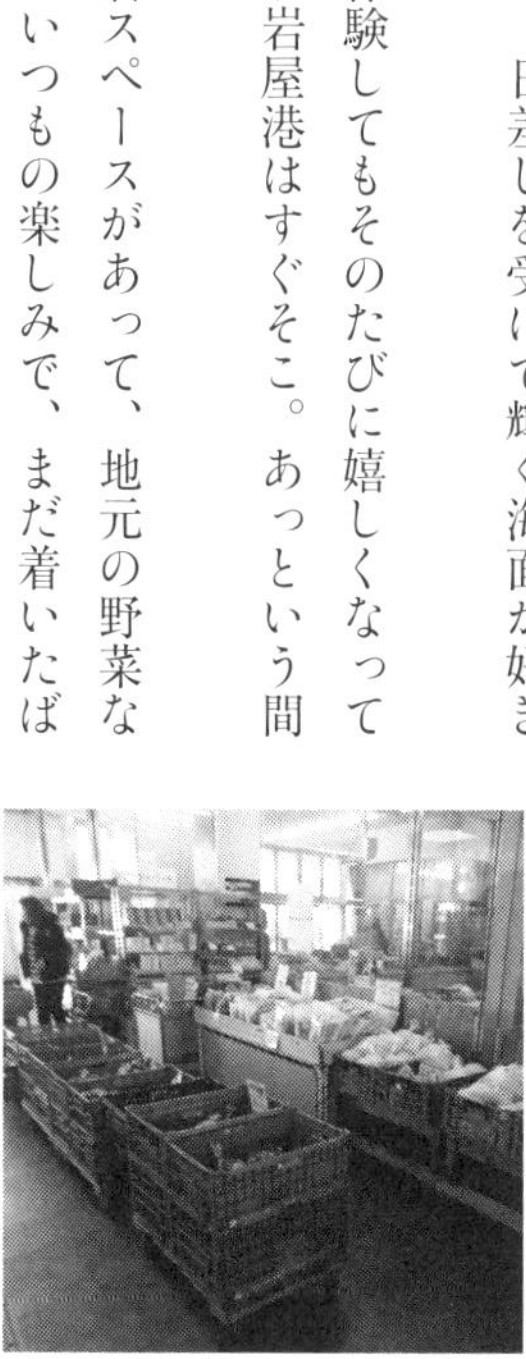

岩屋ポートビルの売店コーナーにはお買い得な野菜が並ぶ

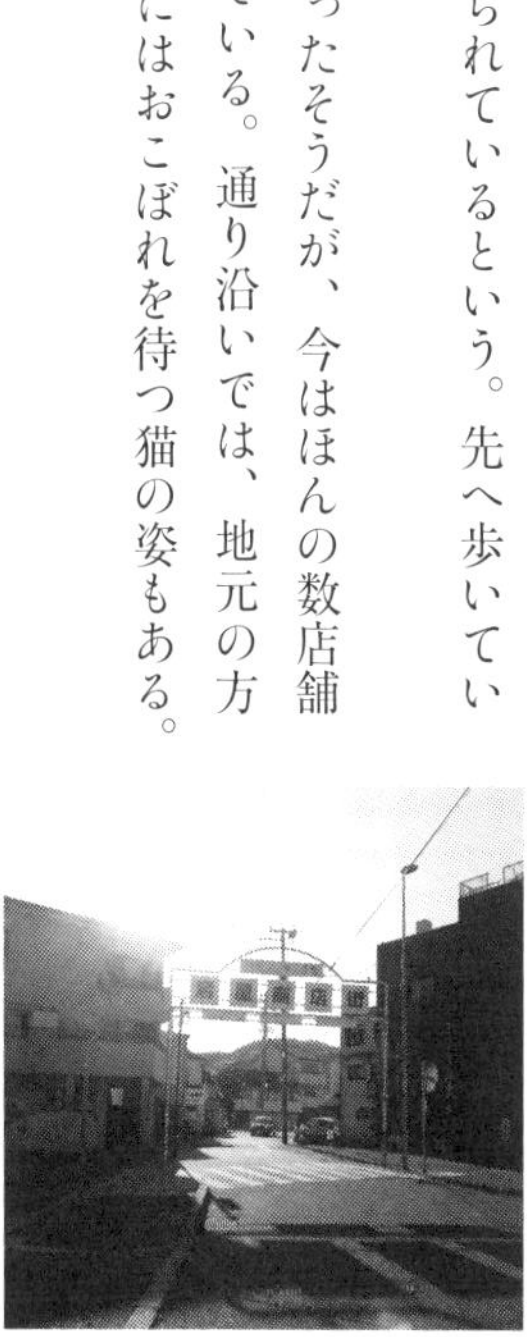

岩屋港から歩いてすぐの「岩屋商店街」

商店街の中ほど、かつては「八百年」という名の八百屋さんだった空き家を利用して「淡路島ハイボール」という酒場が開かれている。

「淡路島ハイボール」は、日本各地の銭湯に詳しい専門家で「さいろ社」という出版社を営む松本康治《まつもとこうじ》さんが発起人となって開かれた場。この商店街に古くからある「扇湯」が好きで通っていた松本さんが、さびれてゆく商店街を少しでも盛り上げようと考えてスタートしたものだ。

毎週土曜のみ、２年半にわたって運営されてきたが、２０２０年の12月末をもって終了することに。今日私が淡路島へやって来たきっかけも、「淡路島ハイボール」で最後に一杯飲みたいと思ってのことだった。

はちみつに漬けこんだ淡路島産のレモンを贅沢に使い、「ホワイトホース」のウイスキーで作られた名物のハイボール。

この店は食べ物の持ち込み自由というルールで、岩屋商店街に点在する飲食店からテイクアウトしてきたものを食べながらお酒を飲むことができる。そのようにして地域のお店を盛り上げようという考えあってのことだ。

岩屋商店街沿いに「マイマート」というスーパーがあって、「そこの鉄火巻き

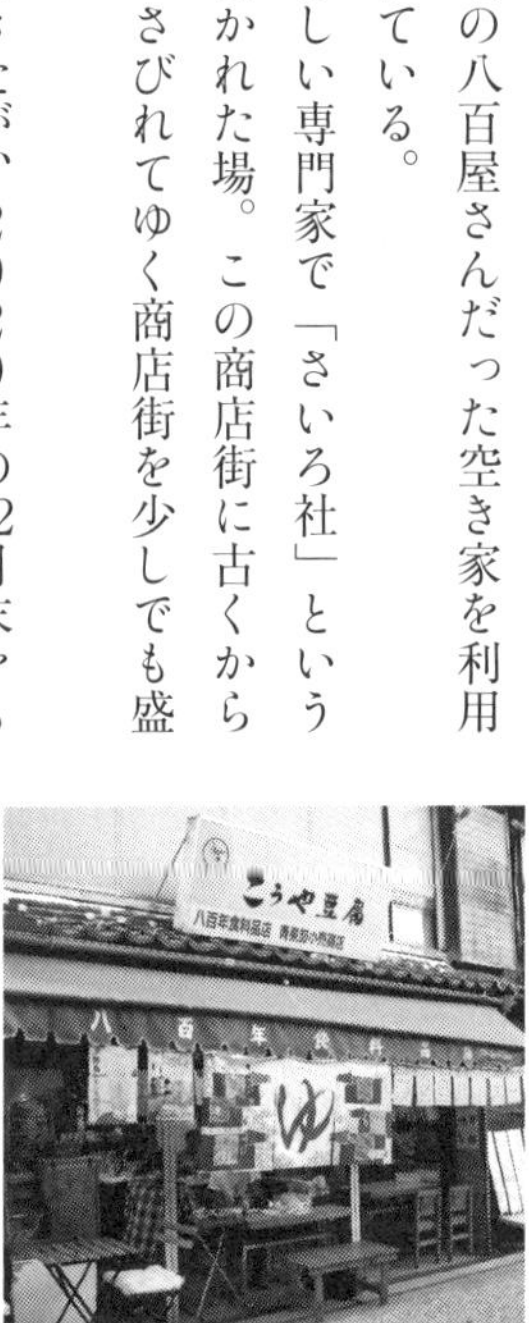
八百屋の跡地に作られたスポット「淡路島ハイボール」

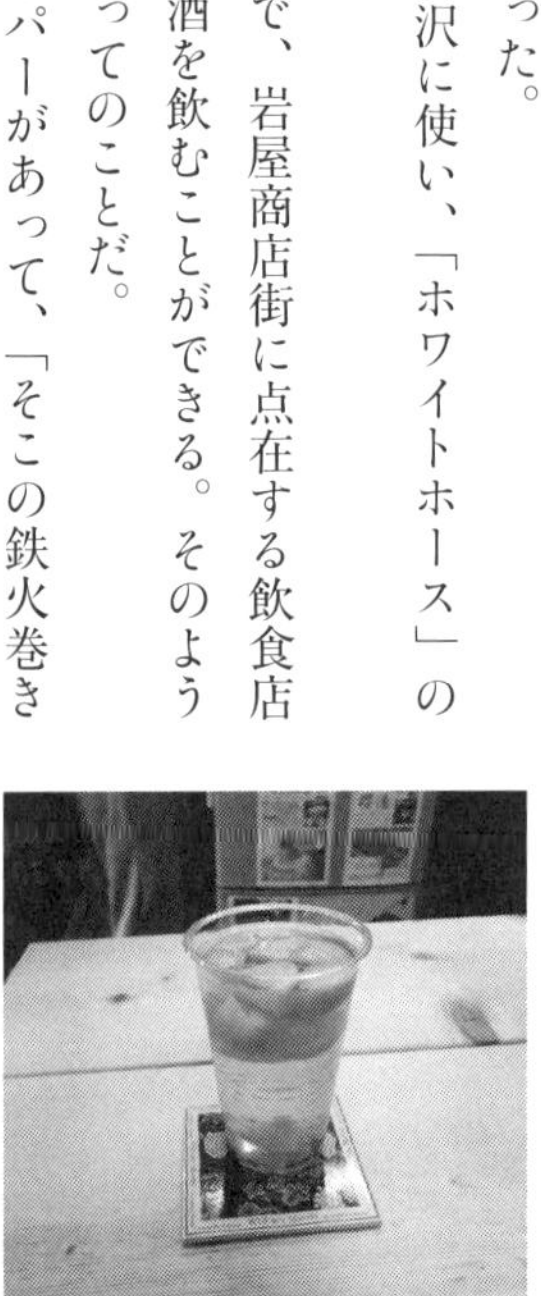
淡路島産のレモンがたっぷり入ったハイボールが美味しい

がすごいんだよ！」と、この店の常連さんに伺ったことがあったのだが、これまで何度「マイマート」を覗いても鉄火巻きはいつも売り切れてしまっていた。それが今日はひとつだけ残っていた。なんという幸運だろう。

その鉄火巻きのうまさ、そしてそこに合わせた淡路島ハイボールのうまさを忘れまい、と誓う。到底食べ切れない量だったので常連さんにお裾分けする。するとまた別の常連さんから神戸の「中畑商店」でテイクアウトしてきたというホルモン串が振る舞われたりして、こういう思いがけないやりとりが楽しい場だったなとつくづく思う。

発起人の松本さんは「岩屋周辺を盛り上げるためにまた別の形で頑張ろうと思っています」とおっしゃっていた。今までお疲れ様でした。

2杯飲んだところで「淡路島ハイボール」をあとにする。すぐ近くに松本さんが惚れ込んだ「扇湯」がある。外壁の上部は水色に塗られていて、なんだか夢の中に出てくる建物みたいだ。

商店街から折れて石段を登った先には「観音寺」というお寺がある。高台にあるので眺望が一気に開けて気持ちのいい場所だ。

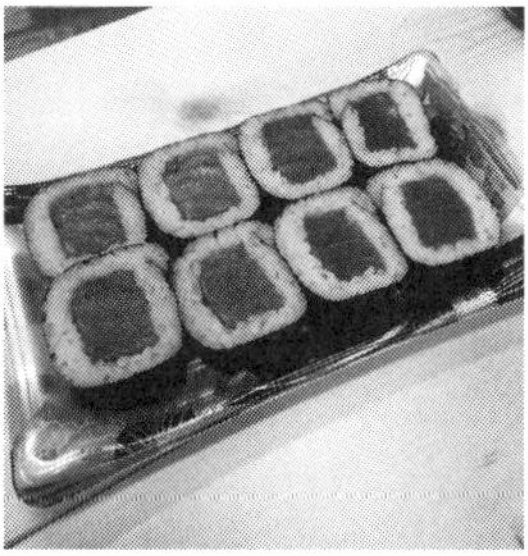

食べ物はなんでも持ち込み可能。こちらはマイマートの鉄火巻き

岩屋に来たら絶対に立ち寄って欲しい遺産的銭湯「扇湯」

再び商店街に戻る。創業102年の老舗日用品店「西海商店」もこの12月末で閉業されるという。600円のアルミ鍋と60円の豆腐すくいを買ったらお茶碗をひとつサービスしてくれた。

明石海峡大橋のたもとにある「道の駅あわじ」まで歩いてみることにした。売店で缶ビールを買い、明石の商店街で調達した「たこ飯」をつっつく。人の姿もほとんどなく、静かな時間が流れる。

道の駅のすぐそばにあるホテル「淡海荘」ではひとり800円で日帰り入浴を受け付けていて、露天風呂から真っ正面に海を眺めることができる。

ひとっ風呂浴びていくことにする。タイミングが良かったのか浴場は貸し切り状態。湯船に浸かって少し体を温めては外に出て海風に吹かれ、それを繰り返す。日が落ちてあっという間に真っ暗に。ポカポカと温まった体で夜の岩屋商店街へと引き返す。「淡路島ハイボール」はいよいよ最後の時間が迫り、ひときわ賑やかなムードだ。

フェリー乗り場の「岩屋ポートターミナル」に戻ってきた。静かに次の便を待つ人々がいる。だいぶ長い時間が過ぎたように感じる。実際は島にたどり着い

もうすぐ閉業することが決まっている「西海商店」

なんとも言えず可愛い茶碗をいただいた

てから5時間も経っていないのだが、なじんだ場所を去るように寂しい気持ちだ。行きと同じく13分で明石港に着いてしまう。この短い、しかし大事な時間。海を渡って島へ行き、再び海を越えて戻ってくるというこの行為が、自分に必要な儀式のように思えてくる。

明石に着いてしまえばあとはまっすぐに駅を目指し、快速電車に乗って帰っていくだけだ。電車に乗った途端、さっきまで洋上にいたことがまるで嘘みたいに思えるのも毎度のことだが、それが幻じゃなかったことを示すように、私は島で採れた野菜がたくさん詰まったリュックを背負い、片手にはアルミ鍋の入ったビニール袋を提げている。

追記：その後、２０２１年4月に扇湯は大幅に改装され、入口脇に「ふろやのよこっちょ」という立ち飲みスペースがオープン。「淡路島ハイボール」は、今はそこで飲むことができる。

夜の「淡路島ハイボール」の雰囲気もこれが見納めか

次にこの橋をくぐるのはいつになるだろうか

せっかくＵＳＪに行ったのに中に入れなかった人のために

大阪にある「ＵＳＪ」こと「ユニバーサル・スタジオ・ジャパン」がすごく楽しいらしい。ここ最近では月間の入園者数が東京ディズニーランドを超える月もあるそうで、あの楽しさを超えるんだからそりゃあもう、絶対楽しいんだろう。
私もＵＳＪに行きたい。行きたいのはやまやまなのだが、今回は中には入らず、ＵＳＪの周囲を散策してみた。これが予想外に楽しかった。

ユニバーサル・スタジオ・ジャパンの最寄り駅はＪＲゆめ咲線ユニバーサルシティ駅だ。改札を出るなりＵＳＪ入口へつづく華やかな通りがはじまる。飲食店も多数あり、ＧＡＰもあれば家電ショップのエディオン（２０２０年閉店）もある。これはもはや「街」だ。

入場ゲートに近づくにつれ、ドーンと派手なオブジェがあったり、テレビで観たことのある大きな地球儀があったり、外から見える位置をジェットコースターが走り過ぎていったりと胸が高鳴ってくる。

しかし……しかし、今日の私は入口の前で引き返すのだ。うしろ髪を引かれる思いで駅まで戻ってきた。ユニバーサルシティ駅の改札を出たすぐ右手にひっそりともうひとつの出口がある。さきほどの華やかさとは打って変わって静かな風景だ。とりあえず、ユニバーサルシティ駅の隣駅である「桜島駅」を目指してみる。道が広く、空が青い。高級マンションの広告のような景色だ。

取材当日、ちょうど友人がＵＳＪに遊びに行くと聞いていた。「その日、ＵＳＪの外をウロウロ歩いているんで、中の楽しそうな写真を送ってください」とお願いすると「え、怖い。変態ですか？」と言われたが、楽し気な写真がたくさん送られてきた。

どの写真を見ても楽しそうだ。私にできるのは「その広場の辺り、さっき柵の

テレビで見たことのある巨大な地球儀オブジェ

この柵の向こうが楽しい世界だと知っているけど引き返す

外から見ましたよ！」と強がることぐらいである。桜島駅の手前には2017年の2月にオープンしたばかりのイベントホール「Zepp Osaka Bayside」があり、開場を待って座り込む人々の姿が見えてくる。

桜島駅までたどり着いた。先ほどのZepp Osaka Baysideのお客さん以外は、地元の方しか利用しないのか、人影はまばら。お腹が減ってきたのでどこかで昼食をとりたいが、なかなか飲食店が見当たらない。

やっと見つけても残念ながらシャッターが降りているお店が多いなか、ようやく定食屋さんを発見。「よしだ」という名の大衆食堂で、絶対USJの中にはないであろう雰囲気に、気持ちが落ち着く。ボリュームたっぷりの焼き魚定食が大変美味しかった。

お腹も満たされたところで散策再開。少し歩くと、「天保山渡船場《てんぽうざんとせんじょう》」という表示が見えた。ここから川向こうの天保山まで船が出ているらしい。ここ天保山渡船場は、大阪市内に8か所ある渡船場のうちのひとつだとのこと。今でも市民の重要な交通経路となっているようで、特に自転車のまま乗船することができるた

USJと反対側の駅出口は嘘のようにシンプル

いい雰囲気の食堂を見つけてようやくひと休み

め、自転車を押して渡船場にやってくる人の姿が多く見られた。利用料はなんと無料。時刻表を見ると30分間隔で運航しているようだ。思いがけず船に乗れるなんて嬉しいではないか。

　時刻通りに対岸からやってきた船に乗り込む。乗船時間はたった3分間だが、川面が近く、天保山の大観覧車が向こうに見えて遊覧船にでも乗った気分だ。対岸に到着すると帰りの船が出るのは30分後だ。せっかくなので〝日本で2番目に低い山〟である天保山に登頂することに。山頂の標高は4・53メートル。危うく通り過ぎそうになる。

　渡し舟に乗って再び桜島駅周辺を歩くことに。USJの敷地は広大なので、桜島駅辺りからでもアトラクションがチラッと見えたりする。高い位置に見えるのは「ザ・フライング・ダイナソー」というアトラクションらしい。しかし、その敷地の外には湾岸の工業地帯然とした景色が広がっている。歩きつづけていくと陸地の途切れる場所に「北港運河公園」という公園があり、近隣の工場の中が覗けたりして楽しかった。その後、今度はユニバーサルシティ駅を反対側に通り過ぎて隣の「安《あ》治《じ》川口《かわぐち》駅」まで歩いてみた。桜島駅よりも住宅が密集していて、飲

USJの園内にこんな定食はないんじゃないだろうか

無料で対岸まで運んでくれる渡し船が来た

食店もたくさんある。久々に人の姿を見てホッとする。

適当に歩いていると「上方温泉　一休」というスーパー銭湯を発見したので行ってみる。露天風呂がたくさんあるきれいな銭湯で、青空の下に全裸で立ちながら「この空はＵＳＪとつながっているんだな」と妙な感慨にふけった。のんびりしていたら日が暮れてきたのでそろそろ帰ることに。帰りはスーパー銭湯の無料送迎バスで「西九条駅」まであっという間だ。

美味しいごはんと船と風呂。なんの下調べもせずに散策したにしては充実した一日になった。ＵＳＪに入らずとも、その周辺でだって、じゅうぶん楽しめるのだ。それはまあ、やっぱりいつか園内で遊んでみたいけど。

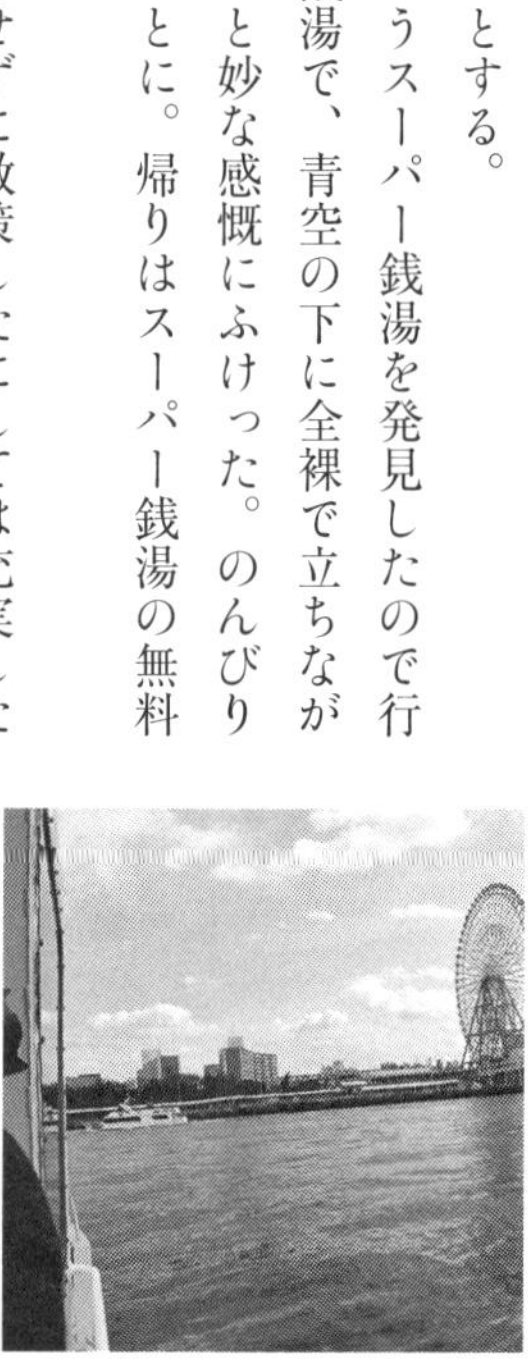

ほんのひとときの船旅を楽しんだ

スーパー銭湯「一休」でゆっくりお湯に浸かって帰りました

モリで突いて捕った魚をイカダの上で食べる「たきや漁」が夢のよう

２０１９年に出版された拙著『深夜高速バスに１００回ぐらい乗ってわかったこと』に、岡山県の網つき小屋「四つ手網」の体験記を書いた。

人に会うたび、その素晴らしい思い出を自慢気に話していた時期があったのだが、私の父にそんな話をすると、「たきや漁は知ってるか？」と聞かれた。

なんのことかわからず詳しく聞いてみると、「たきや漁」とは静岡県の浜名湖で行われている漁法のことで、費用を払えば一般客も体験することができるものだとか。さらには捕った魚をその場で調理して食べさせてくれるらしい。父がそのたきや漁を体験したのは十数年前か数十年前か、とにかくかなり昔のことらしいのだが、そのときの思い出が今も残っているのだという。

調べてみたところ、たきや漁は今も行われていて、毎年5月中旬から9月下旬まで営業していることがわかった。ぜひ体験してみたいと思い、メンバーを募って7月上旬の週末に行くことにした。

以下に紹介するのはたきや漁の料金システムである。「漁に出る船には大人4人まで乗船することができ、1隻あたり27000円（価格は2018年当時のもの）」。ただし、この金額27000円はあくまで「調理なし」の価格で、捕れた魚介類は各自が持参したクーラーボックス等で持ち帰ることになる。捕ったものをその場で調理してもらって食べたい場合は3000円が追加でかかり、つまり合計30000円となる。定員いっぱいの4人で参加したとすれば、ひとりあたま7500円で漁体験と食事までのすべてができるというわけだ。

漁は毎日、日没後に開始され、漁を90分ほどしたあとに、食事が90分間。合計3時間ほどで終了となる。船は全部で25隻あるそうで、私の参加した7月頃だと19時半から開始になることが多く、予約が多数入った場合は23時半頃から深夜までの「第2部」が行われることもあるそうだ。

事前に電話で予約を入れると、当日の集合場所を教えてくれる。指定されたのは浜松市内、JR弁天島駅からほど近い「弁天島海浜公園」の桟橋だ。

私のように公共の交通機関を使ってたきや漁に参加したい場合は、JR弁天島駅が最寄りなのだとか。新幹線の浜松駅から東海道本線に乗り換えれば12分ほどでたどり着く駅である。

駅から歩いて5分ほどの公園に来ると、辺りは真っ暗だったが、私たちが乗るものらしき小型ボートが見つかった。

私たちを待ってくれていた船頭さんが「お待ちしてましたー！　では足元に気をつけて乗ってください！」と言い、心の準備もなくもういきなり乗船の時だ。

たきや漁には一隻につきひとりの船頭さんが乗船し、漁場まで案内し、参加者をサポートしつつ率先して漁をしてくれる。今回私たちがお世話になったのは山本《やまもと》達矢《たつや》さんという若い船頭さんである。

各自が腰に巻くタイプのライフジャケットを装着し終えたところでエンジンがかかり、轟音と共に船が猛スピードで湖面を走っていく。

私たちの船の船頭をしてくれた山本達矢さん

これから最初の漁場まで移動するという。「競艇の選手の視界はこんな感じなのでは？」と思うほどのスピード感だが、これでも時速30キロほどなのだという。湖面すれすれを走るので体感速度がものすごい。

海で船に乗って沖へ向かうような感じとはまったく違い、湖のすぐ脇に住宅が立ち並んでいたり、橋がかかっている下をギューンとくぐり抜けたりと、都市的な景色のなかを駆け抜けていくのがおもしろい。まだ何もしてないけど、夜の浜名湖を小船で疾走するというこの体験だけですでに価値があると思えた。

ちなみに、私たちが移動していたのは浜名湖の東部に広がる庄内湖とも呼ばれる水域。船に乗りながら「浜名湖って広いんだなー！」などと感動していたのだが、たきや漁の行われる範囲は湖全体に比べるとかなり限定的なエリアなのだ。浜名湖の広さ、恐るべし。

しばらく進んだところで船頭の山本さんが船のエンジンを止めた。ここが1か所目の漁場だという。山本さんが船のへさきの部分に立ち、ＬＥＤ電球を水中に浮かべる。ちなみに今はＬＥＤ電球が使用されているが、たきや漁がはじまった

夜の浜名湖を猛スピードでぶっ飛ばす

100年以上前はたいまつの灯りが使われていたとのこと。火を焚いて漁をするから「焚き屋」と呼ばれるようになり、そこからたきや漁という名前が生まれたのだそうだ。

ＬＥＤ電球が湖面を照らすと、薄緑色の世界が足元に広がる。なかなかに幻想的な眺めだ。たきや漁は、明かりで湖底を照らし、目視で見つけた魚介類をモリで突いて捕るというシンプルな漁法である。

浜名湖のなかでも、漁を行うエリアは深くても水深1メートルほどらしい。湖の底が見え、モリが届く浅さだからこそ可能な漁法なのだ。

水深が極端に浅いエリアに誤って入り込むと船が座礁することもあり、「もしそうなったら、お客さんは全員降りて船を押してもらいます（笑）」という。もちろん、経験を重ねた船頭さんたちは湖底の地形を熟知しているからそのような心配はいらないそうである。

目視で行う漁ゆえに透明度が非常に重要になってくる。たとえば、体感的には全然苦にならない程度の小雨でも、降ってしまえば湖面に波紋が絶え間なく広がり、湖の底が見えなくなってしまう。また、強い風が吹くと湖面にさざ波が立つ。

ＬＥＤの明かりで湖底を照らし、獲物を探す

そのため、たきや漁の船は雨天時と風の強い日には出ないのだ。

取材当日は折しも天候の不安定なタイミングで、浜松でも前日に降った雨がようやく上がったばかりという状況。それによって湖の水が濁ってしまっており、条件的には少し厳しい状態だということだった。

「ただ、水が濁ってるときはこうやって湖が緑色に光るんで幻想的だって喜ぶお客さんが多いんですよねー」と教えてくれながら山本さんがおもむろにモリを湖中に差し入れた。

「ん？」と思ってモリの先を見ると、もうカニが刺さっている。

たきや漁ではガザミ、タイワンガザミ、イシガニなどのカニがよく捕れるそうだ。湖底にいるカニを見つけたら真上からスッとモリを下ろすだけで捕れるとのこと。本当にそんなに簡単にいくものだろうか。

山本さんが「右側にいるの見えますか？」、「あっ左にもいますよ」などと指示を出してくれるのに従って、参加者も実際にモリを持って漁をする。

モリの柄は長く、３メートルほどはあるだろうか。その先に、手の指を下に向けたようなギザギザが付いている。この長いモリの扱いがかなり難しい。

今回は3人のメンバーのうちふたりがそれぞれモリを、もうひとりが網を持って小魚をすくい取るという役割分担で、たまに交代しながらやってみた。

初心者にとっていちばん捕りやすいのはカニだそうで、まずはそこからスタート。何回か失敗はしたが、思ったより簡単に捕ることができた。素早く逃げ回るのを追いかける感じではなく、気配を消してモリを一気にスッと湖底に下ろして捕るイメージだ。

サヨリなどの小魚は網でなければ捕れないため、網もたきや漁にとって重要な道具。モリとは違い、魚の進む先をうまく予測するセンスが必要となる。私のこれまでの人生では問われたことのなかったセンスである。

私も含めた全員が釣り経験に乏しく、普段特にアクティブな活動もしていない非力なメンバーであったが、次々と獲物を捕ることができた。

山本さんによると「水が濁っているんで心配していたんですけど、思ったより捕れますね」とのことで、この条件下では及第点と言えるペースのようだった。

漁場まで移動してきた際のエンジンの轟音のなかとは打って変わり、漁をしている最中は水音しか聞こえない静寂の世界だ。

経験のまったくない非力な私でもカニを捕ることができた

緑色に浮かび上がる湖面をじっと見つめながら、ゆっくりと滑るように船が進んでいく。穏やかで少し緊張感のあるこの時間がたまらない。旅から戻って原稿を書いている今も、漁をしている間の静かな時間がありありと思い出される。

何か光ったと思ってふと視線を上げると遠くで花火が上がっていた。湖畔のホテルで結婚式のパーティーをしたりしていると花火が上がるんだとか。すでにかなり楽しいのに花火まで見ることができて小躍りしたいほどだ。

「では、カニは結構捕れたんでそろそろ魚を狙いにいきましょう」と山本さんが言い、再びエンジンをかけて別の漁場へ。このような感じで、何度か漁場を変えながら漁をしていく。シーズンや気候条件などにあわせて最適な漁場は変わるので、その時どきのベストな場所を探すのが船頭さんの経験の見せどころなのだという。

高速移動時の風の気持ち良さには毎度笑ってしまう。「幸せでーす！」と大声で叫んでもエンジン音で聞こえないから恥ずかしくない。

初心者にも捕りやすかったカニとは違い、スズキやクロダイ、カレイやヒラメといった魚や、甲イカやタコなどは素人では一発で仕留めるのが難しいという。山本さんによれば、船頭さんはどんな状況であれ参加者みんなが満足して食事できる量の獲物を確保できるという。湖水が濁って条件の厳しい今回は自ら率先して獲物を探してくれた。その背中がなんとも頼もしい。

山本さんは何度かトライした結果、スズキの中型サイズを指すマダカや甲イカを仕留めてくれた。その後、私自身も山本さんの適確な指示のおかげで甲イカを捕ることができた。ちなみにイカは船に上げる際に墨を吐くのだが、服に墨がかかるとまず落ちないそうなのでたきや漁に来るときは汚れてもいい格好がおすすめである。今さらだが。

湖底を見ていると、漁の対象にはならないフグやエイ、ウミヘビなどの姿も見える。夜の水族館のようだ。

山本さんによると浜名湖ではここ数年「ナッパ」とよばれる藻が大量に発生しているらしく、それによって生態系が壊れるなどのデメリットが発生してしまっているのだとか。地域で協力し、定期的に除去してはいるのだが、限界があるの

船頭さん自らイカや魚を捕まえてくれる

だという。「温暖化の影響もあるんでしょうかね」と、山本さんが言う。

1時間ちょっとで漁が終わると「ではこれからお食事をしていただきます」と再びエンジンをかけて船を進める。

食事の場となるのは湖上に浮かぶイカダに作られた「たきや亭」というスペース。船でゆっくり近づいていくと天国のようにまばゆく見える。たきや漁では参加者の食事スペースとして、同様の場がいくつか設けられているそうだ。イカダの上とはいえ、上陸してみると安定感があって揺れは気にならない。

ゴザを敷いた上に座って食事をするのだが、周囲のお客さんをみるとみんな簡易テーブルを持ち込んだりしているようだった。たきや亭には飲み物類やごはんものの用意はないため、必要であれば各自が持ち込むことになる。常連さんたちはクーラーボックスに飲み物をたくさん入れて持ってきているようだった。我々初心者一行にはそういった準備はなく、見た目は質素だったが、しかしこれでもじゅうぶん楽しい。

自分の船で捕れたものの他、エビやタコなどの定番ものは事前に捕って用意してくれているそうで、まずはエビの天ぷらからいただくことに。山本さんが目の

イカダの上に浮かぶ夢のような食事スペース「たきや亭」

前で次々に揚げていってくれる。

新鮮なエビの、さらに揚げたてとあってなんの調味料もいらない美味しさ。一同、喜びの声を上げる。少し離れた場所では我々の船で捕れたマダカがさばかれている。ちなみにさばいてくれているのは私たちの船の船頭の山本達矢さんの実のお父さんだという。

次に揚がったのは私の捕った甲イカだ。捕れたてってこんなに美味しいのかと驚く。どこまでも透き通った旨み！　感動で震えるほどだ。船頭さんの間で他の船で捕れたものを分けあったりすることもあるようで、我々の船のマダカが別のお客さんのところにも提供され、そのかわりに別の船で捕れたアナゴをいただいた。これもまた涙が出そうな美味しさ。

私たちの船の船頭をしてくれた山本達矢さんは、一度は営業マンとして会社勤めをするも、お父さんの生き様にひかれ、改めてたきや漁の船頭になることを選んだのだという。そんな話を聞いていると、メンバーのひとりが事前に買っておいてくれたごはんものをカバンの中から取り出した。静岡の名物駅弁・東海軒の「元祖鯛めし」である。気の利くメンバーがいてよかった。アナゴともマダ

新鮮なエビの揚げたてときたらもう、鳥肌の立つ美味しさ

捕れたものを次々と天ぷらにしてくれる

カとも文句のない相性である。「うまい！　うまい！」と言いすぎてもう言葉も出ない。みんな半笑いでヘラヘラ食べるのみだ。「こんな幸せなことってあるんですねー」とぼーっとしてきたところに、「カニがゆで上がりましたー！」と山本さん。豪快に割って食べた身のふっくらした美味しさたるや……。「カニ、最高！」としか言えない自分が情けないが仕方ない。塩ゆでしただけでこんなに美味しくなるなんて、カニよ、本当にありがとう。

　さらにそのカニたちをぜいたくに煮込んで作った味噌汁も登場。カニの旨みのあとにダシがふわーっと強く香り、もうお腹いっぱいだけど何度もおかわりせずにいられない。

　食べ残した分はパックに詰めてもらい、このあと、宿での打ち上げのおつまみに。漁の時間も楽しかったが、山本さんのお話を聞きながら捕れたての魚介類の美味しさに放心するひとときもまた至福だった。

「今まで捕れた珍しい魚だと、トビウオとか、昔は奇跡的にマグロや伊勢エビが捕れたこともあるんですよ。浜名湖が外海とつながっているところから入ってくるんでしょうね」「昔に比べると捕れる魚種が少しずつ減ってきていて。そうい

タコ、アナゴ、マダカの天ぷらも絶品

カニはこのあと、お味噌汁にしていただいた

う時代の変化はあります。あと、昔はこういう場所で食事をしてなくて、船の上で天ぷらをやっていたんです。さすがに揺れると怖いですけどね（笑）」「月2回ぐらい来る常連さんも多いですよ。そういう方は船頭の指示ナシにもうドンドン獲物をモリで突いて、包丁を持って来て自分で刺身にして食べたりしています。天皇陛下もたきや漁をされたことがあるんですよ」などなど、一つひとつの話がここでしか聞けないことだらけだった。

取材当日、私たちは「THE HAMANAKO」というホテルに宿泊したのだが、そのホテルには桟橋があり、帰りは「たきや亭」から船で直接ホテルまで送っていただくことができた。アクセスに便利なので、遠方からきてたきや漁をやる人はよく宿泊するそうである。

漁をして、湖の上でそれを食べ、ホテルまで送ってもらって部屋で打ち上げ。こんなぜいたくなことがあっていいのか！　という最高のコース。漁をしていた場面も、捕ったものを湖上で食べた場面も、鮮やかな夢のようだった。私の父が何年経ってもたきや漁のことを忘れないでいるように、私もきっと今日のことをいつまでも思い返すだろう。

熊本のセルフビルド温泉「湯の屋台村」は料理もうまいし温泉水もうまい

２０１９年の初頭、熊本県に行ってきた。２年ほど前から運休状態になっていた関西空港から熊本・阿蘇くまもと空港までのＬＣＣ路線が再就航し、安く行き来できるようになったと知り、急いでチケットを取った。私はとにかく安いものには目がないのだ。

熊本に行くのははじめてで、とりあえず熊本ラーメンの有名店を巡ったり、「太平燕《タイピーエン》」という、ちゃんぽんの麺を春雨に置き換えたような名物料理を食べたりと、ご当地グルメを満喫した。どれも美味しくて「来週また来てまた食べたい！」と思うようなものばかりだったのだが、レンタカーでドライブした先で出会った「馬丼」は特に印象に残った。

　その馬丼が食べられるのは「湯の屋台村」という建物の中である。遠くから見ても明らかに目立つような、独特の雰囲気が漂っている。

　建物に「温泉」という文字が大きく掲げられていることからもわかる通り、ここは温泉施設であり、食堂も併設された建物なのだ。温泉と食堂の入口は別になっていて、温泉のほうが「湯の屋台村」、食堂が「味の屋台村」という屋号になっているようだ。

「営業中」の看板イラストからしてなんとも言えない味がある。外観を見るだけで、そこかしこに手作り感があふれているように思えるのだが、のちほどお話を伺ったところによると、この建物はすべて店主が自らの手で作り上げたものなのだという。温泉の入口脇にはラーメン鉢が唐突に埋め込まれておもしろい装飾になっていたりする。

　温泉の入口から中へ入ると「今日は寒いでしょう。よかったらどうぞお風呂にゆっくり浸かっていってください」と受付のお母さんが話しかけてくれた。お言葉に甘え、早速温泉に入らせてもらおう。入浴料は大人100円と安い。

かなり迫力のある「湯の屋台村」の建物

看板にはなんともいえない味わいが

このお風呂もすべて手作りで、湯舟の脇に置かれている大きな石も、すべて店主がクレーンで運んできてこのように仕上げたのだという。お湯は無色透明で匂いは強くなく、それでいてお肌がツルツルになる素晴らしいものだった。飲泉用にも重宝されているそうだ。

いいお湯をゆっくり堪能してお風呂を出て、今度は食堂へ向かう。食堂もまたなんとも良い雰囲気だ。棚に飾られた置物の数々が田舎に帰省したかのような温もりを感じさせてくれる。

食堂のメニューは定食から麺類、お酒のおつまみになりそうなものまで幅広い。そのなかでも名物料理として特におすすめされているのが500円の馬丼だ。アツアツのごはんに馬肉と天ぷらがたっぷりのった丼。そして茄子の天ぷらがドーンと入ったお味噌汁。湯豆腐とシャキシャキのお漬物。これで500円とは、なんとありがたいことだろうか。

馬丼は、すき焼きのような甘いタレと濃厚な肉のうま味によってごはんがグングン進む一品。そして驚いたのが湯豆腐の美味しさ。とろっと口の中で溶けてしまうような食感とともに、濃い豆の風味が広がる。お漬物もお味噌汁もやけに美

こちらが温泉の内部。湯舟では飲泉もできた

併設された「味の屋台村」の馬丼が美味しい

味しい。すっかり感極まり、「お店の方にご挨拶を」という気分で図々しくも店主に声をかけさせていただいた。すると、味の屋台村、湯の屋台村の店主・矢野《やの》龍生《たつお》さんが快く応じてくださり、私の座っている座敷までやってきてくれた。

矢野さんによれば、味の屋台村の料理はすべてここで涌く温泉水を使って作られているらしく、この水を使うと馬丼の味が引き立ち、豆腐が柔らかくなり、味噌汁も美味しくなり、といいことずくめなのだそうだ。

――馬丼、美味しかったです！　これで500円というのはすごいですね。

「これがうちの名物たい。吉野家さんだったら牛丼でしょ、うちも何か名物を作らにゃいかんと。熊本は馬刺しが有名ですから、それで私が考えたのが馬丼。最初は300円にしとったけど、野菜代は上がるわ、ガス代は上がるわで仕方なく500円にしました」

――300円だった時代もあったんですか。この量で……感服です。

「お腹をすかせた人に、安くいっぱい食べてほしい。それで具もたくさん入っとる」

たくさんお話を聞かせてくださった矢野龍生さん

——ボリュームあります！　タレに甘みがあってそこがまた美味しい。

「玉ねぎをみじん切りにするんよ。みりん、薄口醤油、砂糖、ニンニク、あと、かつおだしと味の素！　それを中火でグラグラ炊く、そうすればもう、まろやかになって美味しかとよ。料理も私がやっています。妻に任せると、材料を節約してしまうからね（笑）」

——材料をぜいたくに使うのが美味しさの秘訣なんですね。

「あとは温泉の水ね。うちはどの料理も全部あの温泉を使ってる。温泉の水をみんな汲みに来るんです。焼酎を割って飲むと美味しいと言ってね」

——さっき飲ませてもらったんですが、少し塩気のあるような、そのまま飲むだけで美味しく感じました。

「でしょう。よかお湯よ！　あと、うちは『だご汁』ね。だご汁もすごいよ。こんなに太か団子はよそになかもん」

　そう聞いて食べずにはいられないと、だご汁もいただくことに。だご汁は熊本をはじめ、九州地方で広く食べられている郷土料理で、うどんを太く、かつ平たくしたような麺の入った汁ものである。「だんご」が転じて「だご」になったという。甘みのある味噌をベースにした味つけで、白菜、茄子、豚バラ、かまぼこ、と、こちらも具だくさん。矢野さんのおっしゃる通り、「だご」は極太！　そしてこれがモッチモチと弾力のある歯応えで美味しいのだ。

――しかし居心地のいい食堂ですね。

「全部、私が作ったんです。ダンプで木材を運んで、クレーンで石を運んでね」

――全部ご自分で！　それはいつのことですか？

「20年前にこっちの味の屋台村をまず作ってね。全部手伝ってくれる仲間と一緒に作ったとです。温泉は、最初はなくて、それから何年かして掘ってね」

矢野さんによると味の屋台村がオープンしたのが1998年。国道沿いに車の運転手たちが気軽に立ち寄れる食堂を作ろうと、この場所にお店を出すことにしたという。矢野さんは地元の町会会長を務めたこともある町の名士で、顔が広く、建材を安く手に入れたり、作業車を確保することができたため、「自分で作った

極太の「だご」が入った「だご汁」も名物だ

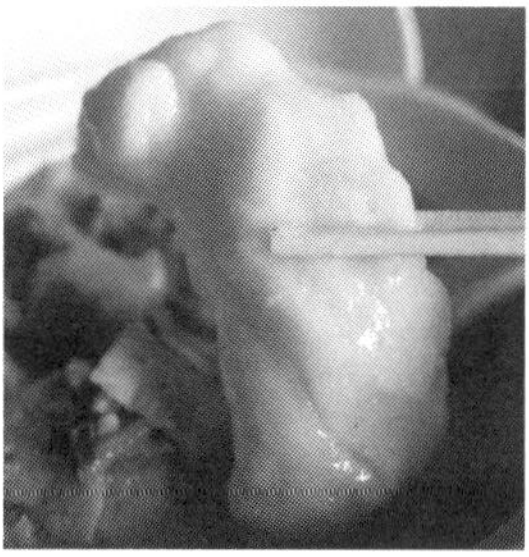

これが「だご」である。すごい太さ

ほうが早い！」と建築を進めたのだという。

それから6年後の2004年、知り合いのボーリング業者が「この辺りは温泉が涌くかもしれない」とアドバイスをくれたことをきっかけに、大きな資金を投入して掘削してみたところ、見事に温泉が涌いた。またも自分と仲間の力だけで柱を立て、壁を作り、屋根を作り、湯舟の周りには大きな石を敷き詰め、そうやってこの温泉が完成したそうだ。

——その頃のお写真とかって残ってたりするんですか？

「ありますよ！　私は写真みんな取っておる。持ってきますよ」

——ありがとうございます！

「これが私。17歳」

——貫禄あり過ぎる17歳。かっこいいです！

「これは会社に勤めてマラソンの選手ばしよったとき。私はなんでもやってきた！」

当時17歳とは信じられない貫禄の矢野さん

矢野さんの経歴はとにかくその密度が濃く、10代の頃から工場にお勤めされ、若くして工場長に上り詰めたかと思えば、長距離トラックの運転手をしたり、大阪でバスの運転手をしたり、またトラックの運転手をしつつ、地元である熊本のスイカをたくさん仕入れて岐阜方面に売りに行き、その帰りに今度は岐阜名産の陶器である美濃焼を大量に仕入れて来ては道中で即席の陶器市を開いて販売し、かと思えば演歌好きが高じて熊本に有名演歌歌手を招く芸能プロダクションを立ち上げ、さらにはご自身も演歌歌手としてＣＤデビューを果たし……と、少なくとも私の人生の10回分ぐらいさまざまなことをやってきた方なのだ。２０１９年の３月で78歳になられるという。

味の屋台村建設中の写真を見ながら「これよ、ここで組んどるのが、今のここよ」と矢野さんが言う。私が今座っている場所も矢野さんの手によって作られたものなんだと思うとなんだか不思議な気分だ。温泉を掘る前にはビアガーデンを併設していた時期もあるという。「ビアガーデンしとったけど、（熊本市内の繁華街に比べれば）ここら辺は寒かけんね、できる期間が短いもんで、やめた」と矢野さんは豪快に笑う。

味の屋台村建設当時の写真

かつての味の屋台村の外観

掘削《くっさく》作業によって温泉が湧いたときの写真。湯の屋台村の建設を矢野さんと仲間たちの手で進めている写真。矢野さんが歌手としてデビューすることになり、デビュー曲の『男一代夢勝負』を歌っている写真。

——いやぁ……すごい。まさに矢野さんの歴史が詰まった写真ですね。

「私はずっと働いてきた。なんでも自分でやってきました。その時どきの仲間に支えられている。人を大事にしてきた。人のため、世のために尽くせば自分に返ってきます。人生は長い長い道のり、平坦な道もある、険しい道もある。それを越えていかなきゃいかん！」

とにかく人のためになることを第一に考えてきたという矢野さん、地元の方から相談を受けてもめ事を丸く収めたりもしてきたという。

「何かで因縁をつけられて困ってるという人がいたら、とにかくここへ連れてこいと。『食事でも行きましょう』と言ってこの店に誘う。そこで頃合いを見計ら

ビアガーデンを開催していた頃もあったとか

温泉の掘削に成功したときの模様

って私が出てきて『人を困らせて何が楽しいか！』と説得するわけです」

――すごい。水戸黄門みたいですね！

「そうですよ、水戸黄門なんですよ！　あっちの部屋でいつも観てるんですよ。今ちょうどテレビでやってる。おいでおいで、観よう」

矢野さんにそう言ってもらい、いつも矢野さんが座っているという厨房の奥の特等席に私が座り、『水戸黄門』を鑑賞するという謎の時間が訪れた。『水戸黄門』を観終え、矢野さんの歌を聴かせていただくことになった。食堂の一画にカラオケ機材が設置されている。矢野さんはセミプロとして今でも年に10回ほどは祝いの席などに招かれて歌を披露するそうで、いつ呼び出されてもいいように、毎日のようにここで歌うのだという。

北島三郎の「誠」を歌ってくれた矢野さん。勝つことより誠意を選ぶという意味の歌詞が矢野さんの生き様と重なる。せっかくだし！　と、私も1曲歌わせてもらう。「よっ！　男前！」と矢野さんが声援を飛ばしてくださった。

すっかりくつろいでいると、矢野さんは「ちょっと働いてきます」と言ってお

矢野さんのくつろぎスペースでなぜか『水戸黄門』を見ることに

ステージでご自慢の歌を聴かせてくれた矢野さん

店を出て行った。あとをついていくと、温泉の裏手でマキを割っている。

先ほど、私がお湯に浸かっているとき、外からパカーンパカーンと音が聴こえてきたのを思い出した。あのときもこうして矢野さんが裏でマキを割っていたのか。私がだらっとお湯に身を浸していた間も、矢野さんは働きつづけていたのである。

聞くところによると、毎日20時に営業を終了すると温泉の湯を一度全部抜き、くまなく掃除するらしい。そしてまた翌朝早くからお湯を張ってお客さんが来るのに備えるのだという。そうした作業ももちろん矢野さんが自分で体を動かして行っていることである。


帰り際には大きなペットボトルいっぱいに温泉水を詰めてもらったのだが、家に持って帰ってその水で寄せ鍋をしてみたところ、豆腐がとろっと溶けてものすごく美味しくなった。焼酎を割ってみても、なるほど、風味が引き立つ気がした。

「熊本に来た人にまた来ようと思って帰ってほしい」と矢野さんが語っていたとおり、必ずまたここに戻って来たいと思える場所だった。

一軒の民宿を営むご夫婦だけが暮らす島——三重県志摩市横山へ

日本にある離島のデータを集約した『SHIMADAS（シマダス）』という事典がある。公益財団法人日本離島センターという団体が作成しているもので、1993年に新版が出て以来、数冊の改訂版が作られている。2019年10月に出た初版は情報量がこれまでのものに比べて一気に増え、1750もの離島の情報がギッシリと詰まっている。

パラパラとめくっているだけで楽しい本なのだが、どうせならこの『シマダス』をきっかけにして実際に旅に出てみたい。そう思い、パッと開いたページに出てきた島へ行ってみることにした。運まかせの島旅である。

1700ページ以上あってズッシリと重たい『シマダス』を適当に開く。よっぽど普通に行くのが困難な場所でない限り、開いたページに掲載された島に行くと決めたのだ。目を閉じて一呼吸。気合を入れて本を開くと、現れたのは「横山《よこやま》島《じま》」という名の島だった。

『シマダス』の記載によれば、「賢島の南約400mの海上に浮かぶ小島。民宿を営む1世帯が住む。島への行き来は電話をすれば自前の船で賢島にすぐ迎えにきてくれる」とのこと。民宿が一軒あるだけの島らしい……なんだかすごく興味をそそられる。

記載にある通り、その横山島へ行くためには賢島《かしこじま》という島にまず行く必要がある。賢島は、三重県志摩市の志摩半島の南にある英虞湾《あごわん》に浮かぶ島。とはいえ本州との距離は近くて、ふたつの橋がかかっていて行き来しやすいし、近鉄の志摩線が乗り入れているから特急電車に乗れば大阪難波駅から乗り換えなしで2時間半、一気に賢島まで行けてしまう。

賢島にたどり着きさえすれば、今回の目的地である横山島へ渡る船があるとのことで、調べてみればみるほど大阪に住む自分にとっては行きやすい島なのであ

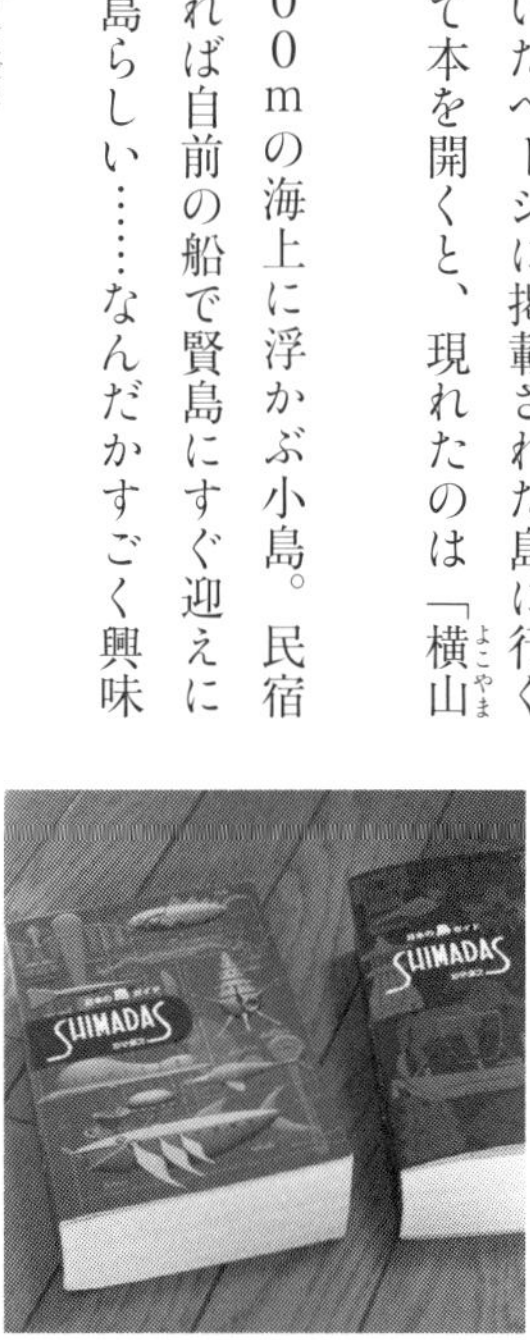

日本の離島の情報がぎっしり詰まった『シマダス』

った。我ながら〝シマダスめくり運〟がいい。

横山島には前述の通り「石山荘」という民宿が一軒あるだけなので、原則的に宿泊者しか渡ることができない。そこでまず石山荘の宿泊予約を事前に済ませ、宿泊日に賢島へ向かうことにした。

大阪・鶴橋駅から賢島行きの近鉄特急に乗る。ホームには「日本でいちばん小さなファミリーマート」があり、そこで発泡酒とポテチを購入してから乗り込んだ。新型コロナウイルスの不安が世の中を覆う日々（取材は２０２０年の３月初旬に行った）だが、車内は合宿にでも行くのだと思われる大学生グループで賑やか。はしゃぐ若人の声を聴きながら、次第にのどかな雰囲気になっていく車窓からの景色を眺めているうちに、海が迫る鳥羽駅辺りを過ぎ、終点の賢島駅に到着した。

賢島は英虞湾に浮かぶ島でも最も面積が大きく、周囲が約７・３キロメートルあるという。２０１６年に開催された「Ｇ７伊勢志摩サミット」のメイン会場になった地である。駅近くには「志摩マリンランド」という水族館があり（現在、閉業）、「エスペランサ」という帆船型の遊覧船があるが、新型コロナウイルスの感染拡大を受けて取材時は臨時休業中だった。

近鉄特急に乗って賢島を目指す

この賢島から目的の横山島まで行くことができる

ちなみに私が泊まる予定の横山島にある民宿「石山荘」のプランは素泊まりのみ（当時）で、食事の用意はない。事前に電話で宿のオーナーとお話しした際にも「うちは本当に何もない宿ですので」と繰り返しおっしゃっていた。天気のいい日に夕日がきれいに見えるのが自慢で、それ以外に特別なものは何もなく、静かな時間をゆっくり味わうだけの場所だという。

そのように聞いていたので、宿へのチェックインは日没の少し前、17時にお願いしてある。まだそれまでにはだいぶ時間があった。しばらく賢島駅周辺を散策してみようと歩いていると、英虞湾を巡る遊覧船がちょうど間もなく出航するところだという。勢いで飛び乗ってみる。定員50名ほどの遊覧船には屋内席と、外の露天ベンチがあり、取材当日は天気が良かったので迷わず外を選ぶ。

遊覧船では船長自らがマイクを持ち、周りの景色について解説してくれる。この解説がまた、臨場感があり味わいもあっていいのだ。随所にギャグもちりばめられ、賢島版「ジャングルクルーズ」といった感じだ。

「正面左斜め、箱のついてるイカダ、これは魚釣り専用のイカダで、『イカダ釣

英虞湾を巡る遊覧船に乗ってみることにした

り』といいます。イカダの上にある箱だけど、これはおトイレ、でも屋根はありません。衛星写真から丸見えです」とか、そんな調子。

　周囲には次から次へと島が姿を見せる。真珠の養殖関連の作業をしている船、海苔の養殖のために広く張られている網などがあちこちに見え、島の人々の暮らしも垣間見える。「これから島と島の間、船の通れる水路でいちばん浅くて狭いところを通ります。右が『天童島《てんどうじま》』、左が小さな天童と書いて『小天童島《こてんどうじま》』といいます」と船長のアナウンス。

『シマダス』を運まかせでめくってここに来てみたらこんなにたくさんの島が一気に見られるなんて。島巡りスタンプが一度に押されたような気分で嬉しい。

　船長の解説によれば、英虞湾には人が住んでいる島が3つある。駅のあった賢島、真珠養殖の盛んな『間崎島《まさきじま》』、そして私が宿泊しようとしている『横山島』、その3つだけだという。「横山島には住民がふたりいて民宿を経営しています」という解説もあった。

　島巡りが終わり、遊覧船を降りた。横山島では食事ができないので、賢島で限界までお腹を満たしておきたい。遊覧船乗り場の目の前にある「なかよし」とい

湾に浮かぶ数多くの小島を見ることができる

う食堂へ。

風通しのいい店内は、各席の前に鉄板が置かれ、海の幸を目の前で焼いて食べることができる。店長おすすめのカキ、ホタテ、イカ、魚のフライ、「ビエ・マルク」がセットになったものをいただくことに。「ビエ・マルクってなんですか？」と聞くと、「逆から読んでみー！」と店長。なるほど。さてはこの店、ユーモアの店だな。焼き上がったものはどれもこれも涙がにじむほどにうまい。

店名は「仲良し」を意味するものではなく、もともと店主のお父さんがやっていた「中義《なかよし》水産」という店から取られた店名らしい。この場所にお店を出して十数年になるという。メニューの書いてある黒板にテレビ番組『出川哲朗の充電させてもらえませんか？』のステッカーが貼ってある。

「充電、来たで。1年前や。充電させたったで。出川さんだけラーメン食べて、(おぎやはぎの) 小木ちゃんとスタッフはあわびのステーキ。出川さん『なんで俺だけー！』言うてラーメン食べてたわ」と店長の弁。

店長は高校を卒業するまでこの辺りで過ごし、大阪に出てコックさんをしていたそう。地元に戻り、今は父の跡を継いでこの店を切り盛りしている。私がこの

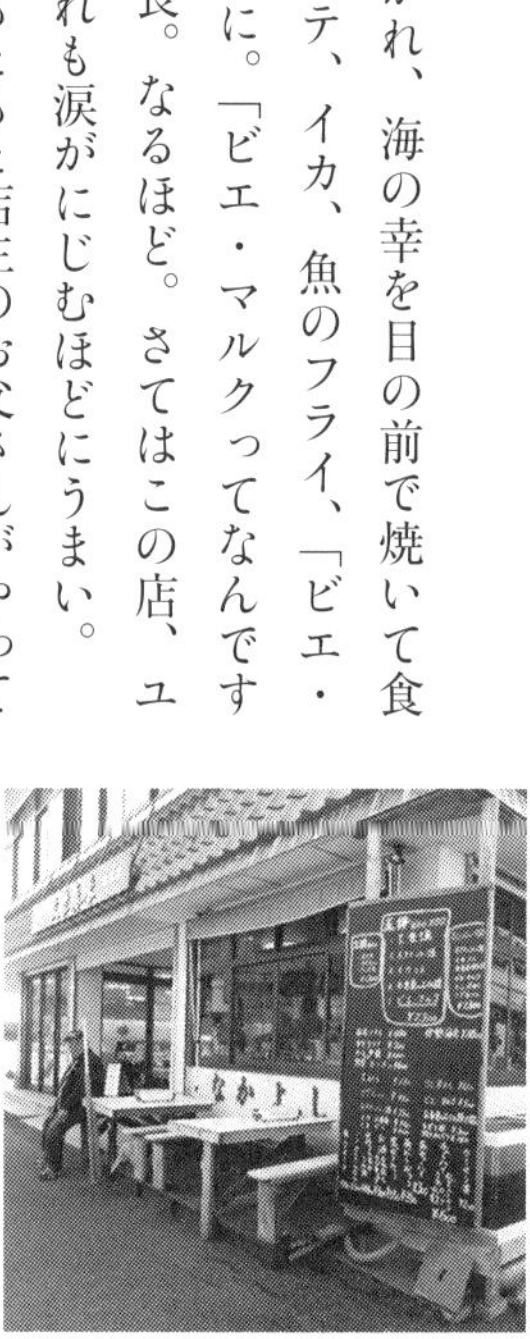

新鮮な魚介類を鉄板で焼いて食べさせてくれる「なかよし」

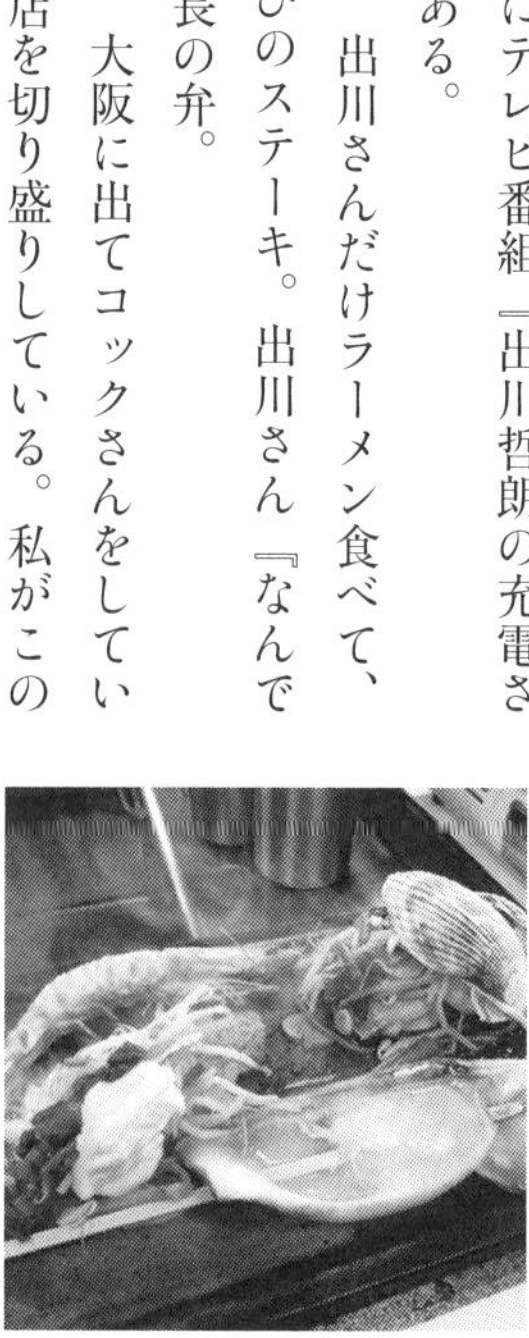

なかよしの店長がおすすめしてくれたセット

あと、横山島に渡ることを伝えると「駅のファミマで飲み物とか買って行ったほうがいいでー」とアドバイスをしてくれた。

言われたとおりファミマでお酒を買い込み、さらにまだ時間が少しあったので「はな屋」というホテルの食堂で「ホウボウ」という魚のお刺身定食を食べ、もうこれ以上はお腹に入らないという状態でいよいよ横山島へ渡る。

島にある民宿石山荘に電話をかけると、自家用船で駅前の桟橋まで迎えに来てくれる。桟橋で待つこと数分。海の向こうから白い船がやってきた。

賢島の桟橋から横山島までは5分ほど。あっという間だが、さきほど乗った遊覧船よりもさらに海が近くて爽快だった。

石山荘は創業から間もなく半世紀。現オーナーが父親から宿を引き継ぐにあたり、若い頃に旅した東南アジアの心地良さが忘れられず、その雰囲気をイメージして作り変えたのだという。

もともとの建物を活かしてリフォームされているため、日本の民宿風の雰囲気とバリ的なムードが混ざり合っているのがおもしろい。

桟橋から電話をかけると横山島から船が迎えに来てくれた

船に乗るとあっという間に横山島に到着

宿のあちこちをじっくり見たいところだが、早くしないと夕日が沈む。部屋の窓からでも夕日が見えるそうだけど、やはり宿の前、船着き場からじっくりと眺めたい。向こうの山に沈んでいく太陽をつまみに、買ってきた発泡酒を飲む。夕日が沈んだあと、ピンク色になっていく空を気が済むまで眺めてから宿に戻る。

1階の暖炉にはすでに火が入れられていてあたたかい。30分に1回ほどのペースでオーナーが薪をくべに来てくれる。

日が沈んだら、あとは時間がゆっくり流れるのを感じながら過ごすだけだ。取材時は他に宿泊客がいなかったのもあり、オーナーが暖炉の火加減を見ながらたっぷりお話を聞かせてくれた。

——ゆったりした気分で過ごせていい宿ですね。いつからこういう、バリ風の雰囲気になったんですか？

「平成10年頃だから、20年以上前になるかな。それぐらいから徐々にやり出しましたね。35年ほど前に、夫婦でバリ島に行ったの。はじめて見るものばかりで、カルチャーショックを受けて。カルチャーショックにも良いほうと悪いほうがあると思うけど、非常に心地いいカルチャーショックだったのね」

——肌に合ったんですね。

「いちばん驚いたのは、暗いって落ち着くんだなっていうことだった。単にその時代、電力事情が悪いだけだったみたいで、今のバリはもっと明るいんだけど、暗さが心地良かった。幼少期の頃を思い出させてくれるようでね」

——以前の造りから大きく変えたんですか？　たとえばこの1階部分は……。

「柱から全部変えた。変わってないのはフロントの位置だけかな。それまでは1階にも客室が並んでたんだけど、夫婦ふたりでやっていくのにちょうどいいペースを考えたら『いらねーや』ってなって（笑）。だったらお客さんが使えるユーティリティスペースにしたほうがいいんじゃないかって」

——部屋を増やすより居心地の良さを重視したということですね。

「そのほうが2階の客室にも専念できますから。客室を減らすことについては、同業者の仲間には『アホちゃうか』って言われたけど、でもアホちゃうかって言われるってことは正解だなって思ったの。一人ひとりが余裕を持って広々と過ごせるほうがいいじゃない。それで少しずつ自分で手を加えて、でも、まだ自分の

バリ島の雰囲気がモチーフになっているという横山島の石山荘

なかでは完成してないと思ってるんですけどね」

――横山島には今は石山荘があるだけだそうですけど、裏手は山なんですか？

「そうそう。この裏は、原生林っていうのかな。昔は道があったんです。うちの他にも宿がありましたからね。宿がなくなっていくと山を歩く人がいなくなる。すると、どんどん自然に戻っていきますよね。今いるのはタヌキ、それからイノシシね」

――イノシシもいますか。

「現れますよ。ですから、昔はお客さんがトレッキングをしたいとおっしゃったら自己責任ということでやってもらっていた頃もあったんですけど、今は立ち入り禁止にしています。危ないんです。もしケガでもされてしまったら大変ですから。イノシシに遭遇したときの対処法もみなさんわからないと思いますし」

――昔は他にも住民の方がいらっしゃったんですね。

「今はうちの夫婦だけ。やっぱり、生活していくうえで不便なことがたくさんあるからね。ガスは切れる前にガス屋さんに電話してプロパンを運んでもらわなきゃいけない。何か故障したら電気屋さんを送り迎えして来てもらわなきゃならない。どうしても一度、陸の生活を知ってしまうとね」

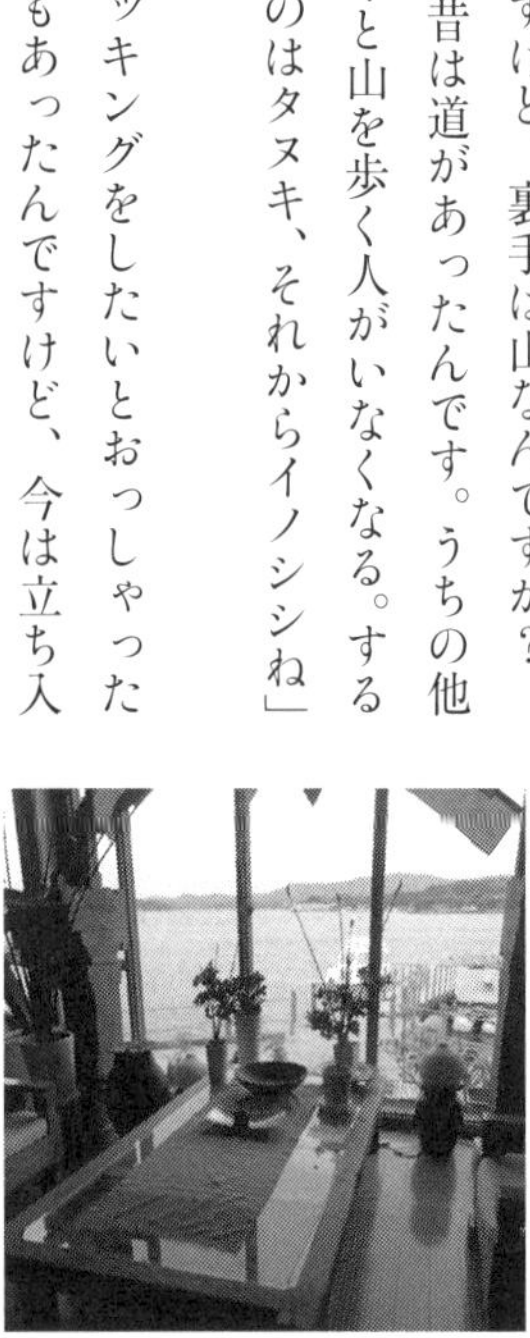
ぽつんと海に浮かぶ宿といった雰囲気だ

――そうですよね……。

「だからここは『交通至便な不便な宿』なの。賢島駅までは特急に乗ったら都会からドアツードアで一気に着いちゃうでしょう。この宿も、桟橋までは駅から300メートル。だけどそこからは船に乗らないと行き来できない。不便だよね」

――海で切り離されているからこそ落ち着くような気もします。

「この不便さを覚悟したうえで来ていただけるといちばんありがたいですね。かといって砂浜があって泳げたりするわけでもない。泳いだりトレッキングしたり、そういうアクティブなことを期待されても困るの（笑）。もうただリラックスし、ゆったりしてほしい」

――不都合や不便を覚悟してゆっくり楽しむと。

「そもそも旅に出るって不便の連続じゃん。いちばん便利なのは家にいることだからね。『トラベル イズ トラブル』、『トラブル イズ トラベル』っていう言葉が好きなんです。だからここで暮らせるんです。毎日天気は違うし、風が強いと波が立つから船でここから出られないこともあるし」

――オーナーにとって島で暮らすというのがやはり大事なことなんですね。

桟橋から眺める夕日の美しさが石山荘の名物

向かって右に立っているのが石山荘のオーナー

「いや、この島に来たのは出会いがしらですよ。親父が戦争から帰ってたまたまここに来た。狙って来たわけじゃないんです。本土でもどこでも良かった。来てみたら結構快適やったというだけでね。でもそういう場所が、最終的には僕の精神安定剤になったという。全部出会いがしらなんです。あんまり考えて計画しないからこういう場所に住めるんだと思う。自然にも翻弄される場所だし、台風が来たらお客さんに謝ってキャンセルしてもらわなきゃいけないし。朝起きて『今日は風が強いな。じゃあ何をしよう』って。『晴耕雨読』というやつですよ。天気の悪い日に頑張っても仕方ない。風の強い日だからこそできる作業もあるし」

――賢島に観光で来る人は、増えたり減ったり変化していますか?

「(伊勢志摩)サミットのあとは宿泊バブルが少しあったけど、あまり変わらないですね。バブルとかリーマンショックとか、そう影響を受けない土地なんです。京都や東京みたいにオリンピックとかインバウンドの影響もあまりないし。ただ今回のコロナは大きいね。厳しいね! しんどいね! まあでも、『トラブル イズ ビジネス』だよ(笑)。こんなんでダメになるのも割り切れへんやん! 大丈夫、なんとかなるでしょう、でもしんどいね」

宿の中にはたくさんの植物が置かれている

最後にそう語ってくれたオーナー。都会に出てお仕事をしていた頃もあったが、横山島に心落ち着く場所と自由な時間を見つけ、この場所でのんびりとしたたかに宿をつづけていくつもりだという。

念のため、石山荘に宿泊するうえで私の感じた注意事項をまとめておきたい。

・横山島には石山荘があるだけ。海で泳ぐとか山を歩くなどのアクティビティはなく、ただゆったりと過ごす場である。
・宿の中にはバリの民芸品や置き物などがたくさんあってケガをする危険もあるため、12歳以下の子供連れは現在お断りしてるそう。
・電子タバコも含め、室内室外オール禁煙。
・飲食物の用意は一切ないので駅のコンビニ等でじゅうぶんに買って来るべし。1階には部屋ごとの鍵で使える共用の冷蔵庫がある。
・電子レンジがあり、部屋のポットにお湯も用意されているので、カップ麺とかコンビニ弁当とかそういうものを用意しておくと食べられる。

宿泊した部屋から見えた景色

石山荘は夢のようにあっという間に遠ざかっていく

・共用のお風呂（男女別）がある。
・スマホの電波も入る。
・荒天時など、天候等の事情で島に渡れないこともある。

オーナーと楽しくお話ししてぐっすり眠り、朝起きて窓の外を見たら海だ。帰りももちろん、オーナーが運転する船で送ってもらうことになる。船に乗ってしまえばすぐに賢島。なんだか不思議な気がする。お礼を言い、また横山島へと帰ってゆく船を見送る。

朝から営業している「なかよし」で、テレビのロケで出川さんが「なんで俺だけ」と言いながら食べたというラーメンをいただき、アッパ貝を焼いてもらって朝食とした。

食べ終えて店を出たら、近鉄特急の駅まで数分だ。電車に乗ると、うたた寝をしているうちに大阪まで一気に着いてしまった。今朝まで確かに横山島にいたはずなのに、今はもう住み慣れた町にいる。この妙な感覚が好きで、また旅に出たくなる。

なかよしのラーメンを食べて賢島をあとにする

ひょうきんななかよしの店長と

第3章

自分がいなかった場所のこと、自分がいなかった時間のことを、どうやったら今より身近に感じられるようになるんだろうか――調査

優しい味ってどんな味？

日本各地の美味しいものが紹介されるテレビの旅番組などで、出演者が何か食べて「わー！　優しい味ですね」とコメントすることがある。自分もたまに飲食店の取材原稿に、食べ物の味を表現しようとして「優しさを感じる味だ」などと書いている。友達と食事していてそういう言葉を使うこともある。

しかし優しい味ってなんなんだ。「しょっぱい」「酸っぱい」「甘い」に比べたときの「優しい」のぼんやりさ加減よ。私は、人それぞれが思う「優しい味」を検証してみることで、その味の正体に迫ってみることにした。

優しい味がどんなものなのかを知るためには、誰かが「これは優しい味です」と評した食べ物を食べてみるのがいちばん手っ取り早いはずだ。

そこで友人に協力を仰いだ。大阪を舞台にした人情グルメ漫画『ナニワめし暮

「優しい味」について語ってくれたマンガ家・はたのさとしさん

らし』の作者であるマンガ家のはたのさとしさん。WEBサイト『デイリーポータルZ』の取材では何度もお世話になっている大阪のミニコミ専門書店「シカク」代表・たけしげみゆきさん。私の飲み仲間であり、酒に関する情報収集力には他人を呆れさせるほどのものがある山琴ヤマコさん。この3人にそれぞれが思う「優しい味がするもの」を提案してもらった。そしてそれを事前に私が食べに行き、そのうえで、みんなで居酒屋に集まって語り合い、優しい味とはなんなのかを考えていこうという計画だ。

私を含め4人が集まって乾杯したところで、各自が提案してくれた優しい味のグルメを紹介していきたい。

まずは、はたのさんが提案してくれた「梅田の阪神デパートのイカ焼き」だ。正式には「阪神名物　いか焼き」という商品名で、大阪駅に直結する阪神梅田本店の地下1階、「スナックパーク」内の店舗で販売されている。

スナックパークは、デパ地下のフードコートみたいな空間で、たこ焼き、ラーメン、寿司、天丼と、その他にもさまざまな軽食を提供する店舗が立ち並び、敷

ミニコミ専門書店「シカク」のたけしげみゆきさん

酒カルチャーに精通する山琴ヤマコさん

地内のテーブルで立ったまま飲み食いできるようになっている。その一画に「阪神名物　いか焼き」がある。昭和32年からこの阪神地下で愛されている味で、今も大人気。列に並んで買ってみる。

たくさんの人が並んでいるようでも、ものすごいスピードで商品が提供されていくので列の進みは速い。お客さんにはこの場で食べていく人もいれば、「いか焼き10枚！」みたいな感じで複数購入して持ち帰る人もいた。

「いか焼き」がこの店のいちばんオーソドックスなメニューで、このいか焼きに玉子が加わった「デラバン」や、そこにさらにネギを加えて醤油ダレで仕上げた「和風デラ」などがある。見てのとおり、上にこってりソースが塗られているでもなく、なんというか、あっさりした見た目だ。

早速食べてみる。なるほど、これは「優しい」と言えるかもしれない。私の思う優しい味とはまた違うのだが、強烈な味わいという感じではなく、食べ終えたあと、もう一枚買っても良かったなと思わせるような。

今回「スナックパークのいか焼き」を推した理由について、はたのさんに聞いてみよう。

いか焼きは大阪・梅田の阪神デパート地下で売られている

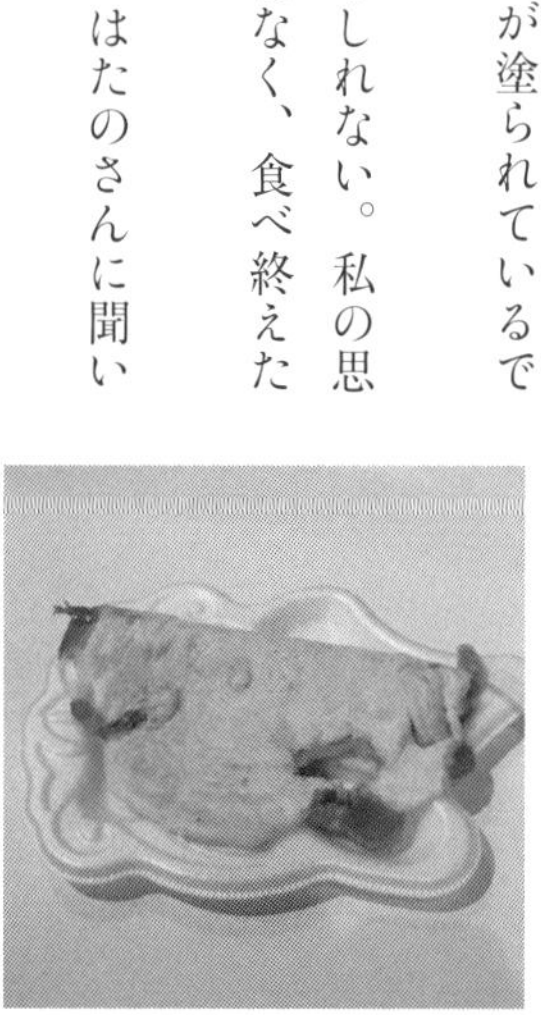
ソースがべったりかかっていたりするわけではない、シンプルな見た目

――はたのさんはいか焼きのどんなところに優しさを感じるんでしょうか？

「自分のマンガのなかでも取り上げていて、最初は取材で食べたんですけど、粉ものっていうとたこ焼きとかお好み焼きとか、ソースのがっつりきいたものが多いイメージがあったんです。それが、いか焼きはソースの感じも弱いし、ひと口目がふにゃふにゃして頼りないんです（笑）。でも噛めば噛むほどダシの味わいが出てくる」

――確かに、ふにゃっとしたなかにイカの歯ごたえがあるような感じですよね。すごく自分にとっては意外なタイプの優しい味でした。

「最初に食べたときは『何これ！　優しっ！』と思ってびっくりしました。パンチ力は弱めだけど深い美味しさがあるんですよ。でも美味しさの説明はしづらい」

――本当ですね。クリーミー！　とかスパイシー！　とかと違ってどんな言葉を使えばあの味を伝えられるかと考えると難しい。だから「優しい」っていう表現になるのかな。

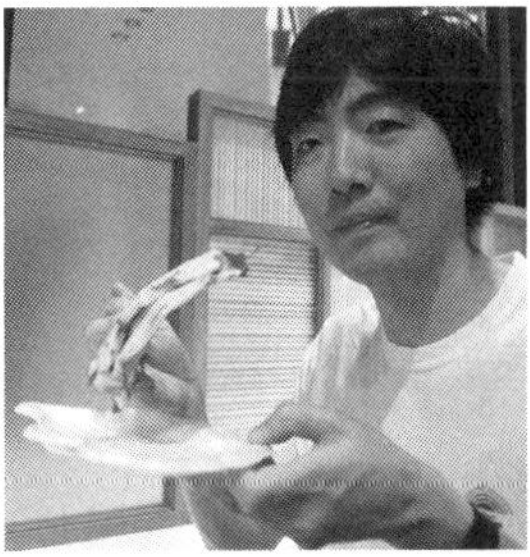

はたのさんいち推しの「優しい味」をいただきます

「たこ焼きよりもうちょっとライトなおやつみたいな感覚なのかなと思うんですよね。店の横のテーブルで上品な格好をしたマダムもあれをパクパク食べていて印象深かったです。日常のなかで食べている」

　はたのさん推薦の「スナックパークのいか焼き」を食べて、いきなり優しい味の定義に揺さぶりがかけられた気がした。さて次だ。たけしげみゆきさんが推薦してくれたのは、ドムドムハンバーガーの「手作り厚焼きたまごバーガー」である。

　日本初のハンバーガーチェーンとして、１９７０年の誕生以来、根強いファンを持ちつづけているドムドムハンバーガー。厚焼きたまごバーガーは、２０１７年12月から販売されている比較的新しいメニューだ。

　店舗の外から見える広告でもデカデカ紹介されているぐらいなので、ドムドムハンバーガーとしても力を入れているメニューであることに間違いはなさそうだ。

　店内に入り、注文して待つことしばし、店員さんがテーブルまで運んで来てくれた。早速かぶりつきたいところだが、これがなかなかにアツアツなのだ。注文

たけしげさんの思う優しい味は「ドムトムハンバーガー」にある

が入る度に厨房で焼いて提供しているそうで、それゆえの高温。ここは慎重に待つ必要がある。

パンに玉子焼きを挟んだバーガーがまさか優しい味だとは思わなかったが、食べてみると、なるほどこれも優しいものである気がする。ダシがかなりきいている。甘みがあってほどよい塩加減で、それに食感がすごい、玉子がプルプル揺れるほどに柔らかい。どうやってこんな状態に作っているんだろうかと不思議になってくるぐらいである。

この厚焼きたまごバーガーを薦めてくれたたけしげさんに話を聞こう。

——せっかくハンバーガー屋さんに行くのに、肉が挟まってないものを食べるっていうのはちょっと損じゃないかっていう気持ちだったんですが、すごく美味しいですね！

「でしょう！　あのたまごの柔らかさ、ヤバくないですか？　ダシを含みすぎてて、半分液体みたいになってるんですよ」

——はじめて食べたのはいつだったんでしょうか？

「手作り厚焼きたまごバーガー」がそれだ

ダシのしみた卵焼きがバンズに挟まれている

「ドムドムハンバーガーマニアの友達が、みんなで集まるパーティーにいろいろなメニューを買って持って来てくれたんです。珍しいものもあったのでちょっとずつもらって食べていたら、厚焼きたまごバーガーがいちばん美味しかった」

——あれはどんな優しさなんでしょうね？

「ギャップもあると思うんですよ。ハンバーガーって濃い目の味つけのものが多いじゃないですか。そのなかであの味っていうので、優しさが際立つのかも。いろんな人に『マジで美味しいから食べて！』って言ってるんですけど、みんな反応が薄いんですよ（笑）。他に似たものがない味だと思うんですけどね」


なるほど、ハンバーガーショップで出会うからこそ感じる優しさもあるのかもしれない。さて、山琴ヤマコさんが推薦してくれたのは神戸の歓楽街・新開地にある「赤ひげ」という居酒屋の「あなご天」だ。ただ、そのまま注文するのではなく、「あなご天をダシでお願いします」と伝えることで、天ぷらにおでんのダシをかけてもらうことができるのだとか。

やって来た赤ひげは親しみやすい立ち飲み店で、昼下がりからたくさんの人で

神戸・新開地にある立ち飲み店「赤ひげ」

賑わっていた。店員さんに「穴子天を、ダシで」と伝えるとき、めちゃくちゃ緊張した。裏メニューをいきなり頼むおのぼりさん、みたいな感じになってしまっていたかも。しかし、オーダーは無事に通り、しばらくしてダシの中に穴子天が浮かんだものが運ばれてきた。

甘みを感じる上品なダシ。衣がそのダシを吸ってふわふわしている上に穴子がまた柔らかい。これは完全に優しい。事前に私がイメージしていた優しさにいちばん近い気がする。添えられたレモンを絞ると、ダシの旨みが一段と際立った。

山琴ヤマコさんに、この優しさについて説明してもらった。

――穴子天にダシ、最高の組み合わせでした。

「僕が思ったのは、パッとそれだけを食べて感じる優しさというよりも、新開地のいろんな店でハシゴ酒をして、締めに何か食べたいと思ったときにちょうどいい優しさなんですよね」

――なるほど最後にたどり着くからこそ、より強く感じられる優しさなんですね。

サービスメニューとして壁にも貼りだされているあなごの天ぷら

たっぷりのダシに浸かった穴子天が山琴ヤマコさんのおすすめ

「ラーメンやうどんでは重い、かといって茶漬けじゃ物足りない、というときありますよね。そこにピッタリくるというか。穴子はふわふわで、苦味もないし、それを衣が包んでクッション化している。あのレモンは季節によって柚子になったりもします。アジやイワシの天ぷらでは苦味がちょっと強くて、ちくわも違う。優しさという点では穴子天がベストじゃないかと」

優しい味の捉え方は、まさに三者三様であるように感じた。改めてみんなで「優しい味とはなんなのか」について話し合ってみる。

――味覚に対して使う「優しい」という表現はかなりアバウトというか、意味が広いですよね。はたのさんはマンガのなかで味について「優しい」という表現を使うことはありますか？

はたのさん　使ってますね。でも今回、優しいメシを教えてほしいと言われてすごく悩みました。表現としてよく使うのに、いざどれが？　と言われると難しい。僕としては、辛くも甘くもないとか、オンとオフの中間という感じとか、口当たりが優しいっていう感じで捉えているのかなと思いました。

山琴さん　僕は最初に「優しい」を辞書で調べてみたんですけど、穏やかで好感が持てる、親切、上品、心が温かい、とか、調べれば調べるほどそれがどんな味なのかわからなくなるんですよ（笑）。

たけしげさん　優しい味の反対ってなんだろうって思うとわからなくて。厳しい味じゃないですよね？

――ジャンクな味とかチープな味わいとかなのかな。

たけしげさん　あー。でも、そういうものが優しく思えるときもありそう。

山琴さん　自分の状態にもよりませんか？　胃腸が弱ってるとき、気持ちが弱ってるときだと優しく感じるとか。

はたのさん　山琴さんの穴子天なんかまさにそうですけど、飲んだあとの締めの一品って全般的に優しくないですか？

――あ、でも、私の友人で、しこたま飲んだ帰りに24時間やってるマクドナルドでビッグマックをどうしても食べてしまうっていう人がいます。

たけしげさん　飲んだ末に優しさにたどり着くんじゃなくて、最後にバーンとビ

それぞれが、それぞれの思う「優しさ」について語り合う

ンタされて終わりたいっていう人もいるんでしょうね。
――辛い物が食べたいとかギトギトしたラーメンを食べて終わりたい人もいますもんね。みんなが優しさにたどり着きたいわけでもないのかな。
山琴さん　薄味な方向性で優しいという捉え方もあれば、ばあちゃんが作ってくれた思い出の味、っていう優しさもあるんじゃないでしょうか。
――なるほど、お母さんの作るケチャップたっぷりのナポリタンが優しい味に感じられるとか。いろいろあるな。
たけしげさん　最近、飲んだあととか二日酔い気味のときにポカリスエットを飲むんですけど、ポカリスエットも優しいんですよ。五臓六腑に染み渡る。二日酔いのときは、水よりも優しいです。
山琴さん　それでいうと、白湯《さゆ》って優しくないですか？
はたのさん　ははは。もう味ないじゃないですか！
――優しさを突き詰めていくとただのお湯にまでいくのかー！
たけしげさん　お茶っ葉を急須に入れて、何回か使ったあとの出がらしの薄いの、あれは優しいですね。

――お茶の名が付くものでいうと昆布茶とかダシ茶みたいなのも優しいですね。

山琴さん　うんうん。ダシはやっぱりひとつのポイントでしょうね。あとからじわっと感じる旨みっていうのが重要な部分なんですかね。

はたのさん　あとはやわやわな食感と、温度とか。

たけしげさん　「いきなり顔にぶつけられてもあんまりイヤじゃないもの」っていうことになってくるんじゃないですか?

――ははは。穴子天とかぶつけられたらイヤだけどなー!

はたのさん　いや、白湯やったらアリですもんね。

たけしげさん　そうです。私たち毎日シャワー浴びてるじゃないですか。

――え、シャワーって白湯なんだ!?

はたのさん　つい先日、鳥取に取材に行ったんです。取材とは別件で、案内役をしてくれた方がすごいラーメン屋があると教えてくれて。「ホット・エアー・コーポレーション」っていう、もともと中古車の販売会社なんですけど、店主がラーメンが好きで自分で作って、ミシュランにも載ったっていうお店なんです。

――すごい!　そんな店があるんですか。

はたのさんが感動した「ホット・エアー・コーポレーション」のラーメン

はたのさん　化学調味料は一切使ってなくて、常に研究途中だから味も変わっていくっていう。ものすごいこだわりなんです。それを食べさせてもらったんですけど、ひと口目がものすごくあっさりなんですよ！

具材と麺が別々に来て、ダシの味だけを本当に味わってもらうには具材をよける必要があると。そこまでしてるんですが、優しいというだけでなく、深みがあるというか。最初はわからなかったダシの味があとからすごく来るんですよ。食べ終わると物足りなさは全然ない。その店主がよくお客さんに「味が薄い」って言われるらしいんですけど、「うちほど濃いラーメンはない」と言っていて、深みのある優しさというのがあるんだなって感動したんですけど。

たけしげさん　えー、食べてみたい。

——優しさを研ぎ澄ますと濃くなっていくっていうことなんですかね。でも逆にというか、夜中に食べる袋麺も優しいんだよな……。

はたのさん　チキンラーメンも優しいですもんね（笑）。麺がやわやわの。

——「優しい味」って言葉の意味が広すぎますね。「美味しい」ぐらい広い。もうダメだ、わからなくなってきました。

たけしげさん　優しさは相対的なものなんじゃないでしょうか。ジャンクなものが優しく感じるときもあるし、たとえば減塩の食べ物って体にとっては優しいはずだけど、物足りなかったりしますもんね。

はたのさん　うちで子供の離乳食を工夫して作っていたときに、それをベースにして大人のごはんも作ってたんですけど、味がめっちゃ薄くて（笑）。

――優しさとは相対的なものか、名言っぽい。「これが優しい」と決まってるものじゃなく、もっとぬるぬるして捉えどころのないものなのだということですね。

山琴さん　白湯を優しく感じないときもある。

たけしげさん　コーラのほうが優しいときもある。

はたのさん　ということは、「ベストオブ優しい味」を決めるって難しいことというか、無理なんですね。

山琴さん　強いて言えば白湯……。

たけしげさん　あと、さっきのはたのさんの離乳食もそうだけど、赤ちゃんが食べられるものって優しいですよね。

はたのさん　たまごボーロとか。確かにぶつけられてもイヤじゃないかも（笑）。

——優しい豆まきみたいな感じですね。

たけしげさん　あとは母乳とか……。

——ははは。これだけ頑張って話し合って作ったランキングが「1位・白湯、2位・母乳、3位・たまごボーロ」っていうのは、どうなんでしょうか。

　話し合いの結果、とにかく優しさは相対的なものであり、その時どきの状況、健康状態などによって繊細に変化するらしいことだけは確実にわかった。

　楽しい宴のあと、私が思う優しいメシの筆頭である「揚子江ラーメン」をみんなで食べに行くことにした。

　揚子江ラーメンは大阪発祥の創業50年以上になるラーメン店で、透明度の高いあっさりしたスープが特徴。梅田に総本店があり、のれん分け店が近隣エリアに点在している。

　今回は「揚子江ラーメン　名門」にやって来た。全員カウンターに並んで700円のラーメンを注文。丼の底まで見える透き通ったスープ。「揚子江飯店」という中華料理店が前身で、そこで出されていた中華スープがベースになっている

私が思う「優しい味」のナンバーワンは揚子江ラーメン

のだという。ひと口飲むと薄味に感じるが、奥にダシの旨みの層があって、やっぱりどうしても「優しい」と表現したくなる。
麺は細めで柔らかく、菊菜とチャーシューともやしとネギと、具材はシンプル。店舗によっては菊菜のかわりに水菜が使われていたりする。卓上のフライドオニオンを少し加えると、スープのシンプルな旨みがより強く感じられる。

たけしげさん　香りまで優しいですもんね。
山琴さん　雑味がない。また菊菜が絶妙な存在感で。
はたのさん　少なくとも今夜はこれが1位ですね……。

優しい味というものに予想以上の幅があることがわかった。どんな食べ物を優しいと感じるかで、その人の考えていることや、普段の生活までもわかってくるのではないか。そこまで行かずとも、今回みたいに何人かで集まって「私の思う優しい食べ物はこれだ!」と、優しさをぶつけ合うバトルをしてみれば、きっと愉快で穏やかなひとときになるはずだ。

これほどさっぱりしたラーメンがあるだろうか、と毎度思う味

スープを全部飲んでも罪悪感ゼロの優しさだ

ガチャガチャマシーンからつまみが出てくる飲み会を開催してみた

この原稿は私がライターのひとりとして記事を書いているWEBサイト『デイリーポータルZ』の過去の名記事をカバーするという特集に向けて書いたもので、ライターのT・斎藤さんがかつて書かれた「ガチャガチャにつまみを入れて晩酌」という記事を元ネタにしつつ、私なりにカバーしたものである。T・斎藤さんの元記事はガチャガチャマシーンに酒のつまみを入れ、そのランダムさを楽しみながら家で晩酌するというもの。それがすごく楽しそうに見え、仲間を集めて飲み会バージョンとして試してみることにした。

T・斎藤さんはお子さんのために購入したオモチャのガチャガチャマシーンを

使い、カプセルの中に好きなおつまみをいろいろと入れ、「次は何が出るかな」と家飲みを楽しんでいた。〝オモチャのガチャガチャマシーン〟とはいえ、機能的には本物と遜色なく、プラスチックのコインを投入すると直径5センチほどのカプセルが出てくる仕組みで、3000円ほどで購入したと文中にある。

その記事をカバーさせていただくにあたり、私もそういったものを購入する必要があるな、と思っていたのだが、なんと、私がたまに店番をしている大阪のミニコミ専門書店「シカク」に、廃棄予定のガチャガチャマシーンが1台あることがわかったのだ。

100円硬貨を入れるとカプセルが出てくる本物のガチャガチャマシーン。たまにカプセルがうまく出てこないことがあったり、硬貨がたまる部分のカバーが閉じなくなったりと数か所に不具合があるために近々捨てるつもりだったとか。とはいえ、「まあまあちゃんと動く」とのこと。酒のつまみを入れさせてもらうのにこんなにちょうどいいガチャガチャマシーンがあるだろうか。

これ幸い、と、このガチャガチャマシーンを使わせてもらい、さらに休業日のシカクを会場としてお借りしてガチャガチャマシーン飲み会を開催することにな

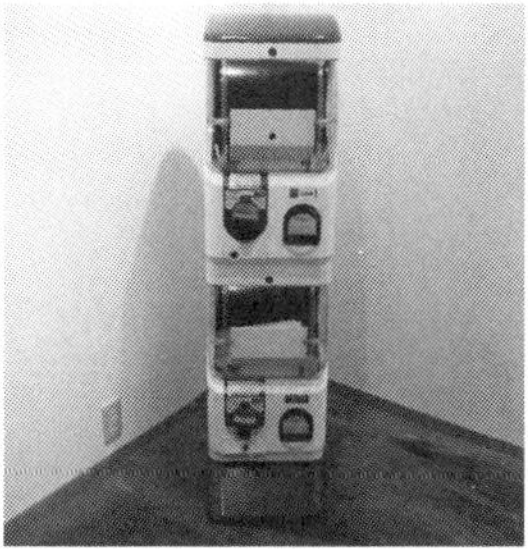

ミニコミ専門書店「シカク」にあったガチャガチャマシーン

空のカプセルもふんだんにあるから好きなつまみ詰め放題

った。いつもシカクにはお世話になりっぱなしである。

ちなみに今回使用したガチャガチャマシーンは普段シカクで稼働してるガチャガチャマシーンとは別のもので、おつまみを入れたカプセルも使用後に廃棄しました。なのでシカクのガチャガチャマシーンで今後買い物する人は心配しないでください。


さて、飲み会参加メンバーとして、私のいつもの飲み仲間、シカク代表のたけしげみゆきさん、シカク常連客の山琴ヤマコさん、ハヤトさんに集まってもらった。私も含め、計4人の飲み会だ。

事前にみんなに主旨を説明してあり、ガチャガチャに入れたいおつまみを自由な発想で用意してもらうように伝えてある。各自、いろいろと持って来てくれているみたいだ。

私もスーパーで買い出しを済ませ、ガチャガチャ飲みと相性の良さそうなつまみをいろいろ用意してきた。たとえば駄菓子の定番「焼肉さん太郎」であれば、そのままカプセルに詰めるだけ。「焼きたらこ」のようにそのまま入れられない

どんな誘いにも応じてくれる飲み仲間と「ガチャ飲み」してみる

ものは、厳重にラップでくるんだうえでカプセルに詰めることにする。

まず、こうやってガチャガチャの中身を用意していくのが、すでに楽しい。なんせ今までガチャガチャを回したことはあっても、中身を作った経験はない。自分なりの当たりもあれば外れもあり、誰にこれが渡るだろうかなどと想像すると「イヒヒ！」という気持ちになる。

でき上がったカプセルを集めてマシーンに入れていけば、「酒のつまみ」のガチャガチャマシーンの完成である。あとはこれをみんなで回しながらお酒を飲むだけだ。まずは山琴ヤマコさんから。１００円玉を入れてガチャリとダイヤルを回す。

山琴さん　自分で買ってきた「シーチキンフレーク」が出ました！

――おつまみとして最高じゃないですか！

山琴さん　うーん、いきなりシーチキンかぁ。ちょっと気分じゃないです。まだ早い。

――T・斎藤さんの元記事に「普段なら絶対このタイミングでは食べないもの」

それぞれのセンスで買い集めたおつまみの数々

どんどんカプセルに詰めていく

が出てくると書いてありました。

　次はたけしげみゆきさんの番である。

たけしげさん　あ！　これは当たりですよ！　焼きたらこだ！

　次の番の私にはカマンベールチーズが当たり、その次にハヤトさんがガチャガチャを回す。

ハヤトさん　何これ！　やだ！　何これ！　スライム？

——あ、僕が入れたブルーベリーですね。

ハヤトさん　えー！　お酒のつまみじゃないじゃないですか！　何これ！　スライム？

——いや、スライムじゃないですよ！　怖がらなくて大丈夫です。

ハヤトさん　何これ！　ゴムで縛ってあって、怖い！

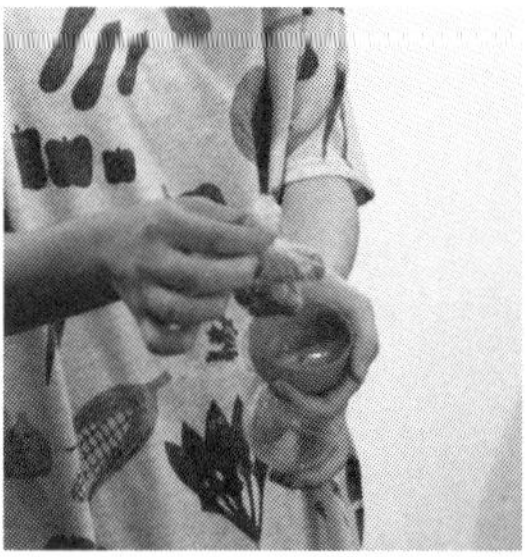
「焼きたらこ」が当たったたけしげさん

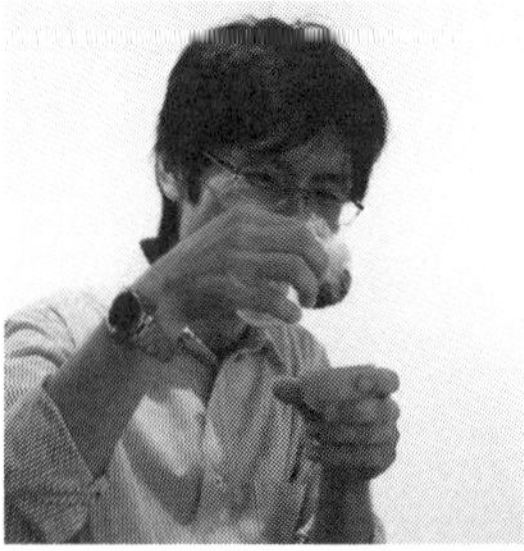
ハヤトさんにはラップに包まれた謎の物体が当たった

――いや、ちょっと汁気が多いので、漏れないように厳重にしたんです。
たけしげさん　1発目がこれっていうのはすごいですね。

それぞれのつまみが出そろったところで乾杯ー！

――どうですか？　ブルーベリー。
ハヤトさん　（食べながら）ブルーベリーですよ。本当に。
山琴さん　ブルーベリー、飲み物がチューハイだったらそこに入れる手もありましたね。
たけしげさん　なるほど、そういうガチャをやってもおもしろいかもしれないですね。お酒に入れられるものばかりを用意しておいて。
――それもおもしろいですね。1周しただけですでに楽しいですね。
たけしげさん　想像以上に楽しいです。かなりワクワクしますね！
ハヤトさん　もう、何が出るか怖いですよー！
山琴さん　でも、そんなに変なものは入ってないんじゃないですか？　僕は好き

中身は「ブルーベリー」だった

な物しか入れてないですよ。

2巡目に「焼き大豆」が当たって喜ぶ山琴さん。

山琴さん　お！　これはなんだろう？　納豆？

たけしげさん　あ！　それ、沖縄みやげの「焼き大豆」ですよ！　カレー味で美味しいおつまみなんです！

山琴さん　嬉しい！　これ、食べてみたかったんですよ！

たけしげさんに何かが当たって大喜びしていると思ったら、「マグロぶつ」と醤油とわさびセットだ。

たけしげさん　やった！　当たりや！　マグロや！

山琴さん　醤油とわさび付き、フルセットじゃないですか！

ハヤトさん　普通に居酒屋のメニューじゃないですか！　いいなー！

カレー味の「焼き大豆」が当たって喜ぶ山琴ヤマコさん

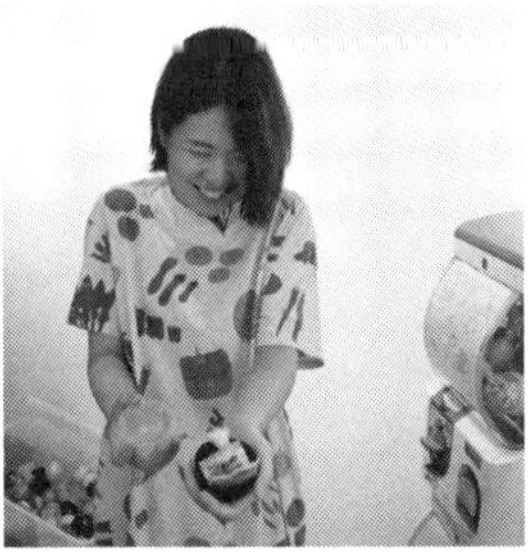

たけしげさんは「マグロぶつ」をゲットして大喜びである

お次は私の2巡目。

——あ、嫌な予感がする。「あんころ餅」と「ずんだ餅」だ。

ハヤトさん　まだいいですよ。僕は「パイン」でした。パインかよ……。

——ははは。

たけしげさん　ブルーベリーの次がパイナップル！　フルーティー！

——ハヤトさんが飲んでるのもメロンサワーだし、フルーツばっかりの夜ですね。

山琴さん　ナオさんの序盤のあんころ餅もなかなかですね。

たけしげさん　同じ場なのにみんな食べてるものが全然違う。

山琴さん　マグロからあんころ餅まで。そう考えると、マグロいいですね。

たけしげさん　ちょっと食べます？

——そうか。何もひとりで食べることないんですよ！　みんなで分け合っていきましょう。

さっきブルーベリーが出て、次が「パイン」だった

さて、こんなふうにガチャガチャを回しながら飲みつづけたのだが、これがもうずっと楽しいのである。このまま誰が何を引き当てたかを順番に書いていきたいが、長くなりそうなので、ここからは印象的だった場面をかいつまんでお伝えしようと思う。

3巡目。たけしげさんにはさっき食べたマグロぶつがまた当たり、私は謎の料理を引き当てた。

——なんだこれ、重みがある。なんだろう。

たけしげさん　あ、これは、私が昨日作って食べたものの残りです。

ハヤトさん　手料理？

たけしげさん　手料理です。

——おもしろい。手料理って本物のガチャには絶対に入ってないですもんね。違法って感じがする。これは、料理としてはなんですか？

たけしげさん　「和風ジャーマンポテト」ですね。

——（食べながら）なるほど、ダシの味だけどジャーマンポテトの具材で、うま

「謎の手料理」が当たることもあるからガチャ飲みはすごい

いな。当たりでした。

山琴さんの4巡目。

山琴さん　おっ！　これは重いぞ。なんだ？

たけしげさん　私の手料理です！　おめでとうございます！

――また手料理！　笑えますね。手料理をよく入れましたね。度胸がすごい。

たけしげさん　いや、美味しいんですよ。

山琴さん　いや、これは当たりですよ。嬉しいです。

5巡目、「ケーパース」が出た私。

――自分で入れたやつだ。「ケーパース」の瓶詰。

ハヤトさん　なんですかそれ？

山琴さん　サーモンのマリネとかについてくるやつですよね。

サーモンのマリネなんかにのっている植物のつぼみ「ケーパース」

――ちょうどカプセルに入りそうだなと思って選んだんですよ！　これは酸っぱい！　美味しいけど、こんなにたくさん食べるものじゃないかも。２００粒ぐらいあります。

６巡目、ハヤトさんにはプチトマトが当たった。

ハヤトさん　うわ！　プチトマトだよー！

たけしげさん　いいじゃないですか！

ハヤトさん　僕こんなのばっかりじゃないですか!?　パインとか。

――素材ですよね。料理じゃなくて。

７巡目。たけしげさんに本日２回目の「がんもどき」が当たった。

たけしげさん　あ、これ、さっき食べたやつや。マグロにつづいてツーペアです。誰かトレードしませんか？

ガチャガチャから「プチトマト２個」が出てくると人は笑顔になる

――あ！　いいこと考えた。次に僕が何を出しても絶対トレードすることにしませんか？　ふふふ。

山琴さん　なんか悪だくみっぽい顔してますね。

――何が出るかな！　怖いですよー！　……あ、これはなんだろう？

山琴さん　これは僕が入れた「カズチー」ですね。大当たりですよ！　燻製数の子がチーズに入ってるっていうものです。

たけしげさん　やったー！　めっちゃ美味しいですね、これ。

――なんか悔しいなぁ。

8巡目の私、厳重にラップに包まれた何かが当たった。

――怖いなぁ、なんですかこれは。ミイラみたいに厳重にくるまれてますよ。

山琴さん　おめでとうございます！　僕の入れた「鮒《ふな》ずし」です。

――わー！　鮒ずし！　本当に情けないんですけど、僕、たぶん苦手なんですよね……。

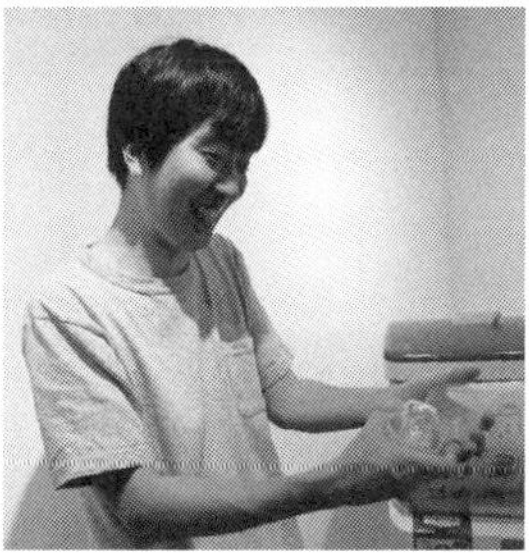

あれ、これはなんだろう……

山琴さん　滋賀の大津の朝市で買った、いいものなんですよ。

――うちの父が鮒ずしが大好きでよく食べてるんですけど、父のほうから香ってくる匂いだけでちょっとダメなんですよ。いや、ガチャで出たのも何かの縁か。食べてみよう。

ハヤトさん　……あれ、どうしましたか？

――だめだ。僕にはまだ早いです。この香りが……。

山琴さん　日本酒と合わせると最高ですよ。マンガ家のラズウェル細木先生はこれをお茶漬けにしてお酒の締めに食べはるそうですよ。

――へぇ、そうなんですね……。

山琴さん　テンションが下がってるじゃないですか。

――すみませんでした。でも、もう残りあと2周もないぐらいですね。

たけしげさん　だいぶお腹いっぱいなので、軽めのものが出てほしいところです。あ、これはなんだろう。

山琴さん　おっ、僕が入れた「肉スルメ」ですよ！　並ばないと買えないぐらいのレアなおつまみなんですよ！　神戸の長田《ながた》のローカルフードで、そっちのほう

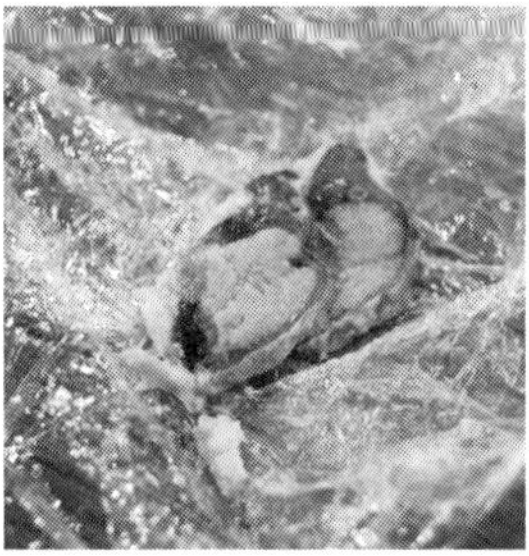

カプセルの中から「鮒ずし」が出てくることなんてあり得るのか

では角打《かくう》ちにもあったりするみたいです。

たけしげさん　本当だ。めっちゃ美味しい！

——検索してみたら牛肉の「カッパ」っていう部位みたいです。いいおつまみが当たりましたね。

山琴さん　これはおすすめです。たけしげさん、引きが強いなあ。

ハヤトさん　僕はここで駄菓子。結構嬉しいです。思ったんですけど、ひょっとして中身が重いカプセルが先に出るのかな？　どうも最後に軽いのばっかり残ってませんか？

たけしげさん　確かに。かき回されてるうちに重いのが下に行くのかな。

——だとしたら、最後はきっと僕が入れたものが出るんじゃないかな。たけしげさん、最後の1個を回してみてください。

たけしげさん　これは？　あ、「ミンティア」だ。

——やっぱりそうだ！

山琴さん　お口直しのミンティア！

たけしげさん　焼肉屋さんで帰りにもらうガムみたいですね。最後にちょうどい

最後のカプセルの中身は「ミンティア数粒」だった

いです。

山琴さん　テーブルに空のカプセルがいっぱいあるのがいいですね。

たけしげさん　「今日は豪遊したなー！」って。

ハヤトさん　僕、人生でこんなに連続でガチャガチャ回したことないです。

――きっとみんなそうですよね。どうですか？　楽しかったですか。

山琴さん　めちゃめちゃいい企画でしたよ。

たけしげさん　楽しかったです！　他の人が回すのを見てるだけで楽しい。闇鍋に近い感じもあって。飲み会の傍らにこのマシーンがいつもあったらいいのに。

――〝重い物が先に出がち〟っていうのが事実だとしたらそこは調整しなきゃいけないですね。

たけしげさん　一個一個のカプセルの中身を調節したほうがいいですね。

山琴さん　あまり回しすぎないで、ひとり4周ぐらいがちょうどいいのかもしれないです。

――でも、結局、自分が食べたいのは1個も当たらなかった気がするなー。

ハヤトさん　普段食べないものばっかりでしたよ。ブルーベリーとかパインとか。

こんなに何度もガチャガチャを回したのははじめてのことだった

たけしげさん　居酒屋で頼まないものですもんね。

——居酒屋で「えーと、とりあえず生中と、ブルーベリーお願いします！」って言わないですもんね。しかも、その次に「パインいただけますか？」って。

たけしげさん　「ややこしい客来ちゃったなー！」って思われる。

4人でガチャガチャ飲みを堪能し、T・斎藤さんが元記事に書いていたとおり、「これはひょっとして流行るんじゃないだろうか？」と思った。ガチャガチャマシーンを用意する手間、カプセルにおつまみを入れる手間、というハードルはあるが、それを乗り越えさえすればこんなに楽しい飲み会もなかなかない。

今回は惣菜だとか刺身だとか、扱いが難しいものも多数入っていたけど、柿ピーとチーズとスルメと、みたいに、乾きものを中心にしたものならば、たとえば立ち飲み屋の傍らに置かれていてもなんら不思議じゃない。常連さんが慣れた手つきでそれをガチャガチャと回すさまが目に浮かぶほどだ。

平凡な飲み会に偶然の要素をもたらしてくれるガチャガチャ飲み。この楽しみがじわじわとでも伝わっていったらいいなと思うのであった。

家の中のお気に入りポイント「俺んち絶景」を見せ合ってみる

家の中にはいろいろなスペースがある。生活感むき出しの場所。だらーっと休むための場所。キッチン、トイレに風呂、ベランダなどなど。全部を自分の思いどおりに整えるのは難しいけど、そのなかでも特に好きな場所というものがあると思う。

私は片づけが苦手で部屋がうんざりするほど散らかっているのだが、そんな部屋の中にも好きな一角というものはある。「この場所を眺めていると気分がいい」という小さな絶景、「俺んち絶景」というようなスポット。

どんな小さなスペースでもいいし、自分にしかわからなそうな良さでもいい。

そういう場所を写真に撮ってみんなで自慢し合おうではないか、と思ったのだ。

たとえばうちのトイレで用を足していて、じっと見てしまう場所がある。トイレットペーパーホルダーの上の板にいくつかの小物を並べたスペースである。千葉の「国立歴史民俗博物館」に行ったときに買ったミニ埴輪3体と、NHK教育テレビで放送されていた番組『おーい！はに丸』の主人公である「はに丸」くんがマイクを持ったフィギュアが並べてある。このはに丸くんのフィギュアはガチャガチャを回して当てたもので、『はに丸ジャーナル』という特番の中でマイクを持ってレポーターを務めるはに丸くんの姿を模してある。

もともとこの場所にミニ埴輪だけが並べてあったところに、あとからはに丸くんフィギュアが手に入り、「これとあれ、合うかもな」と思って並べてみたところ、最初からひとつのセットだったかのようにピッタリとハマった。埴輪の村で起こった事件について、埴輪住民に聞き込みをしているワイドショーのワンシーン。そんなふうに見えてくるではないか。

このピッタリ来た感じが自分の中でものすごく嬉しくて、便座に腰かけてはう

トイレの中のお気に入りの場所

っとりと眺めている。トイレに行くのが楽しみになるほどだ。

また、冒頭で述べたとおり、私の部屋はうんざりするほど散らかっていて、片づけを進めるために一度ドサッと荷物を広げたまま動きが取れずにいるような状況なのだが、そんな空間にも自分なりの絶景スポットがある。

だいたい私は本棚に本を並べたあとにできる手前の空きスペースにいろいろと物を並べるのが好きだ。それによって本が取り出しにくくなるのだが、仕方ない。「目が疲れたら緑を見るといい」と聞くので、疲れたときこのファミコンの初期ソフト『ゴルフ』の箱を見る。

さらに、椅子に座っていて斜め上を見上げるとこの3人がいる。「宇宙刑事ギャバン」、興福寺の龍燈鬼《りゅうとうき》、長野県佐久市のゆるキャラ「ハイぶりっ子ちゃん」のフィギュアが並んでいて、〝まったく別々の世界からやってきた3人〟というこの組み合わせが気に入っている。

机に向かって仕事をしていて、たまに伸びをしながらこれらの絶景を眺めては「いいなあ」と思っている。自分が好きなものばかり並べてあるのだから当然な

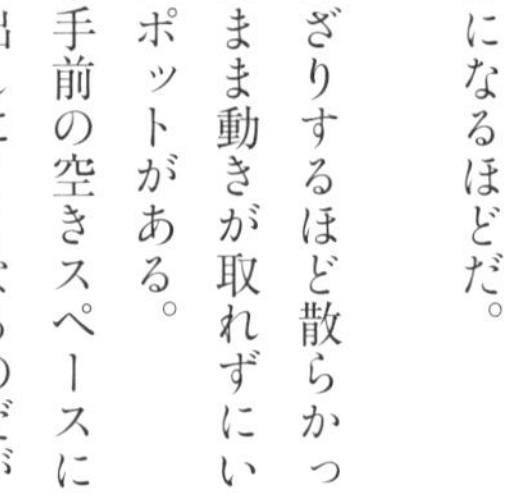

本棚の手前に好きなものを並べがち

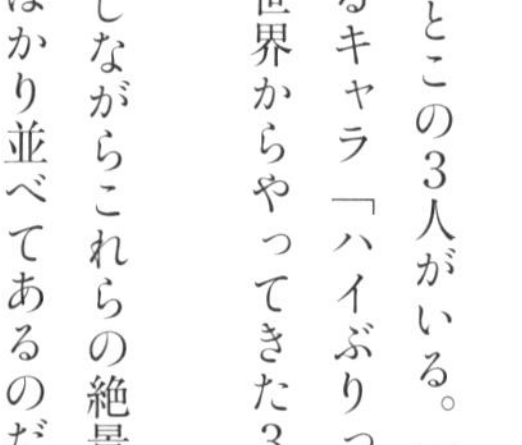

仕事に疲れてふと見上げるといつもこの3体が目に入る

のだが、いつまでもぼんやり見ていられる。

このような「俺んち絶景」はきっと誰の家にもあるはず。まずは私の身近な友人たちに尋ねてみることにした。主旨を説明し、その場所を写した画像と紹介コメントを送ってもらうようお願いした。集めてみると本当に人それぞれで興味深かったのでどんどん紹介させていただきたい。

まず、私の飲み仲間・山琴ヤマコさんが送ってくれたのがこちら。本人のコメントはこうだ。

「リビングのカップボードです。眺めながら飲みたい酒アイテムを、最初は妻に遠慮して2、3個並べていた程度なんですが、今やその右半分を占めるに至りました。ちなみに、展示内容は季節によって変化します」

なるほど、明石の駅弁「ひっぱりだこ飯」の空き容器やさまざまな酒器がきれいに並べられているなかに『酒のほそ道』で知られるマンガ家・ラズウェル細木さんのサインが置かれていたりして、なんともお酒が飲みたくなる風景が作り上

山琴ヤマコさんの「俺んち絶景」には酒器の数々が

げられている。

次に、私が所属するバンドのメンバー・イッチーが送ってくれたのは、電子レンジの横に貼られたマグネット群の写真。

「旅先で買ったマグネットをレンジの横に貼って昔を楽しんでます。たったひとつのマグネットでそのときの思い出がフラッシュバックするのが好きなんです」

なるほど、これらのマグネット一つひとつが旅の思い出を呼び起こすきっかけになっていて、それが集積されているのがこの場所なのである。それぞれのマグネットをクリックするとあちこちの旅先の記憶に飛べるトップ画面みたいな役割なのだろう。

友人・ＦＪＫさんが送ってくれたのはベッド脇の景色だ。

「ＲＰＧの世界観を再現できた！」と、達成感にあふれたコメントと共に送られてきた画像だが、見れば見るほど手間がかかっていることが伝わってくる。壁をレンガ風に見せている工夫なんて、めちゃくちゃ凝っている。毎晩ドラクエやゼ

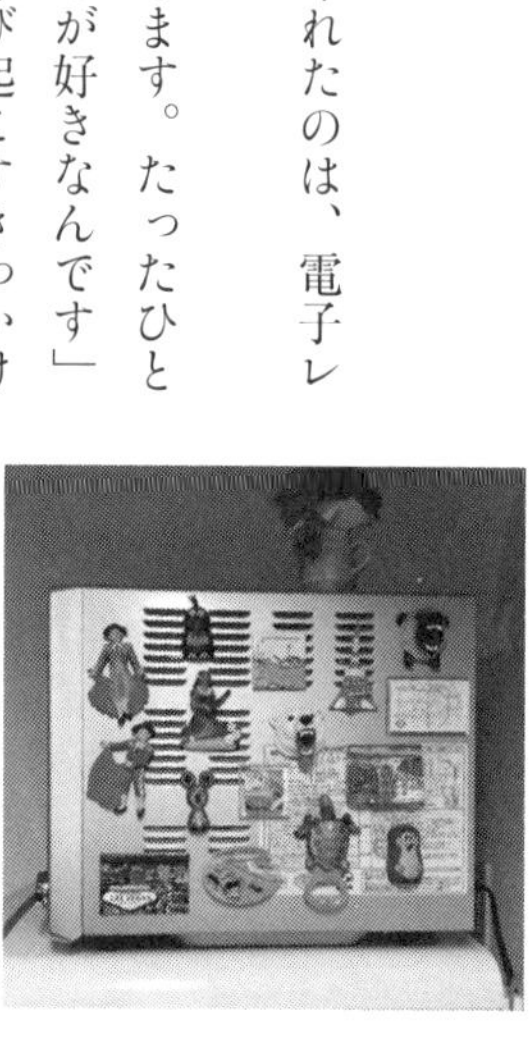

イッチーの絶景は旅の記念のマグネットが貼られた電子レンジ

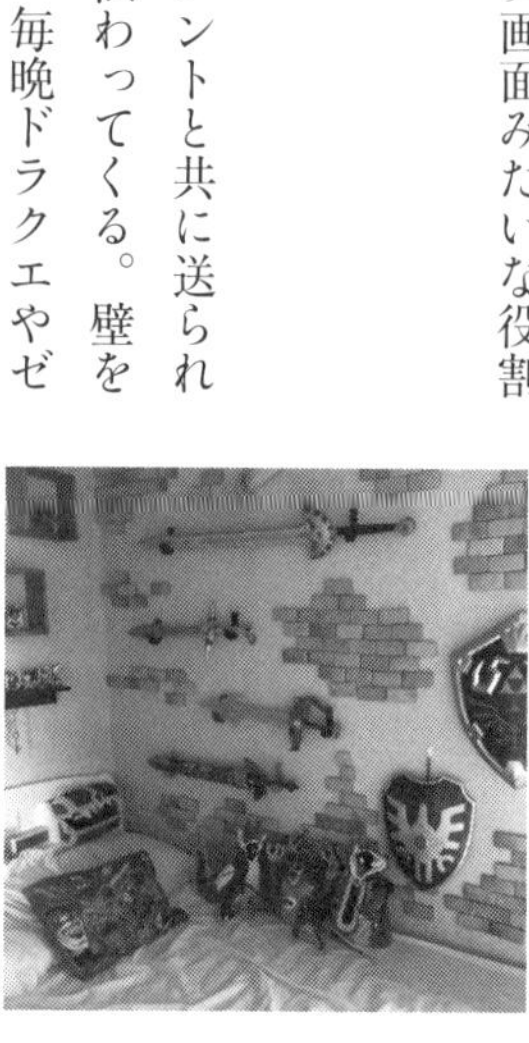

ＦＪＫさんの絶景はＲＰＧの世界観で飾ったベッド脇

ルダの世界観の中で眠っているわけか。夢の中身に影響を与えそうだ。

お次はミニコミ専門書店「シカク」代表・たけしげみゆきさんだが、「俺んち絶景」が家の中に2か所あるという。ちなみにこの2か所は対になっているそうで、ご本人のコメントはこうだ。

「置物を置く場所が家に2か所あります。仕事部屋には仕事を見守ってくれる『チームがんばり』、寝室には安眠を見守ってくれる『チームやすらぎ』の皆さんがいます。『チームがんばり』にはクリエイティブ心が刺激されるものやお金の匂いがするもの、『チームやすらぎ』には見た目がほんわかしたものや匂い・音・手触りの良いものを置いています」

励ましスポットと和みのスポットに分かれているわけだ。そう言われて見直してみてもどっちがどっちなのだか、たぶん本人にしかわからなそうで、そこもおもしろい。「俺んち絶景」のなかには、他人がパッと見て「おおすごい」と思うようなものもあれば、本人だからこそわかるようなものもあるのだ。

たけしげさんの絶景その1「チームがんばり」

たけしげさんの絶景その2「チームやすらぎ」

たとえばこちら、ハナイさんという友達が送ってくれたもの。ハナイさんの奥さんは現在、管理栄養士を目指して勉強中らしく、トイレに〝糖〟や〝脂肪酸〟の種別について記載した紙が貼ってある。

「トイレに座ると、奥さんが学校で暗記する紙が貼ってある。俺はぜんぜん覚えられないんだけど、落ち着く」

　これなんかは、事情を知らぬ人が見ても、「なんだこれ」と思うだけであろう。しかし、夫であるハナイさんからすれば、奥さんの努力の証のようなものであり、それを知っているからこそ絶景に見えてくるのである。


　次は、飲み仲間のハヤトさんから送ってもらったもの。スピーカーの上に買ったばかりの本が積んである。

「最近ちょっと本棚がいっぱいになって、購入した本を置く場所がないからサブウーファーの上に積んでいってるんです。大学生の頃から愛用しているSONYのCDラジカセとスピーカーシステムなんですけど。今年になって購入した本ばかりなので、見るたびに『これが2020年の、最新版の俺！』みたいな。まだ

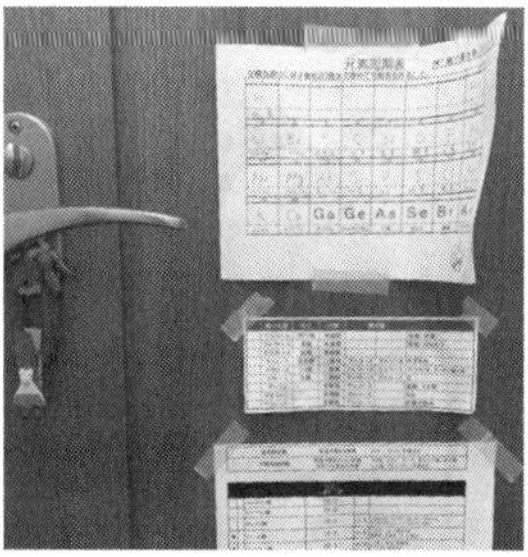
ハナイさんの絶景は奥さんの頑張りを感じるトイレの壁

ハヤトさんの絶景はスピーカーの上のこれから読む本たち

読んでない本も積んでいるから『これからの俺！』みたいな」
積まれた本に〝未来の俺〟を見ることができるスポット。これもまた本人ゆえに絶景として映る景色であろう。

こちらは、神戸に住む文筆家・平民金子《へいみんかねこ》さんが送ってくれた写真。
「朝のミモザです。『ミモザの日』てのがある事も知らなかったのですが、イタリアではそういう日があるらしい。3月8日に知人にもらいました。それを切りとって台所につるしています。天気の良い日の朝、最初にここを見て『光ってるなー』と思うのが好き。この窓を開けたらめっちゃネズミが入ってきます。それも自慢」

ミモザの日である3月8日に知人からもらったという、その記憶も含め、平民金子さんにとっていい場所になっているのが伝わってくる。ミモザの日だなんて、私はまったく知らなかった。なんと素敵な贈り物だろうか。

次は、私の幼なじみのミヤマくんからのもの。

平民金子さんの絶景は「ミモザの日」にもらったミモザの花

コメントはこちら。

「2016年に祖母の珍寿を記念して、近くのホールを一日借りて、祖母が70歳くらいからはじめた〝ちぎり絵〟の展覧会を開いた。祖母の下の名前が〝富士〟ということもあってかこの赤富士のちぎり絵を祖母は気に入っており、展覧会の案内はこの絵の絵葉書だった。展覧会では民謡を流したのだが、祖母の同世代が民謡を聴きながらちぎり絵を見て泣いていたのが印象的だった。祖母との思い出が詰まってるのでお気に入り」

この絵は居間に飾られており、残念ながら亡くなってしまったおばあちゃんを、ミヤマくんはこの絵を見るたびに思い出すそうだ。一つひとつの「俺んち絶景」についてじっくりと話を聞いていきたくなるほど、背後にいろいろな物語があるのを感じる。

次に、私のバンドのドラマーであるジュンヤくんの送ってくれた「俺んち絶景」である。

これは、ライブハウスなどに出演する際に会場側から配布される「スタッフパ

ミヤマくんの絶景はおばあちゃんが作ったちぎり絵

ス」で、このシールを上着などに貼っておいて受付で「私は出演者です」ということをわかりやすくするためのもの。ジュンヤくんは数多くのバンドを掛け持ちしていて、何気なく貼りはじめたのがどんどんたまっていったという。彼は自分の「俺んち絶景」をこう語る。

「これは、人生の理由ですかね。飾らずに言っても、撮って見てみるとそうなってしまいます。今の自分を支えてる柱みたいなもの」

もし引っ越すことになってもこの本棚だけは処分できないという。「いつかこれを処分できる時がきたら、自分は次のステップに進める気がします」とのこと。

次は私の元同僚・かえさんが送ってくれたもの。

「これは、何？」と聞いてみると「母の手作りのメザシパッチワーク、友人のバリ土産、友だちが誕生日に作ってくれたケーキの下絵、秋山佑徳太子先生の絵、梶芽衣子のサイン入りハガキ、青汁の瓶に入ったパリ土産のエッフェル塔と、好きなものが集まっているのです」という。

「なぜ青汁の瓶にエッフェル塔が入っているのか？」と聞いてみると、「青汁の

ジュンヤくんの絶景は過去出演したライブのスタッフパスを貼った本棚

かえさんの絶景は好きなものをいろいろ並べた棚

瓶がかわいかったので捨てられず、そのあとに小さなエッフェル塔をもらってサイズがちょうど良かったので入れたんだ」とのこと。ちょうど入るからという理由で青汁の瓶にエッフェル塔！　しかし、本人にとってはこうでしかあり得ない必然性があるのだ。

今回いろいろな「俺んち絶景」を見せてもらうことで、相手の暮らしの気配のようなものを感じることができた。毎日生活している空間の中の、特にお気に入りの場所。そこにはその人が普段考えていることやこれまで生きてきた時間が詰まっているような気がするのだ。

私たちの7月20日——なんでもない日の夕飯の記録

最近、他人の日記を読むのが好きである。ブログやｎｏｔｅなどに毎日公開されている日記のなかからお気に入りのものを巡回するのが毎晩の習慣で、「この人は今日こんなふうに過ごしたんだな」と思ってから寝る。

特に今は世の中がバタバタして日々いろいろなことが起きている。大きなニュースがたくさんの人に影響を与えたりする。だからこそ、同じ時間を別の場所で生きている人のことが余計に気になるのかもしれない。

しかし、よく考えてみれば、私がこれまで適当に過ごした一日だって、たくさんの人が毎日あちこち動き回り、あれこれ考えながら生活をしている。特定の日にちを決め、たくさんの人が残したその日の記録を集めたら、「普通の一日」のぼんやりした立体像みたいなものが浮かび上がってくるんじゃないだろうか。それがうまくできたらおもしろそうな気がする。

大きな事件や災害が起こった日に、何をしていたかということはみんな憶えているものである。「あの台風の日はすごかった！　屋根が吹き飛ばされそうでねぇ」とか、のちのちまで記憶し、語り継いだりする。

一方、世界中の人、日本中の人々が影響を受けるような大きなことが起きなかった日はどうだろう。なんでもない日の記憶だ。たとえば２０１９年の7月20日あたりはどうだろうか。深い意味もなく、「しちがつはつか」という語感の良さで選んでみた。

もちろん、その日のニュース記事を遡って調べてみるといろいろなことが起きている。また、ニュースになったようなことじゃなくても、なかには個人的に大変な出来事を経験したという方もいるだろう。そこは重々承知しつつ、便宜上、一旦この日を「なんでもない日」と呼ばせていただきたい。ご了承ください。

で、２０１９年7月20日に誰がどんなふうに過ごしていたかという記録をたくさんの方から集めたいと思ったら、いったいどうしたらいいんだろう。これがまず大変だ。ネット上の無数の日記ブログを、日付を軸に横断検索して……という手もなくはないが、もう少しスムーズな方法は何かないか。そう考えた末、WEBサイト『デイリーポータルZ』をサポートする会である「デイリーポータルZをはげます会」の会員のみなさんに頼らせていただくことにした。

会員のみなさんにこんな質問をした。

２０１９年１月１日と２０１９年の７月20日の２日間について、

・晩ごはんのメニュー
・どこにいたか
・この日にあったこと

を教えてもらえないでしょうか。

と。２０１９年１月１日のことも聞いているのは、もしかして７月20日のことなんか誰も憶えてないんじゃないかと思ったからだ。「元日の記憶ならあるけど」ということであればそっちにシフトしようという、いわば保険。晩ごはんのことを真っ先に聞いているのは、みんながその日に何を食べたかを想像するのがいちばんその人を身近に感じられる気がしたからである。これは個人的な趣味かもしれない。

それにしてもいきなり「去年の7月20日の晩ごはんは?」と聞かれても、かなり困ると思う。今さらだが申し訳ない気分だ。しかしそんな妙な質問にたくさんの方が回答を寄せてくれた。回答してくださったみなさんに心より感謝したい。

集まった記憶の断片を確認していくにあたり、『デイリーポータルZ』の編集者・古賀《こが》及子《ちかこ》さんにも協力いただいた。ふたりであれこれコメントしながらいただいた回答を大事に見ていきたいと思う。

――集まった情報をダーッと見ると、当たり前だけどみんなそれぞれの場所でいろいろなものを食べたりして過ごしているんですね。

古賀 私、これこそが多様性なんじゃないかと思いましたよ!

――多様性ですね。しかも結構、誰のを読んでもうらやましくないですか? 食べたものにしても一日の過ごし方にしても。それに驚きました。

古賀 そうそう。人の食べてるものがやけに美味しそう。

古賀及子さんとともに多くの方々の「7月20日の思い出」を見ていく

――ちなみに私の2019年7月20日の記憶なんですが、日記を見返したらこの日はほとんど何もしてなくて、雨上がり決死隊の宮迫博之とロンドンブーツ1号2号の田村亮の謝罪会見をネットで観ていたようです。あれ、結構みんな観てたんじゃないかと思ったんですが、今回集まった記録にはひとつもない。みんな観てないんですか？　会見。

古賀　あはは。みんなそこまで関心ないんですよ！　みんなそれぞれのことで頭がいっぱいですよ。

――古賀さんは7月20日は何をしていたんですか？

古賀　夜は焼き魚を食べたと日記に書いていて、午後は友達と「代官山 蔦屋書店」に行って、あそこ、「ファミマ!!」が併設されていて表にテーブルがあるんですよ。そこでビールを飲んだのを思い出しましたよ。だからいい一日。

――優雅ですね。そもそも去年の7月20日って何曜日だったんだろう。土曜日か。それすらも知らずに設定してしまっていました。

古賀　「お母さん食堂」のソーセージとキュウリをつまみに飲みました。そこで、蔦屋の壁が全部「T」の形になってることに気づいたんですよ！

――同じ日の私の夕飯は、すき家の牛丼です。これは日記に残っていました。残念ながら牛丼自体の写真は残ってないんですけど、その日に撮った別の写真がこれで。リカーショップのＹａＭａＹａのドアなんですが。「ワールドリカーシステム」って書いてある。ショップとかストアじゃないんだなあ。なんかすごいなと思って。

他のみなさんはどんな7月20日を過ごしたんでしょうか。順番に見ていきましょう。〝ぽんちゃん〟さんです「このちょっと前に小野式製麺機を入手（『デイリーポータルZ』のライターで家庭用製麺機に詳しい玉置標本さんの影響）したので、麺もスープも自作しました。美味しかったです」とコメントがあります。

古賀　製麺機だ。すごいですね。

――写真も添えてくださっているんですけど、これ、「実家系ラーメン」（実家で出てきそうなラーメン）みたいじゃないですか！

古賀　本当だ！　これピーマンですよね。あんまり入れなくないですか？

――そこに自分ちのラーメンという感じがありますよね。これが写真に残っていて、今それを自分が見ているのが不思議でならない。

私が7月20日に何気なく撮影していたリカーショップのドア

〝ぽんちゃん〟さんがその日食べていたのは手作りのラーメン

古賀　奇跡ですよ。人のなんでもないごはんを見せてもらってるわけですからね。

――次は〝ｓｕｃｈｉ〟さん。7月20日は、「入船鮨　登呂店」で寿司を食べたとのことです。

古賀　この方はそうだ、将棋大会に行かれたと書いてましたよね。

――そうそう。すごく詳細にこの日のことを書いてくださっていて、この日、静岡の「ツインメッセ静岡」で「将棋日本シリーズＪＴプロ公式戦／テーブルマークこども大会」という催しがあって、朝早くからｓｕｃｈｉさんはそこへ向かってるんです。お子さんも将棋がお好きらしく、こども大会に出場していて、ｓｕｃｈｉさん自身も対局されているみたいです。その後、斎藤慎太郎王座（当時）と羽生善治九段の対局もあって、羽生さんが勝利したと。で、勝者とハイタッチできるらしいのですが、その列にたくさんの人が並んでいたそうです。

古賀　羽生さんとハイタッチできるんですか？　ヤバくないですか？

――ね！　羽生さん、ハイタッチしそうにないイメージ。

古賀　私が好きなのは途中でこの方、「ヨーカドーでパンを買った。私は宝くじを買った」って書いていて、こういう細かいことをよく書き残しておいてくれ

〝ｓｕｃｈｉ〟さんは将棋大会を観に行き、お寿司を食べたという

たなと！　宝くじ買ったんですねぇ！

――ははは。こんなとき、ふと宝くじを買いたくなったりしますよね。

古賀　生活の機微が出ていていいなー。息子さんは3回戦で惜しくも負けたと書いていていて。

――本当は「予選を通過したらお寿司でお祝いだ」と約束していたけどそこまでいかなかったのかな。でもまあ、頑張った！　ということでお寿司を食べに行ったようです。

古賀　いい一日だー！

――あと、将棋大会の会場の写真を送ってくれているんですが、これパッと見たときに、宮迫の会見の会場だ！　と思ったんですよ。

古賀　ははは。そんなにみんな宮迫の会見のこと考えてないですから！

――そうなんだなー。その一方で〝のちさん〟さんという方はココイチ（カレーハウスCoCo壱番屋）のソーセージのせカレーを晩ごはんに食べたそうです。他にも「植物専用に使おうと思って買った棚が届いたので組み立てました」と書いてくれています。

古賀　うわ、すごいセンスのいい棚！　こだわりを感じますね。
——これは組み立てが結構大変だったんじゃないですか。
古賀　土曜日とか日曜日って、何か大きい荷物が届くとそれに対応しなきゃいけないじゃないですか。
——はいはい。その処理でなんとなく一日が終わってくという。それでちょっと疲れたからカレーにソーセージをトッピングしたのかなー。
古賀　人の暮らしを見ていると、すごいチャーミングだなと思わされますよね。この方は1月1日のほうの記録も書いてくださってるんですけど、「おばあちゃんの家で宴会をしていて、途中で記憶を失いました」だって！　チャーミングだー！
——宴会がめちゃくちゃ楽しくて飲みすぎたんでしょうね。
古賀　こうやっていろいろ想像しながらその人に近づいていくのが楽しいですね。
——次の方は〝チャーリー浜岡GP〟さん。
古賀　そう、この次の日、ヘボコン（『デイリーポータルZ』が主催する〝技術力が低い人限定のロボットコンテスト〟）の大会だったんですよ。年に一度の中

〝のちさん〟さんは植物を置くための棚を作った

その後、ココイチのカレーにソーセージをのせて食べた

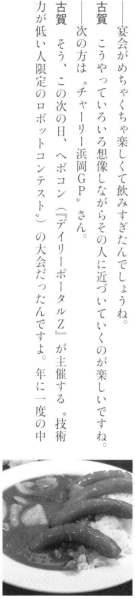

央大会の日で、それに参加された方がこのチャーリー浜岡GPさんで、私、会ってますよ、翌日に。「王将」の歌聴きましたよ。

――「王将」？

古賀　ロボットが走ると村田英雄の「王将」の歌が流れるっていう仕掛けのロボットで参加されていて。

――前日にカラオケで録音したって。結構ギリギリなんですね（笑）。で、その前にカレーを食べたそうです。

古賀　美味しそうー!!

――さっきのココイチとはまた違うけど、これもいい。ビールも飲んでるよ！いいなあ。

古賀　充実した一日ですね、これも。

――次の〝他故《たこ》壁氏《かべうじ》〟さんの夕飯はそうめんですって。

古賀　この方にもお会いしたことがあります。文具マニアで、きだてたくさんという方と「ブング・ジャム」ってユニットを組んでいる方です。

――これが7月20日に撮った写真だそうです。

〝チャーリー浜岡GP〟さんはロボット作りの前にインドカレーを食べた

古賀　こんな写真よく撮ってましたね。

——これもこだわりの文具だったりするんでしょうね。

古賀　なんだこれ？　右のやつ。

——上のが詰め替え用で下のに入れるんじゃないですか？

古賀　そうだそうだ。

——残念ながらそうめんの写真は残ってないようです。そうめん、写真に撮らないもんなー。ちなみに私はこの日の昼にそうめんを食べてたんですよ。

古賀　惜しかったんだ！

——うん。でも、昼です。夕飯をそうめんで終える勇気ってあります？　そうめんで終われるってすごい！

古賀　精神力がね（笑）。それで満足できるってね。

——次は〝とも〟さん、「宮沢賢治記念館に行って、その後実家で兄弟が集まってごはんを食べました」とのことです。岩手で宮沢賢治記念館を観て、仙台のご実家に帰ってお寿司を食べたそうです。

古賀　実家で寿司だ。豪勢だ。

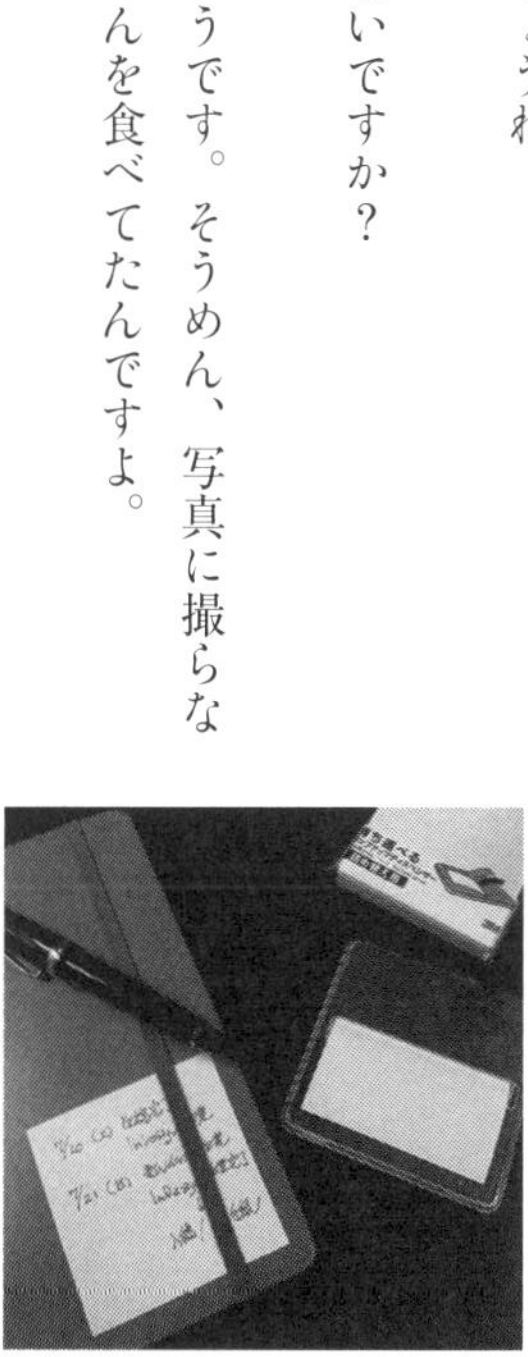

文具好きの〝他故壁氏〟さんが撮っていた7月20日の文具

——酔って記憶をなくすぐらい楽しいでしょう。写真はないけどおそらく大きい寿司桶のやつでしょうね。

古賀　次の〝くまみ〟さんが最高じゃないですか？　「映画を観に行く途中でケンカして解散し、購入していたチケットを無駄にして家に帰ったあと、再集合して西新宿の焼肉屋にいました」ってさぁ。

——文学の香りがするというか。

古賀　これは文学でしょ！　もうさー。

——写真もありますよ。「当時、老けるフィルターが流行っていて、この日撮りあっていました」。

古賀　ははは、ばっちり老けてるなぁ。

——西新宿の焼肉屋で再集合して老けるアプリで写真を撮り合ってたんだ。

古賀　そんなことある？　ケンカして映画のチケットを無駄にして、再集合したんですよ、仲直りして。

——やっぱりごめん！　ってなったんだ。で、それで焼肉食べながら老けるフィルター。

古賀　仲良すぎでしょ！

――ははは。ケロッとしてね。一気に許しすぎでしょ！

古賀　もう少し気まずくてもいいでしょ！

――早速遊んでるっていう。仲良すぎ。だったら当日映画も行けたんじゃないか!?

古賀　これ、人生でもすごい珍しい日じゃないですか？　こんな日ないでしょ！

――カップルだったとして、たとえばその後に結婚されてたりしたらふたりの思い出になってそうな日ですよね。

古賀　うん。歌の歌詞になりそうじゃないですか！「ケンカして～一回帰って謝って～♪」みたいなさー。

――ははは。でもそんなとき、洒落たレストランじゃなくて焼肉屋さんに再集合なんですね。

古賀　そこで焼肉に行けないですよ、普通。

――「さっきはごめん！　焼肉おごるから！」みたいな感じだったのかな。

古賀「うん。じゃあいいよ」みたいなね。妄想、いくらでもできますね（笑）。

――次の〝よ〟さんは、「仕事のあとにダッシュでB'zのライブに行きました」とのこと。これもまた、一方その頃って感じですよね。

古賀　夕飯はサンマルクカフェでパフェだって。

――ライブだから軽く済ませたりしたのかな。

古賀　あー。この方、充実されていて、元日には宝塚を観に行ってるんですよ。エンタメがお好きな方なんですね。

――B'zのライブ会場は神戸「ワールド記念ホール」。

古賀　調べてみるとキャパは８０００人だそうです！　B'zをその規模で観られるなら相当いいかもしれないですね。

――セットリストも見ておきましょうか。あれ、7月20日にそこでライブをした記録がなくて、もしかして6月20日かな（間違いだったらすみません）。でもまあ、近似値ですね。あれ！　知ってる曲が全然ない。21曲もやってるのに私は「ultra soul」と「裸足の女神」しか知らないです！

古賀　本当だ。19曲目の「兵《つわもの》、走る」はラグビーワールドカップのテーマソングでしたね。

――そうなんだ。でも今、我々B'zのライブに行けたとしてもポカーンかもしれないですね。ちゃんと聴いてから行かないと。一方その頃ですよ。〝傍見《わきみ》頼路《よりみち》〟さんは「昼過ぎからサッカーJ3リーグの岩手対群馬の試合を観ながら、生ビールとハイボールを飲んでホルモン煮と鶏唐を食べてました」ですって。

古賀　盛岡のスタジアムで試合を観てたんだ、「いわぎんスタジアム」で。

――岩手の宮沢賢治記念館を観てる人がいる一方、同じ岩手でサッカーを観てる方もいる。

古賀　J3かぁ……岩手対群馬。そもそも岩手のチーム名を私は知らないですよ！

――私もまったく知りません。調べてみると、「いわてグルージャ盛岡」というチームと「ザスパクサツ群馬」の試合でしたね。

古賀　あ！　「ザ・スパ・クサツ」だ。

――草津温泉ということか！　岩手と群馬ってなんか渋いカードですね。その日のスコアが残ってます。2対2で引き分けですって。サッカーだったら盛り上がる展開ですね。盛岡でその試合が行われて、それを観ながらハイボールを飲んで。

〝傍見頼路〟さんは「いわぎんスタジアム」でサッカーの試合を観ていた

古賀　もうパラレルワールドですよねぇ。「いわぎんスタジアムで、いわてグルージャ盛岡とザスパクサツ群馬がサッカーしてる」って、もうなんか逆に適当に考えた設定みたいですよね（笑）。

――嘘みたいな。

古賀　しびれますね。これが現実とは。

――次の方はシンガポール在住の〝ヨルハ〟さんで、「日記には『何も特別なことはせずのんびりした一日でした』とあって思わず笑ってしまいました。『うまかっちゃん』の品揃えに驚いて写真を撮っていたので、ドンキ（ドン・キホーテ）には行ったみたいです」と書いてくださっています。

古賀　シンガポールにドンキがあるんですね！　あ、今調べてみたら何店舗もありますよ！

――そこに行けば、インスタントラーメンのうまかっちゃんも売ってるんだ。

古賀　10ドル90セント。安いのか高いのかわからないですけど。

――夕飯はうまかっちゃんではなく、「豚の角煮、鮭とキャベツの塩昆布和え（夫作）」とのことです。塩昆布なんかもドンキで買っているんですかね。

〝ヨルハ〟さんはシンガポールのドンキで「うまかっちゃん」を見ていた

古賀　ねー。思いっきり日本食ですもんね。

――そんな一方で〝よよよ〟さんは、「職場（研究所）の一般公開で自分の研究の説明をしていました（写真に写っているのは私ではありません）」とのこと。

古賀　これ、あそこじゃないですか？　以前『デイリーポータルZ』編集部の安《あん》藤《どう》昌教《まさのり》が記事で紹介してたところじゃないですかね！

――はいはい！　いくらでも時間が潰せるという。

古賀　つくばの「地質標本館」。

――そこで研究の説明をされたそうなのですが、夕飯は納豆ごはんとのこと。

古賀　納豆ごはんだけかぁ。ちょっと、お疲れでしょうにね。

――かっかっかっとかき込んでね。お忙しかったのかもしれないですね。

古賀　いやー！　いろんな人がいるなー！　いろんな人が、いる！

――次の〝きゅうす〟さんなんて、山登りされていますよ。「東北の温泉を巡りつつ山を縦走する初日で、秋田の玉川温泉に投宿し、温泉の湧きっぷりやクマの気配におびえたりしていました」と書いていて、写真をすごくたくさん送ってくれました。

〝よよよ〟さんは、つくばの「地質標本館」にいた

古賀　秋田か。玉川温泉。いいですねぇ。

――この人は登山して温泉宿で夕飯ですから、ちょっと美味しさがハイレベルな感じ。もう絶対にめちゃくちゃ美味しかったはず。

古賀　山菜多めのバイキングですよ！

――いいなー！　食べたいわぁ。その頃、そうめんを食べている方もいるというのに（笑）。

古賀　同じ一日の同じ「人間」なのにねぇ。

――〝いしかわ〟さんという方は、「六角橋《ろっかくばし》商店街のドッキリヤミ市場に行きました」と。

古賀　この「ドッキリヤミ市場」というのは編集部の安藤が「デイリーポータルZをはげます会」のみんなで行こうと企画したもので、そこに参加してくださったんですね。

――写真を見ると、めちゃくちゃ楽しそうなイベントですね。狭いところに人がギュウギュウしていて、恋しいなー！　ちょっと素朴な焼きそばを食べていてそれがまた美味しそうなんですよ！

〝きゅうす〟さんは秋田・玉川温泉で食事をしていた

古賀　なんですかね。菜っぱがダーッと入ってるこの感じ（笑）。美味しそうなんですよね。

――しかも締めに「ニュータンタン本舗」で食べて帰ったそうですよ！　これ、たまんないなー！　さっき焼きそば食べたのに！

　次の〝武井崇〟さんは、「会社を早めに切り上げ、そのまま町内会の手伝い。近所の通りにしめ縄を張る。東京なのですが、祭りはかなり大掛かりです」という一日を過ごされて、夕飯は「町内会で出たコンビニおむすび」だそうです。

古賀　ここに来てのコンビニのおにぎりも美味しそうなんですよ。会社を早めに切り上げてから町内会でしめ縄を張る、なかなかお忙しいですよ。

――疲れ果ててのコンビニおにぎり。染みるだろうなー。

古賀　次の〝鳩子〟さんの7月20日は「たくさん眠った。ペットのケージを洗ってきれいにした。掃除洗濯。雑誌を読んだ。

――いい土曜日！

古賀　食べたものは「牛肉とトマト炒め、茄子、ビール、すいか、ドーナツ、コーヒー」と、すごく細かく書いてくださって。

〝いしかわ〟さんはイベントで焼きそばを食べていた

〝いしかわ〟さんはその後、ラーメンも食べて帰った

――確かに。すいかまで書き残しているのはすごくマメですね。

古賀　あと、牛肉とトマトを炒めるのって結構上級じゃないですか？

――本当だ。牛肉とトマトを炒めようという発想が、自分にはない。

古賀　トマトを炒めるって卵ぐらいしか思いつかなくないですか？

――牛肉とトマト炒めのレシピを検索してみたらすごく美味しそうです！　やってみようかな。

古賀　誰かの7月20日の飯を真似するのもいいかもしれないですね。〝M島〟さんの過ごし方がいいですよ。「病院に行った。その後、うちでのんびりしてから投票所に行った」そう！　この翌日、参議院選挙だったんですよね。だから、期日前投票に行かれたんでしょうね。

――リアルな土曜日っていう感じがしますね。そして「ジャージャーうどんとレンチンとうもろこし」を食べている。

古賀　でもこの方、元日の記録を見るとドイツにいらっしゃいますよ。ライプツィヒに行ってる。そこで「ドイツ風のスープと赤ワイン」の食事を。

――赤ワインとパンの半年後にジャージャーうどんとレンチンとうもろこしを食

べている。それがまた現実という感じで好きです。

古賀　最後の〝いつき〟さんもいいですよ！　「髪を切ったら失敗されたので、ちょっとスネて大きな本屋で大量に本を買いました」。

――これは愛しすぎる一日ですね。

古賀　声に出して読みたい一日じゃないですか？

――教科書に載せたい一日。

古賀　もう、これ、自由律俳句かな？

――ははは。本当ですね。「トマト缶とウィンナーと玉ねぎのスパゲッティ」を食べていて。

古賀　行った場所が「安いパン屋、美容室、本屋」ですって。映画『パリ、テキサス』みたいな（笑）。

――安いパン屋。

古賀　この方の中でだけ通じる名前。こういうの大好きなんです。こっち安いパン屋、あっち高いパン屋っていうね（笑）。そういう個人的なことが知れるというのはすごくいいですよね。

――なかなか形に残らないものというか。

古賀　この間、小学校に行く仕事があって、その学校で授業をなさってる先生が道案内をしてくれたんですよ。「行く道がふたつあります。一方はわくわくロード、もう一方はうきうきロードです」とおっしゃって。「そういう呼び名がついてるんですか？」と聞いたら「私がそう呼んでるだけですよ」って（笑）。

――「わくわく」、「うきうき」の差がわからない。

古賀　もう、インナーワールドですからね。

――以上でした。いやー、すごい。みんなそれぞれすぎる！

古賀　晩ごはんのタイミングってそれほど大きな差はないじゃないですか。こんないろいろなものを、だいたいみんなせーのぐらいのタイミングでいろいろ食べてるわけですもんね（笑）。

――ははは。同じ星の上でね。

古賀　ロマンですよね、完全に。なんかもう、ちょっとさ、泣いちゃうぐらい。映像になってわーってきたらさぁ。九州に新幹線が開通したときのCMみたいな。

――はは。あのなぜか泣けるやつ！　あのスタッフにお任せしたいですね。「この星の上で、今日も何かを、食べている」みたいな。

古賀　こういう、人がそれぞれ生きてるってことが泣けちゃう感じがありますね。それは別に特別な日でなくても、やっぱりいいんだっていうことですよね。

——うん、みんなの記録を分けてもらって、それがわかりましたね。

パッと思いつきで選んだだけの2019年7月20日が味わい深いエピソードと共にグングンと私に迫ってきた。そして、とてもお腹がすいてきた。

「みんなそれぞれ生きている」みたいな言葉はよく目にするし、「そうだよな」と頭ではわかっているつもりなのだが、こうやって確かめてみて改めて「いろんな人がいろんな場所でいろんなものを食べている」ということが実感できる。

自分がいなかった場所のこと、自分がいなかった時間のことを、どうやったら今より身近に感じられるようになるんだろうか。最近それればかり考えている気がする。簡単なことではない。しかも、どんなに頑張って想像しても、それは想像にすぎない。それでも、誰かが〝なんでもない日〟に食べた夕飯について聞かせてもらうことで、少しだけ世界の広がりに近づけた気がするのだ。

第4章

誰かが私に何かを話して聞かせてくれたことのありがたさと、私がそれをどれだけ聞こうとしてもひとりの人の内面には遠く及ばないという寂しさ――人

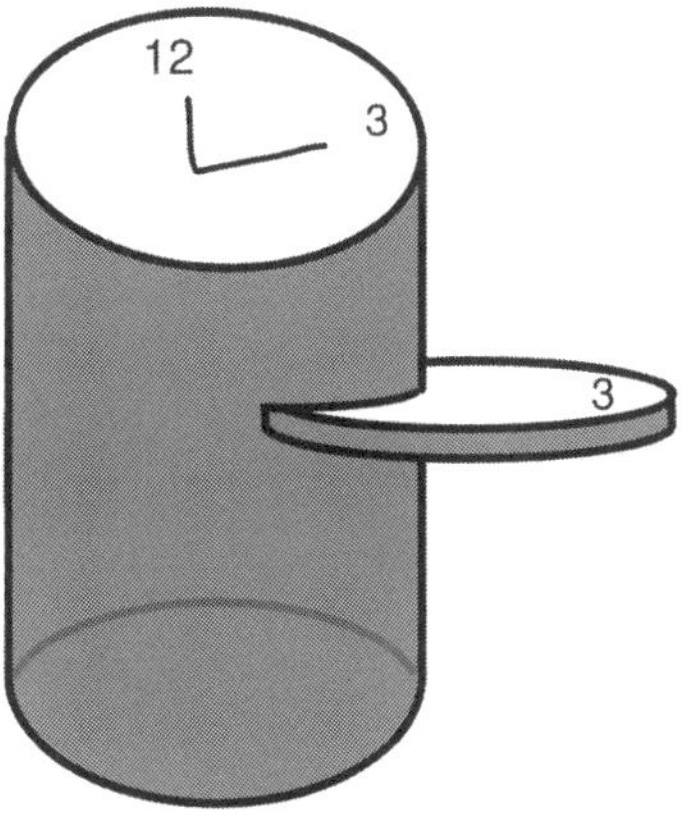

床に砂！　100年前の校舎で食べるジンギスカンの源流店

　あるとき、友人が一枚の写真を見せてくれた。屋内の写真らしいのだが、砂浜かのように床一面に砂が敷かれている。砂の上の赤いテーブルには鉄板が置かれ、奥には謎の石像が立っている。

「なんですかこれ？」と聞くと、千葉県の成田市にあるジンギスカン屋さんだという。「こういう店好きでしょう！」と友人は言う。好きというか……確かに興味はある。

　だいたいこの床の砂はなんなんだ。そして床は砂でありながら、ポカーンと妙に広い室内。なんらかのアート空間かとも思えるような。

床に一面の砂が敷かれた謎の空間

「しかもさ、すごい美味しいんだよ」と友人は言う。話を聞きながら「これは近いうちに行くことになるだろう」と確信した。そして実際、すぐに行くことになった。

「緬羊会館」というのがそのお店の名前で、ＪＲ成田駅、京成成田駅からバスで行けるぐらいの距離にあるらしい。完全予約制とのことだったので、検索して出てきた電話番号に電話をかけ、あらかじめ予約をしたうえで向かうことにした。

ＪＲ成田駅前からバスに乗って10分ほどだろうか。「法華《ほっけ》塚《づか》」というバス停で降り、そこから徒歩数分。車通りの多い道路をしばし歩くと看板が見えてきた。

お店に入ると、写真で見た通りのシュールな空間が広がっていた。この時間の客は私と友人だけだったようで、ひとつだけ出されたテーブルには「待ってたよ」とばかりに肉が用意されていた。この空間の中で目にする、鮮やかな色合いのラム肉。不思議な気持ちになる。

広い室内の隅の方に厨房スペースがあり、壁にメニューが貼ってある。「ラム

成田駅前からバスに乗ってたどり着いた「緬羊会館」

テーブルの上には美味しそうなラム肉が用意されていた

1100円」「ビール（大）650円」「ライス250円」など。持ち帰り用のラム肉も1キロ3500円で購入できるようだ。

とにかくすでにテーブルの上に肉と野菜、そしてアツアツのプレートが置かれている以上、ビールとライスを追加注文してどんどん焼いていくしかない。

鉄板に脂を塗り、肉と野菜をそこにのせる。しっかりとした火力で、あっという間に肉が焼けていく。タレに浸してごはんにのせて、一気にほおばる。ああ、うまい。

さっぱりしたタレは肉の香りを消さず、むしろ引き立てる。臭みというのとはまったく違う、ラムならではの風味がしっかり感じられる。咀嚼しながらもう箸が次の肉に伸びている。

同行の友人が撮影してくれた写真には、死んだことに気づかずに笑いながら肉を食いつづけている幽霊かのような私が写り込んでいた。落ち着いたところで、改めて店内を見回す。どこを見ても、おもしろい。

店主の木《き》村《むら》邦《くに》昭《あき》さんにお話を聞いた。

次から次へと肉を焼き、食べつづける時間

写真の中には肉を焼きながら笑っている自分がいた

――このお店はいつから営業されているんですか？

「もともとはさ、『緬羊協会』の組合だったの。組合が発足したのが昭和27年」

――というと……もう67年前ですね。

「その頃、肉なんか食えないじゃない。ここさえ来れば肉が食えるっていうんで消防の人だとかみんな来たのよ。今で言う共同利用施設だったの。ここで会合とかやってさ、終わったら食事してって」

――もともとは組合の施設だったと。

「この辺りはさ、明治8年から羊を飼育してたんだよ。日清戦争とか日露戦争よりもだいぶ前。最初はさ、軍隊の防寒服なんかに使う羊毛を作るためのね。だけどさ、羊は繁殖率が悪いんだよ。豚とかと違って一年に1匹だから。一時期は80万頭ぐらいいたらしいんだけど衰退したらしいんだよね。食糧事情もよくなかったから食用にもしてたらしいんだけど、ラムじゃなくてマトンだからさ、臭みもあって普及しなかったわけ。それから改良して改良してさ。昔は硬くて臭かったんだよね。今のはピンク色でしょ？　マトンじゃなくてラムだからさ」

――明治時代から歴史があるんですか。

厨房は店主の木村さんがおひとりで切り盛りされている

「羊をいちばん最初に買ったのはここ、三里塚なんだよ。北海道の方が本場のイメージがあるけどさ。今（成田）空港があるところも、昔は牧場だったのよ」

（※ジンギスカンの発祥地については諸説あるようです）

――じゃあ昔はこの辺に、他にも羊のお肉が食べられる店があったんですか？

「あったけど今はなくなったね。ここが組合だから本元だけどね」

――上品な味で美味しいお肉ですね。

「40年ぐらい前まではニュージーランドから仕入れてたけど、今はオーストラリアだね。冷凍技術が発達したしさ、チルドで来るからね」

――この床の砂は、何か理由があるんですか？

「脂が飛んでも滑らないようにってんでさ」

――なるほど、そういうことか。あと、あの、壁にたくさんスポーツ選手のサインやポスターが貼ってありますけど、結構そういう方が来られるんですか？

「うん。なんかさ、みんな人に聞いたりさ、自分で見つけて来たりさ」

――ご主人もスポーツがお好きとか？

「俺はさ、オリンピックもうちょっとで出られたんだよ、東京のな」

新鮮なお肉を見せてくださった

――え、どういうことでしょう。

「これ、ほら」

――重量挙げだ！　っていうかすごい体じゃないですか。

「これ17歳。昭和34年」

――うわー、とんでもなくムキムキ！　すごいな。

「もともとは相撲やってたんだよ。これが全国大会。これも昭和34年、太ってる人いないでしょ。みんな筋肉が隆々としててさ。相撲が強ければケンカが強いっていう時代でさ」

――確かに、国技というか、格闘家って感じがしますね。

「機動隊の先生もやってたの」

――機動隊の先生って……いったいどういうことを教えるんでしょう。

「相撲を教えてたんだよ。柔道と剣道はもうやってて、相撲もやりたいってさ。『土俵作れないですか？』っていうからさ。『俵だけ用意してくれれば土俵は俺が作ってやる』って。その頃はさ、指導ができて、土俵も作れるっていうのが両方できる人がいなかったんだよ」

店主はかつて重量挙げをしていたという

その前には相撲に打ち込んでいたらしい

――この前列の真ん中がご主人ですか？

「そうだよ。『お父さんいい男だったんだね』って子供に言われるよ」

――この頃は、このお店もやりながらですか？

「そうだよ」

――ジンギスカンやって、土俵も作って、相撲教えて、すごい。

「今は77歳だよ」

――元気だなー。ところでご主人、生まれたのはこのあたりだったんですか？

「（千葉県の）市川市。昭和17年生まれ。肉なんか食えない頃だったからさ、懸垂やったり腕立て伏せやったりして鍛えるしかなかった。市川っていうのはさ、東京の問屋の旦那衆の別荘地だったんだよね。関東大震災でこっちに移り住んだ人が多くてさ。小学校のときにさ、女中さんがカバン持ってくる生徒がいたもん」

――じゃあ小学生になる前に終戦を迎えたわけですね。

「食べるもんがないからさ、みんな芋だとか大根だとかさ、麦が多かったかな。究極の貧乏人ばっかりだったよ（笑）」

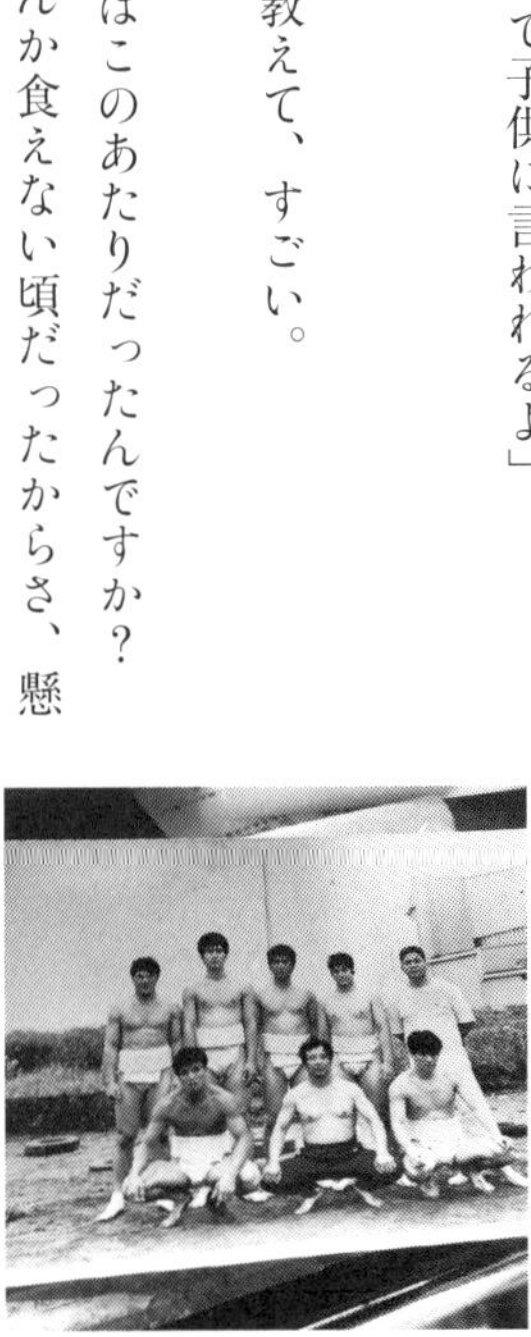
機動隊員に相撲を教えていた頃。前列中央がご主人だ

――こちらのお肉も美味しかったけどタレもまたいいですね。さっぱりしていて。

「でしょう。ちょっと辛口だけどね。45年ぐらい味を変えてないよ。これだと思ったらずっと変えない。ちょうどいいと思ったら変えないんだよ。昨日来た人がさ、『タレの作り方を教えてくれ』って言うんだけどさ、いくら積まれても教えないっつうの。金には困ってないいんだよ（笑）」

――秘伝のタレなんだ。

「よくお客さんが何年かにいっぺん来てさ、『味がちょっと変わったね』って言うんだけどさ、変わったのはそっちの舌だっていうの（笑）。体調でさぁ、変わるだろ？　風邪ひいてたら味覚変わるじゃない。同じことなんだよ。冗談じゃないっつうの。こっちは職人やっててよ、レシピは頭の中に入ってるんだよ」

――ははは。そうですね。味が変わるのは食べるほうの問題。

「みんな簡単にやれると思ってんだよな。肉だってさ、いい厚みを考え考え切らないといけないでしょ？　タレだってさ、『おじさん、これ自分で作ってんの？』って聞かれるからさ。売ってるなら買って来いっていうの（笑）。大変なんだよ。ごはんだってさ、ひとり2杯分は用意しておかなきゃいけないだろ。ふ

お店の歴史についてたっぷり聞かせてくれた

日が差し込む店内

たりだけならいいよ。それが10人来たらどうすんだよ。みんな簡単にできると思ってんだよ（笑）。確定申告もしなきゃいけないしさ」

——準備が大変だから予約制になっているんですね。

「そう。でもさ、たとえば10人来たって何人前食べるかわかんないよ。ひとり1人前以上は食べてほしいよ、本当に」

——本当ですね。こちらの営業時間はどうなってるんですか。

「12時から19時までってしてるけど、予約が入る時間によってだね。一応15時から休みなんだけどさ、お客さんの都合でわかんないじゃない。相談次第だね。どうしても仕事のあとで遅くなるっていうんだったら本当は19時までだけど19時半までいいよ、とかさ。休みは年に1回か2回、休みたいとき休む」

——あの、ずっと気になっていたんですけど、あそこの石像のようなオブジェはなんなんですか？

「あれはうちの奥さんだよ（笑）」

——えっ、奥さん？

「いや、本当の奥さんは今病院にいるんだけどさ。もともとはね、成田高校の生

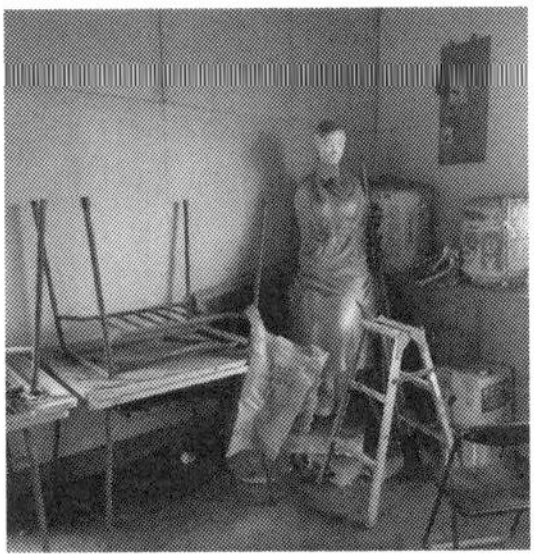

奥さんの代わりに置いてあるというオブジェ

徒たちが作ったのを、置く場所ないからって置いていったのよ。美術の先生がね。で、奥さんの代わりに置いてるの」

——謎が解けました。生徒たちの作品だったたんだ。この建物もすごいですよね。天井がすごく高い。

「小学校の校舎だったんだよ。昭和30年代ぐらいの日本の小学校ってこういう造りだったの。それを昭和35、36年ぐらいからどんどん壊してコンクリートにしていったの。ここも壊されるっていうんで、それを引き取って協会の建物にしたんだよ。昭和51年だったかな」

——なるほど、「緬羊協会」がこの旧校舎に移転してきたわけだ。

「そうそう、100年以上前の建物だよ。っていうことはさ、この木が生えてたのは、おそらく文化・文政時代だよ。近藤勇だとか土方歳三とか生まれる前、ペリーがやって来る前だよ」

——ははは。ペリー来航より前の木ですか。すごいな。

お会計を済ませ、最後にお店の前でご主人の写真を撮らせていただいた。カメラを構えると、いつもはしまっているというのれんを出してくださった。
「なんでのれん出さないの？　って言われるけどさ、予約のお客さんしかいないから出す意味がないんだよ（笑）」

１００年以上前に作られた校舎の中で、羊と日本の関わりに思いを馳せつつ、美味しいお肉を食べてビールを飲み、床の上は砂で、窓の外からやわらかい日差しが入ってきて……。家に帰ったあとに「あれはなんだったんだろう。夢？」と不思議に思い返すようなひとときだった。

追記：緬洋会館は２０２０年の３月をもって閉店した。店主が高齢になられたことが理由だとのこと。もう一度あの不思議な空間で美味しいお肉が食べたかった。

のれんを出して記念撮影に応じてくださった

思わず通り過ぎてしまいそうな店ふくや串かつ店で1本70円の串かつを食べる

大阪から神戸まで、たまに飲みに行く。最初は三宮の繁華な辺りを散策するのが楽しくて、それから新開地辺りにいいお店が数多く存在することを知り、最近ではさらに少しその先の湊川駅周辺に足を延ばしている。

湊川エリアには、〝西日本最大級〟をうたい文句に掲げる大きな商店街があり、2019年3月にその一角を担っていたショッピングセンター「ミナイチ」が建て替えのために閉館したものの、まだまだ活気にあふれている。

新鮮な魚が並び、旬の野菜が安く売られていて、どうやって調理するのか私にはわからないような食材が目に飛び込んできて、それを買いに来る人がたくさんおり、そのエネルギーに押されるようにして、歩いているだけで気持ちが前向きになるような場所だ。

この辺りに住んでいる友達が、「あなたの好きそうなお店があるよ」と教えてくれたのが「ふくや串かつ店」だ。ふくや串かつ店があるのは、湊川エリアから少し山側へ歩いた辺りで、そこまで来ると、湊川の喧騒はふっつり途切れ、閑静な住宅街といった雰囲気になる。

なだらかな坂をのぼっていくと見えてくるシートに覆われた一角、これがふくや串かつ店である。

赤ちょうちんが下がってはいるものの、丸ごと白いビニール袋に覆われているため、それほど〝赤〟を感じさせず、それゆえにここがお店だということに気づかずに通り過ぎてしまいそうになる。

しかし、シートに掲げられたメニュー表を見ると、さまざまなネタの串かつがどれも1本70円という価格で販売されていることがわかる。

どちらかというと近所の方が事前に注文した串かつをテイクアウトしていくことが多いようだが、店頭で食べていくこともできる。

通り過ぎてしまいそうになるが、ここが「ふくや串かつ店」だ

シートの向こうに2～3人座れる席がある

揚げ場の目の前に、椅子がふたつと脚立がひとつある。ここに座らせてもらうのだ。私はすでに一度、ここを紹介してくれた友人に連れてきてもらっており、だから知っているのだが、このお店では飲み物は販売しておらず、「お酒飲みたかったら、あっちに自販機があるからそこで買《こ》うて来て」とお店の方が教えてくれる。そこで発泡酒や缶チューハイを手に入れてお店へ戻ろう。

ふくや串かつ店をおひとりで切り盛りしているのは、巌《いわお》ひろ子さん。とても気さくな方で、「この前も来てくれはったね！　どこからいらしたん。へぇー大阪！」と話しかけてくださる。取材させていただきたい旨を事前にお伝えし、いろいろとお話を聞きつつ串かつを食べさせてもらうことにした。

ひろ子さんはこのお店の2代目だそうで、20歳を過ぎた頃にここに嫁いでこられ、以来50年ほどこのお店に立っているのだという。

——50年ですか！

「そうそう。もう70も越えてんねん。ここの通りもね、昔はお店がいっぱいあったんよ。この通りもアーケードがあってね。斜め下には夢野市場ゆう市場があっ

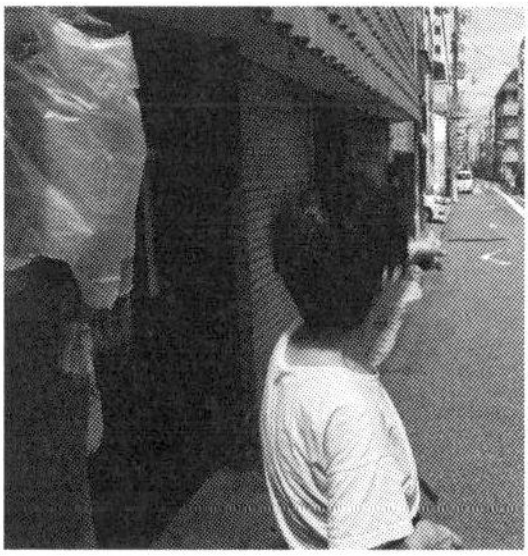

「お酒の自販機はあっち」とお店の方が教えてくれる

発泡酒を買ってお店へ戻った

て、もうないけどね」

——ここにアーケードがあったんですね。

「うちはね、最初はお酒置いてたんよ。せやけど、串かつを食べてほしいお店やねん。お酒飲むとお客さんの尻が長《なご》うて。昔いた人でな、1時間以上いて、串かつ2本ほどしか食べへんねん（笑）。しまいに酔っ払って、普通に買いに来たお客さんがそれ見て帰ってしまうしな。そんなんやから家族に相談して『ほなお酒置くんやめよう！』言《ゆ》うて」

——確かに、このお値段でちょっとしか食べないでずっと飲んでいられたらちょっと困りますね。

「まあ、せやけど、串かつ食べながらお酒飲みたい言う人も多いんでね、持ち込みで少し飲まれる分には構いませんからーって。長いことうちに通ってくれてはる人はね、カバンの中から持ってきたお酒を出しよる（笑）。そうやって持ってきたら他のお店で飲むより安いんやと思うねん」

——串かつ1本70円ですもんね。私もたくさん食べてサッと飲んで帰ります！

「昔はもっと安かったよ。100円で3本やった。これもね、消費税が10％にな

店主の巌ひろ子さん

取材時は1本70円だった串かつ

ったらどうしよう思ってねぇ。私んとこ、子供が来るからね。できるだけ値段安くしててんねん。子供がね、お小遣い計算して買いに来よんねん（笑）」

——子供のお小遣いからしたら10円の値上げでも大きいですもんね。

「でしょう。上げて10円ぐらいかなぁ……。今日はね、イカがないんです。あとはあります。全部で25種類やから」

——じゃあ、牛と豚と玉ねぎとアジ、アスパラとうずら、えーと。

「いったんそのぐらいにして、また。熱いほうが美味しいからねぇ」

——夏の間、お盆なんかはお休みされてたんですか？

「しませんねん。日曜日だけ定休日だから休みましたけどねぇ。頑張りましたでー！　お休みになると、家族でまとめて注文してくれはる人も多いんよ。近所の方がねぇ」

——いつからおひとりでお店をされているんですか？

「（1995年の）震災まではパートさんもいた。震災以降やから、20年以上ひとりで頑張っとんねん。はい、どうぞ」

——うんうん。美味しいです！

「美味しい？　震災のときはね、あれが5時四十何分やったでしょ？（阪神・淡路大震災は午前5時46分に発生した）ほんまやったら、いつも起きて仕事しとんですよ。それがね、その日に寝過ごして、（震災で）目ぇ覚めたんですよ。いろいろ倒れてきて動かれへんねん。下のほうにガラスの破片あったりするから大変やったよー、怖かったよー！」

――そうなんですか。いつもどおり起きてたらかえって危なかったんですかね。

「あかんね。ここ焼けとるやろうね、油使ってるから。せやけど、最初の頃は震災のあとやで、みんなあったかいもんが食べたいから食べに来てな。ガスは止まっとったから、プロパン買うて来て、割とすぐはじめたんよ。私も学校で避難生活してたからね。店が終わったらそこに帰んねん。学校の講堂みたいなところでねぇ。テレビでよう観るでしょ。ああいうところで寝てましたもん。何か月もではないけどね」

――串かつのこの素材は近くの市場からですか？

「そうそう。イカとかエビとかは中央市場から持って来てもらってますよ。ほうでもこれ、朝早く起きて、25種類、10時半からお店を開けるんやけど、毎日ひとりで串に刺していくねん。ひとりしかいないからね。一日どれぐらい売れるか考えないとならんし大変やね」

——どれも美味しいです。何か、コツがあるんですか？

「愛情！　ふふふ、えらいこっちゃ、えらいこっちゃー（笑）。うちは注文聞いてから揚げるからね。先に揚げておいて並べてるお店もあるけどね。忙しい時期にそうしたことがあったんやけど、そしたら、お客さんが見てはんねんな。結局揚げたてを取っていくねん（笑）。やっぱしね、熱いほうが美味しいもんねぇ」

——あれ、ここに「串かつサービスデーの日」毎月10、20、30日は1本60円になるって書いてありますけど、これは今も？

「うん。やってるよ」

——さらに安くなるんですね。すごいな。

「せやけど、長いこと商売してたらいろいろあるね。お客さんでもな、『あっ、ごめん、財布忘れたー！』って、揚がってから言うねん（笑）。揚げる前にゆうてよーってなぁ」

——えっ、そんなこともあるんですね。

店主のお話を聞きながら食べる串かつが美味しい

「いろいろあるんやねー！」

――「寿司あります」って書いてありますけど、お寿司も出してるんですか？

「うん。今日は売れてしもてもうないけど。お昼に間に合うようにいつもこしらえてるんですよ。自分で巻いてね」

――今度はそれも食べてみたいです。

「近くの奥さんがお昼ごはんに一品なんか足そう思って買っていくことが多いんよ」

――「トンカツ」もあるんですね。それは、今日はありますか？

「ありますよ。評判ええんですよ。お客さんでね、近所のお子さんで、このトンカツにごはん入れてっていうんで特別にカツ丼にして、それで持って帰る人いてはるわ。あとは、晩ごはんで、カレーにしようと思ってるときに、ここでトンカツ買うて、カツカレーにしたりね（笑）。トンカツは、切って出してええかな？」

――はい、ありがとうございます！　おお、美味しい！　これが１６０円ですか。いいなあ。

「うちんとこの店はクーラーもないから暑いやろー。ごめんねぇ。前はアーケー

160円とは思えないボリュームのトンカツ

ドがあったからよかったんやけど、アーケードなくなって、こうしてシート張ってるけど、雨が降るとポトポト落ちてくんねん。そしたらみんなパッと傘さしてな、それでそのまま食べてんねん（笑）」

――ははは。確かに雨はこぼれてきそうですね。

「私がもっと若かったら直すんやけどなぁ。『これがええねん、このままにしときー』って言う人もおるからな。平野っていうとこ知ってはる？　あそこにもこんなお店があるゆうて」

――あ、伊勢屋さんですか！（拙著『深夜高速バスに100回ぐらい乗ってわかったこと』をご参照ください）

「そうそう！　ああ、やっぱり行ってはった（笑）。私んとこで食べて、『今から平野行きますー』っていう人も来はるよ。みんなよう知ってはんねんね」

――あそこもいいお店なんですよね。

「なんか、美味しいゆうか、なんかええんやろな」

――あの奥に貼ってあるお写真は……？

「あれ、私よ。2007年やから……12年前やね。中学校か高校ぐらいの男の子が『写真撮らせて』ゆうてパーッと撮っていってね、またしばらくして来てくれて、伸ばしてプレゼントしてくれたんよ。その子が来たらわかるように貼ったんやわ。あれが12年前やから、ようやっとるわー。いつまでやれるかわからんけどねぇ」

串かつをたくさん食べて、トンカツも食べて、発泡酒を1缶だけ飲ませてもらってお店を出た。お店の前で記念写真を撮らせていただいた。

ふらっと立ち寄って、お母さんと話をしながらサクサクと串かつをいただいて去っていくのが楽しいお店である。

この「ふくや串かつ店」にしても、「伊勢屋」にしても、いや、本当はどこのどんなお店だってそうなんだろうけど、その空間に身を置いて過ごせば過ごすほど、自分の知らないたくさんの時間がそこには流れていて、またこれからも流れていく、という当たり前のことを思い知らされる。

何度味わってもその感覚が不思議で、何度確かめても足りないような気がする。自分が知りようもない時間の膨大さに圧倒されながら、それでもまたふらりと歩きつづけたくなってしまうのだった。

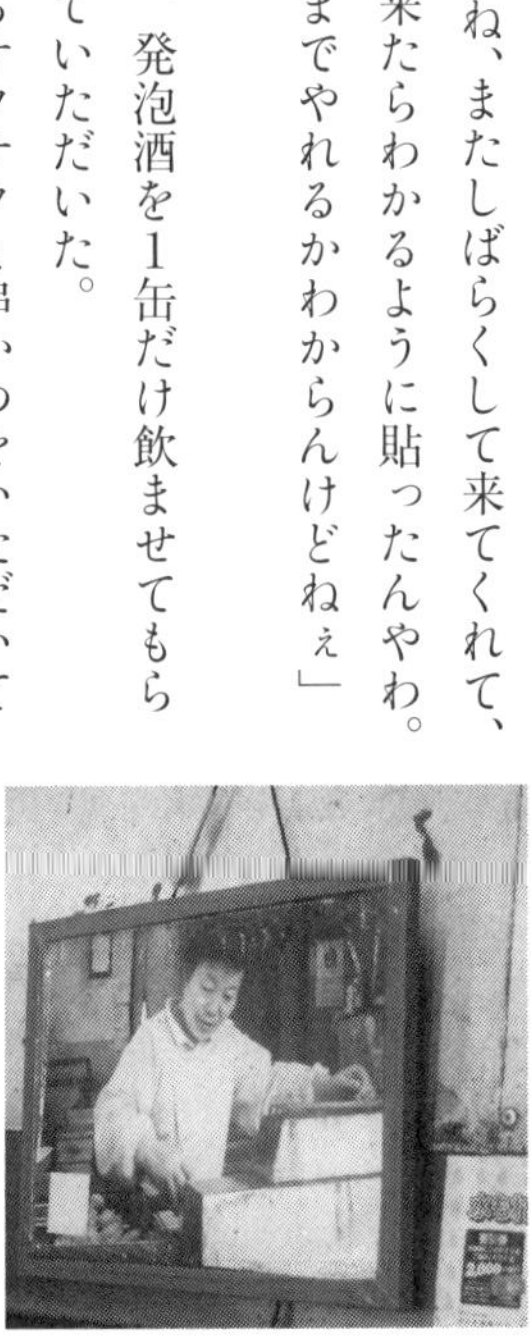

男の子が撮ってプレゼントしてくれたという写真

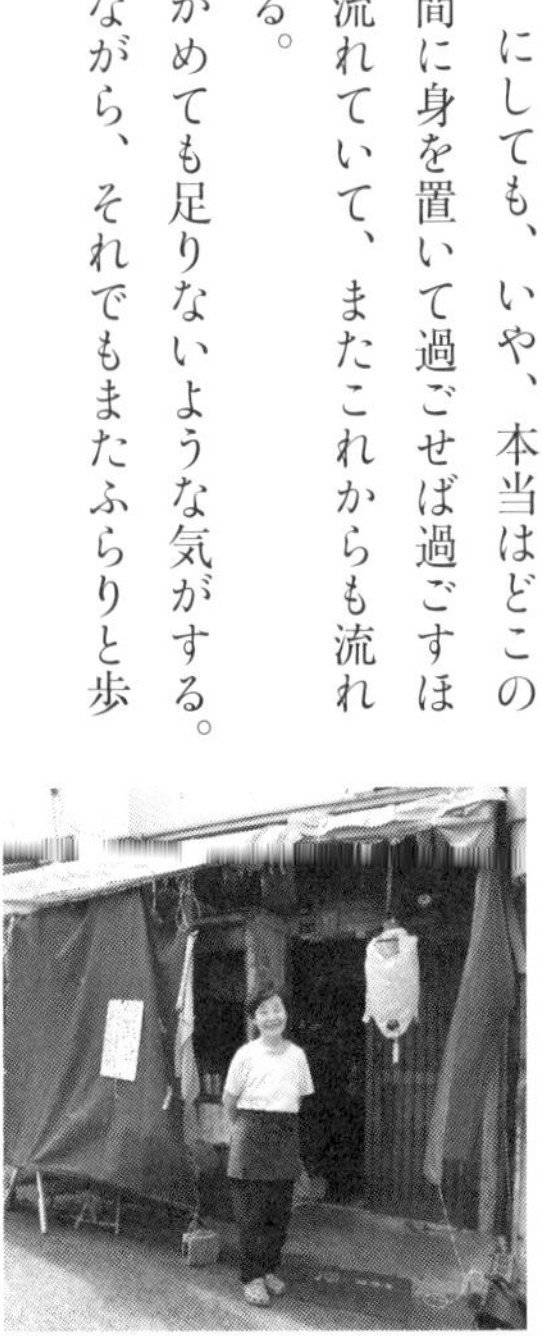

散歩の途中にふらっと立ち寄りたくなるようないい店だ

本当に美味しいホッピーを大阪で飲む

東京で老舗大衆酒場を巡っているような人なら、だいたいみんなホッピーを飲んだことがあるんじゃないだろうか。いや、決めつけは良くない。もちろん「ホッピーって何？」という方もいるだろう。

「ホッピー」はホッピービバレッジ株式会社が販売する〝ビアテイスト清涼飲料水〟だ。ホッピービバレッジ株式会社の前身であるコクカ飲料株式会社が1948年に販売を開始したものである。

ビールのような風味をもった炭酸飲料で、それ自体には0・8パーセントのアルコールしか含まれていない。当初はノンアルコールに近いライトな飲み物として作られたそうなのだが、甲類焼酎などをその「ホッピー」で割ることによってビールテイストのアルコールドリンクに仕上げるという飲み方が徐々に広まっていった。

ホッピーは東京の下町を中心に、関東エリアの酒場とそこに通う酒飲みたちから長年に渡って支持されてきた。が、その一方、関東圏から外に出るとホッピーの認知度は下がる。

ここ数年、大衆酒場ブームの中でホッピーが引き合いに出される機会が多くなった。また、低カロリーでプリン体を含まないというヘルシーさが注目されたこともあって徐々に全国的な知名度を得つつはあるようなのだが。とはいえ、ホッピー人気の中心は今のところやはり関東圏である。

5年ほど前に東京から大阪へと引っ越して来た私にとっては、大阪の居酒屋でなかなかホッピーに出会えないということがなんとも寂しく、ホームシックを誘うのだった。大型のリカーショップを探すと販売はされていて、それを買い込み家で飲む。「ああ、できれば居酒屋で、うまいホッピーが飲みたいなー」と思いつつ。

私が引っ越して来てからの数年の間に、大阪にもホッピーを飲ませてくれるお店が増えてきたように感じる。メニューのなかに「ホッピー」の文字が見つかれば嬉しくて即座に注文するのだが、実はホッピーには美味しく飲ませる提供の仕方というのがあって、そこが難しいところなのだ。私は味音痴で「なんでもござれ、オールＯＫ！」なほうだから、どんなふうに出されても「まあこれはこれでいい」、とありがたくいただくのだが、いつもちょっとだけ物足りなく思う。

前置きがずいぶん長くなった。これから、ホッピー文化圏の関東ではなく、大阪にありながら、私が個人的に「ここで飲むホッピーがダントツに美味しいんじゃないか」と思わせてくれる居酒屋「江《え》戸《ど》幸《こう》」を紹介させていただきたい。

江戸幸は大阪市中央区平野《ひらの》町《まち》にある。最寄り駅は大阪メトロの淀屋橋駅や北浜駅。この辺りはオフィス街で、スーツ姿の勤め人たちが多く行き交うような場所である。そんな街の中に建つビルの、１階の通路を奥に進んで行った先にあるのが江戸幸。私はいつも行くたびに「あれ、本当にこの先にあるんだっけ？」とドキドキする。

店内はカウンター10席とテーブル席が６席。広くはないが、その分、大将の気配りが店内の隅々まで行き届くような、そんなお店だ。カウンターの内側にはガ

ビルの通路奥にある「江戸幸」

カウンター席がメインのお店だ

ラス越しに美味しそうなお惣菜が並び、見上げれば「ホッピー」の提灯。期待に喉がグッと鳴るが、まずは落ち着いておつまみを。店主の山口博敬《やまぐちひろゆき》さんがお薦めしてくれた串もの7本がセットになった「ハイカラコース」と、「さんまささ干し」を注文する。

「さんまささ干し、これは美味しいよ！　お酒のことをね、〝ささ〟って言うねん。昔の呼び方でな。時代劇で『今夜はささを飲もうか』とかね。『ささ干し』言《ゆ》うのは、さんまをお酒に漬けてあんねん。根室のさんまを福島のいわき市で加工してはんねん。大阪ではあんまり食べられないね。普通やったらみんな開きになってるから」とおすすめの品について山口さんがいろいろと説明してくれる。その語り口はなんとも軽妙で、流れるように耳に入ってくる。

――お店は最初からこの場所にあったんですか？

「そうそう。37年間ね。２０２０年の４月で38年目になるわ」

――ビルの奥で、ちょっと変わった場所にも思いました。

「このビルができて、２年後にうちがやり出したんやったかな。たまたまなんや

こちらが「江戸幸」店主の山口博敬さん

ねんけどね。僕がこの辺が好きやったさかいね。落語にでも出てくるからね、僕、落語大好きなんですよ。上方落語が」

――お店の外にも落語会のポスターがたくさん貼ってありますね。

「そう。落語家さんはうちによう来てくれはるよ」

――大将のお話を聞いていて噺家さんみたいだなって思うんですが、落語をやっていらっしゃったんですか？

「うん。落研やってんけどね。落語はするもんちゃうわ。あれは聴くもんやな（笑）」

――いや、すごくお話が上手な気がします。ここでお店をされる前も食に関するお仕事だったんでしょうか。

「僕はね、大阪エアポートホテルいうて伊丹の空港のホテルでコックさんしとった」

――洋食の。

「そう、洋食の。そこからなんでこのお店になったかいうたら、うちの実家が食堂やってたからね。それで、ハンバーグ売るよりおから売ってるほうがよう儲か

落語好きだという山口さんの流暢な語りが楽しい

るやろと（笑）。はい、どうぞ。これがハイカラコースで、ウインナー、つくね、牛、穴子、イカのゲソ、貝柱、ベーコン串で7本。こっちがさんまのささ干しね」

美味しそうなおつまみを出していただいたところで、いよいよ「ホッピー白」をいただく。江戸幸のホッピーは、ジョッキを凍らせ、ホッピーと焼酎（宮﨑本店の「キンミヤ」を使っている）は冷蔵庫でキンキンに冷やしてあるという〝1凍2冷〟スタイル。これによって氷を使わずに冷たく飲むことができ、ホッピーが薄まることなく、最適な濃度で味わえるというわけだ。ジョッキ一杯に対し、ホッピー瓶1本をまるごと注ぎ切る。

さて、ここからが独特である。注文があるたびに店主が自らホッピーを注いでくれるスタイルとなっていて、焼酎の入ったジョッキの中にホッピーのボトルを一気に突っ込み、「ドバッと入れるからドバイ！」などと言いながら勢いよく注いでいく。そして「きれいに入ればー、小指がピーン！」と言って店主が小指を立てる。ここまでの流れ、これはホッピーを注文するたびに必ずある。このお店

串もの7本がセットになった「ハイカラコース」がおすすめ

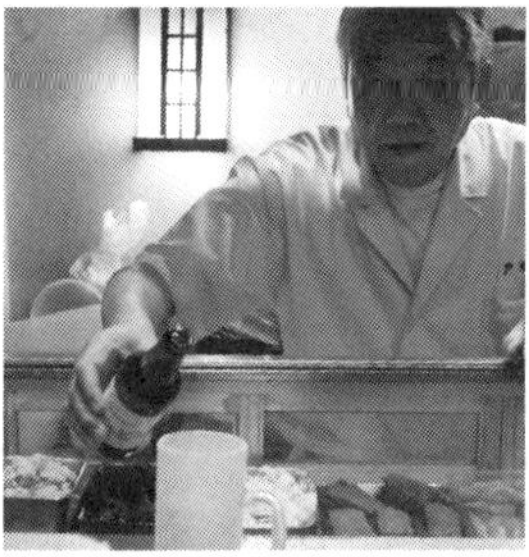
キンキンに冷えたホッピーをジョッキに一気に注ぐ

の儀式のようなものなのだ。そうわかっているのに「小指がピーン！」のくだりで毎回笑ってしまう。

ちなみにホッピーの注ぎ方にはドバッと注ぐ「ドバイ」と、くるくると瓶をらせん状に持ち上げながら注ぐ「トルネード」があって、どちらも店主のオリジナル。こうすることで最適な泡立ちになるのだそう。また、勢いよく注ぐから焼酎とホッピーも注ぎ終わりの時点で完璧に混ざりあっている。

喉を鳴らすようにして飲めば、キーンとくるような冷感、炭酸の爽やかさと共にホッピーの旨みとキンミヤ焼酎の甘みが一気にやって来る。

この美味しさ、関東でホッピーを飲んでいてもそうそう味わえるものじゃない気がする。もちろんあくまで個人的な感想ではあるが、自分が「関東でホッピーを美味しく飲むならここ」と決めているいくつかのお店と並ぶ、いや、それに勝るような満足感だ。

そしてまた、店主が焼いた串ものがことごとく美味しい。つくねには適度に軟骨の歯ごたえが残されていて、甘辛いタレも絶妙。イカのゲソには山椒がきかせてあったり、どれもちょっと意外なひと手間が加わっているように感じる。穴子

注ぎきったら「小指がピーン！」

のとろけるようなうまさにも驚いた。

　幸せをかみしめているところに、店主が賞状のようなものを持ってきてくれた。「ホッピー大使就任状」とある。これはホッピービバレッジ株式会社が、ホッピーファンの拡大に貢献しているお店や人に対して贈っているものだそうで、これが置いてあるお店は、いわばオフィシャルのお墨付きというわけなのだ。

――大将はホッピー大使だったんですね！

「2013年にもらったんかな。これをお店でもらったんはうちが最初のほうやったみたい」

――すごいですね！　美味しいホッピーを出しているからということで？

「そうなんかねぇ。『いる？』って言われたから『ほなもらおかー！』言うてね（笑）。ミーナちゃん（ホッピービバレッジ株式会社の社長・石渡美奈氏のこと）もよう来てくれはるよー」

――そもそも江戸幸ではなぜホッピーを出しているんでしょうか。きっかけはなんだったんですか？

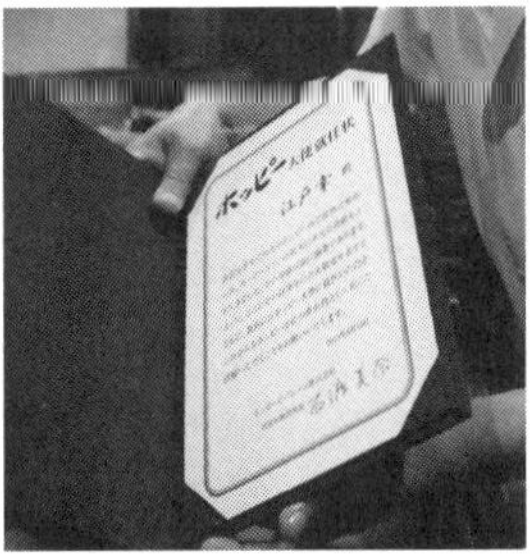

ホッピービバレッジから直々に「ホッピー大使就任状」をもらったという

「うちがはじめたばっかりの頃に、甲類焼酎をどうしたら美味しく飲んでもらえるやろと考えてたんよ。常連さんに相談して、そしたらお客さんが『東京にホッピーいうのがあるで』って教えてくれたんや。それで一度、東京に行って飲んでみよかと。浅草に飲み行って、日曜日の15時頃やったな。みんなテレビで競馬見とんねん。そういうお店で飲んだんが、初めてのホッピー」

——どうでしたか？

「なんやこの馬のしょんべんみたいなん、と思てね（笑）。洗浄機から出てきたてのジョッキがぬくいし、そこに焼酎と氷が入っててね。ホッピーの瓶と一緒にバーンって出されんねん。そもそもこれどないして飲むねん！　って（笑）。泡は立たんわ、なんかぬるーいわ、なんやこれって」

——じゃあそこで飲んで「これだ！」と思ったわけじゃなかったんですね。え、でも、そしたらなんでお店で出すようになったんですか？

「なんでか、それはわからん（笑）。へんこ（「変わり者」「頑固者」を意味する大阪弁）なんやろね、へんこ。大阪ではだーれも知らんし、おもしろいと思たんやろうね。うちで出すようになって、33、34年になるかな。今はこのワンウェイ瓶があるけど、その頃はなかったんよ。向こうから送ってもうて、空き瓶をまたこっちから送ってやで。大変やったね」

――関東だとリターナブル瓶（回収して繰り返し使用するリユース用の瓶）のホッピーを使っているお店が多いですが、関西では見かけないですもんね。

「せやね。うちもワンウェイ瓶」

――関東がメインのホッピーが30年以上前からここでは出されていたんですね。

「そうそう。インターネットでホッピー好きの掲示板があって、あるとき、そこに投稿してみたんや。そしたらそこで知った人が来てくれたりね。ホッピー仲間のメーリングリストにうちが入ってて、東京から出張で来たら飲みに来てくれはったりね」

――この〝1凍2冷〟という飲み方はいつからのものなんでしょうか。

「ホッピーを出しはじめた頃、うちではちょうどジョッキを冷蔵してあって、そこに冷やしたキンミヤを入れて、冷やしたホッピーを出したら、これおいしいやんって。〝3冷〟（ジョッキとホッピーと焼酎の3つを冷やして氷を使わず飲む方法）の最初やな」

――さらにそこからジョッキを凍らせるようになったと。じゃあ、どこかのお店を参考にしたわけじゃなく自然にたどり着いたんですね。

「いろいろ試しているうちにね。その頃は東京でもそんなにやってなかったんちゃうかな。みんな氷を放り込んでた」

――焼酎にキンミヤを使うのも最初からですか？

「最初は別の甲類焼酎やったんやけど、東京の北千住《きたせんじゅ》の『大はし』いう居酒屋に行って、そこでキンミヤいうのを飲んでな。お店にお願いして空のボトルを持って帰らせてもうて、それをこっちの酒屋さんに『このキンミヤいうの探してくれ』いうて頼んで。その頃は大阪にキンミヤも入ってけえへんかったんよ。大阪で最初に入れたのは、もしかしたらうちかもしらんわ」

――パイオニアですね。「ドバイ」とか「トルネード」っていうあの注ぎ方もオリジナルですよね？

「そう。せっかく出すんやったら笑《わろ》てもらおう思って考えて、ほんで『小指がピーン！』って。そないせえへんかったらおもろないやん。うちは『ピーン！』で笑わんかったら笑うところないねん（笑）。難しそうな顔して飲んでたら、せっかく美味しくても馬のしょんべんになってまうやん。まあ、馬のしょんべん飲んだことないけどな」

と、そんな話を聞きながら、ホッピーのさまざまな飲み方を試させていただく。白ホッピーと黒ホッピーのハーフ＆ハーフは、店主が両手に白ホッピーと黒ホッピーの瓶をそれぞれ持ち、二つ並べたジョッキに同量ずつ「ドバイ」式で注ぐ。最後は「小指がダブルでピーン！」と、当然、2杯分のホッピーができる。取材時は同行者がいたのでちょうどよかったのだが、「もしひとりだった場合はどうしたら？」と聞いてみると、「まあ、そのときは僕が手伝いましょかと（笑）」と、さすがの返しである。

ハーフ＆ハーフを飲みながら、事前に追加注文してあったおつまみをいろいろといただく。紅しょうがと青ネギ、天かすが入ってダシのしっかりきいたふわふわの「大阪オムレツ」、白子と牡蠣が入ったダシ仕立ての豪華な湯豆腐「ホームラン湯豆腐」、外はサクサクで中がホクホクなのが見た目からも伝わる「クリームコロッケ」と、印象的な料理が揃っている。ホッピーがグングン進み、私はも

白と黒の「ハーフ＆ハーフ」は2杯分を一気に作る

焼酎もジョッキも冷やしてあるからキーンとうまい

うだいぶ酔い心地だ。だが、この店に来たからには「トマピー」を飲まずに帰るわけにはいかない。

「トマピー」はトマトリキュールをホッピーで割ったもので、このお店ではジョッキのまわりにソルティドッグのように塩をまぶして提供される。実はこの塩にこだわりがあるという。バハマ産の天然塩を使っているそうなのだ。「ここにバハマいうて書いてあるやろ」と塩の入った袋を見せてくださった。

——トマピー、本当に美味しいなあ！　この塩、いいですね。

「バハマの塩がちょうど合うのよ。ダイビングが好きな常連さんがいはって、その方がバハマによく行くんやけど『おみやげ何がいい？』って言うから、『塩買うてきて！』って頼んで、それから使うてる。ミネラルが豊富なんよ」

——やっぱりいろんな塩を試してこれにたどり着いたんですか。

「まあ、何がええかな言うて、『バハマ』って、響きがええなあって（笑）」

——いや、この塩がピッタリだと思います！　トマピーが美味しく飲めるお店ってそんなにないような気がします。大阪でもホッピーを飲めるお店は増えてきま

「トマピー」を作ってくれる山口さん

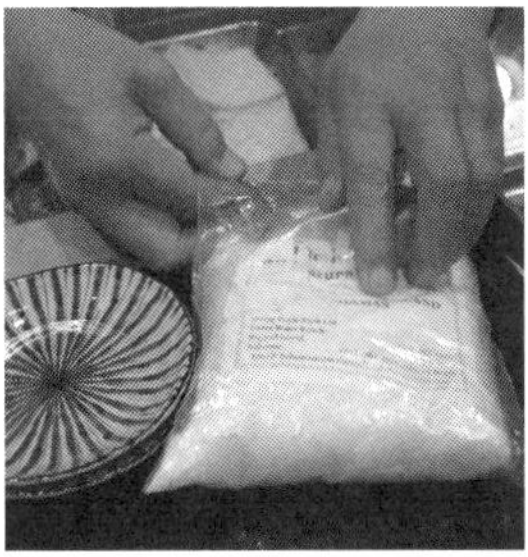
地名の響きで選んだという「バハマの塩」

したけど。

「せやね。けど〝3冷〟までちゃんとやってるところはまだ少ないんよね。うちと、あと、天満《てんま》に『寅屋天満』いうお店があって、あそこはやってる。お店の子らがうちに来て『小指がピーン！　うちでもやっていいですか？』って（笑）。もちろんやったらええよって」

――江戸幸を中心に少しずつ美味しいホッピーの飲み方が広まるといいですね。

「東京から大阪に転勤になって来た人が『ここでホッピー飲めるわ！』って喜んでくれはることもあるし、『ここで美味しいホッピーを知りました』言う人もおるわな。『よそで飲んだけどあんまり美味しくなかったわー！』って言われることもある。僕に言われても困んねん（笑）」

――ははは。

最後に締めの一品として人気だという「カレーにゅうめん」をいただいた。スパイス感とダシの甘みが共存した、染みる味わい。カウンターの奥のほうでは店主が他のお客さんたちにホッピーを注いで「小指がピーン！」を披露し、みんな

締めにいただく「カレーにゅうめん」し最高だった

が笑っている。

ご夫婦で切り盛りするこのお店、奥様の富美枝《ふみえ》さんにもお店のことを伺った。

「おかげさまでもう37年になります。はじめの頃は乳飲み子抱えてね。私はお好み焼き屋の娘で、家業がサラリーマンじゃなかったから、お商売することにはそんな抵抗はなかったんやけど、小さい子を育てながらでしたからねえ、その頃は大変でした。でも、生活のためやからね（笑）。うちはお客さんと親しくさせていただいて、ふたりしてお客さんにも言いたいこと言わしてもうてね、それでやってこれてるんです」

そう奥様がおっしゃるとおり、お客さんとの距離が近くて、ご夫婦の明るく温かな気配りに満ちたお店、江戸幸。ひょっとしたら日本一ホッピーが美味しいんじゃないかというお店が、大阪にある。江戸幸のホッピーを知って、私はまた大阪が好きになった。

山口博敬さん、富美枝さんご夫婦が優しく迎えてくれる店

「家みたいな店」の店主にたっぷりと話を聞いた

2020年1月下旬、友人であるヤスタライズさんと久々に食事をすることになった。ヤスタライズさんはミュージシャンで、主にヒップホップの曲を作っていて、「SMOKIN' IN THE BOYS ROOM」というクルーに所属している。「Yasterize」という綴りが正式名なのだが、今回は読みやすさ重視でヤスタライズさんと表記させてもらいます。

そのヤスタライズさんは横浜市に住んでいて、「横浜のほうにナオさんと行きたい店があるんで案内させてください！」と以前から言ってくれており、日程を調整してその店を訪ねることになったのが1月下旬だった。ヤスタライズさんの指示どおり、お昼どきに横浜市営地下鉄「岸根《きしね》公園《こうえん》駅」に到着。

駅出口から大通りを歩くこと数分。住宅街へとつづくゆるやかな坂道へと折れてヤスタライズさんは立ち止まった。「あそこにもう見えてるんすよ！」と指差す先を見ると、なるほど「営業中」ののぼりと「ラーメン」の提灯が目に入る。

事前に電話して予約を取ってくれているそうなので、まさか入って怒られることはあるまいが、とはいえ入口はまさに〝知らない誰かの家の玄関〟といった感じだ。そのドアを開け、これまた家らしい玄関で靴を脱ぎ、家らしい居間に通された。ちなみに、店内の写真については「どこでも好きに撮ってください」と店主の許可をいただいて撮影したものである。

家みたいだけど店なので、もちろんいろいろなメニューが用意されている。餃子、なすピーマン炒め、八宝菜などなど中華料理がたくさん。

まずは瓶ビールをもらって乾杯しつつ、いくつかの料理を注文させていただき、それを待つあいだにヤスタライズさんがこの店を知ったきっかけについて聞く。

ヤスタライズさんはこの日も同行してくれた奥様と一緒によくこの辺りを車で通るそうで、「なんか家みたい店があるな……」と気になりながらも、いざ行く

住宅のように見えるがのぼりは出ている

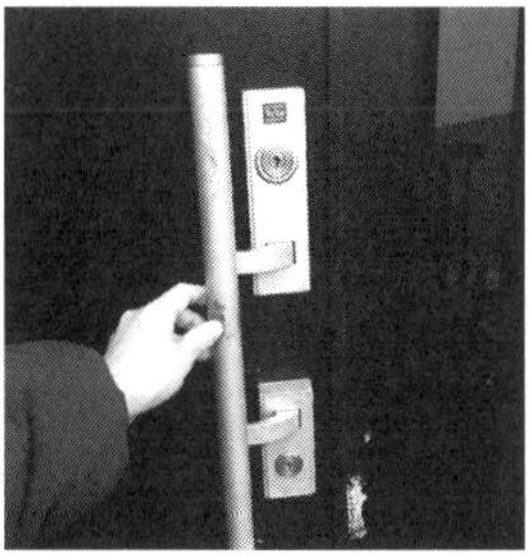
家のようなドアを開ける

となると勇気が出せずにいたという。

のちほど店主の上重朋文《かみしげともふみ》さんに聞いたところによると、店の外観上、なかなか一見さんが入ってくることがないらしく、近くをパトロールする警察官ですら入店するのに2年間もためらいつづけたという話があるそうだ。

この場所で営業をはじめて14年になるといい、そのきっかけは店主の義理のお母さんが体調を崩して入退院を繰り返すようになったことで、そのお世話をしやすいようにと自宅を店にするスタイルにたどり着いたという。義理のお母さんにつづき、のちに店主の奥さんも病気をしてしまい、結局そのまま自宅で営業をつづけているんだとか。

家なので台所がもともとあるのだが、営業許可上、提供する料理を作るための厨房は外に別に作られている。一度玄関から外に出たすぐの場所にある。

そこから運ばれてくる料理はどれも絶品である。ナスとタコの食感のバランスが最高な「なす蛸生姜そうす」、あんのぎっしり詰まった「餃子」、驚異的にやわらかな「豚の角煮」、ひき肉たっぷりで花椒《かしょう》のきいた「麻婆豆腐」などなど。

参加者みんなで焼酎のボトルを入れさせていただき、腰を据えて飲むことにし

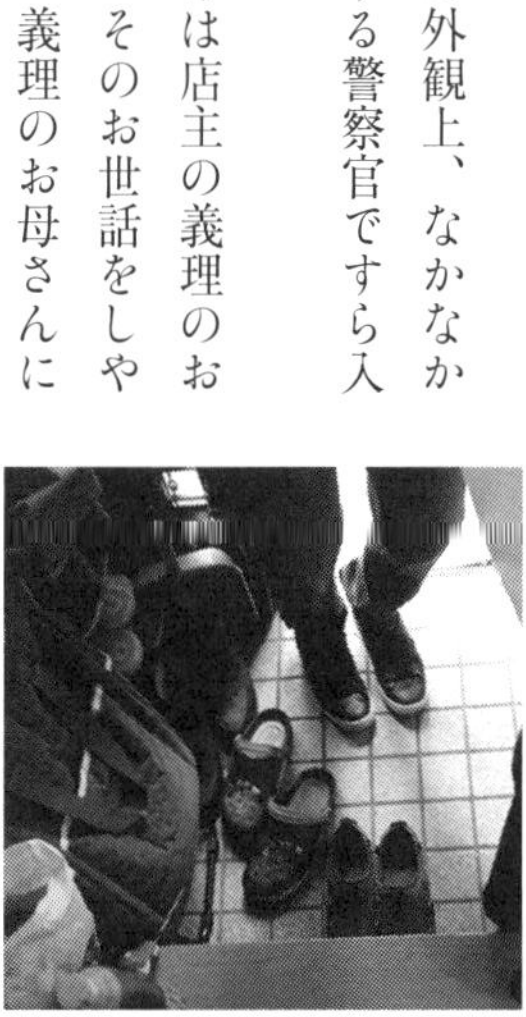
家のような玄関があった

寝転びたくなる座敷席

た。「氷がわりにこれ使ってください」と店主が冷凍レモンを持って来てくれた。粋な知恵である。レモンが香る焼酎水割りを飲み、絶品料理をつまみつつ、上重さんのお話をいろいろと伺った。

——この場所で営業をスタートしたのが14年前とのことでしたけど、それ以前は別の場所でお店をされていたんですか？

「そもそもは、（横浜市神奈川区にある）六角橋で『餃子菜館』っていうラーメン屋を20年間やってたんですよ。それから原宿に日本酒を飲める店を出して、そこが立ち退きになって3年後に中目黒に移って、それが平成元年。そっちは『越後』っていうお店でね。そこを閉めて、今の場所でやるようになって」

——居酒屋さんをやられてた時期もあったんですね。

「そうです。日本酒を出して、料理は中華料理を出して。もう今年で私、80歳」

——お顔がツヤツヤされてますね。

「お酒飲んでるから（笑）」

——ははは。いいお酒を飲んでるんでしょうね。

こちらが店主の上重朋文さん

絶品だった「豚の角煮」

「私が新潟出身でね、新潟の美味しい蔵元から直に仕入れてるから。でも私は今はお金がないから安い焼酎ばっかり飲んでます」

——新潟のご出身で、それで「越後」というお店の名前だったんですか。

「そうそう。近くに音楽スタジオがあったから音楽関係の人がよく来てくれてたんですよ。奥居（香）ちゃん、杉山さん、浜省とか、あとB'zの松ちゃんね」

——わーすごい！　杉山さんっていうのは……。

「ああ、清貴さんね。オメガトライブの」

——すごい面々が。店長も音楽がお好きなんですか？

「いや俺は、全然知らん！」

——ははは。そうなんですね。そこからこの岸根公園のほうにお店を移されたわけですね。

「ここはもともと自分の家として買っていた場所でね。35歳で買った。その頃は六角橋でラーメンやってましたから。女房のお母さんが具合悪くなって、病院に行ったり来たりしてたから、とうとうここをお店にしようということになって」

——それでもこうしてやられているのがすごいです。

花椒のきいた「麻婆豆腐」も美味しかった

「今はもうひとりで手がいっぱいだから、ここがちょうどいいです。女房も病気をして、最後のほうは機嫌が悪いときが多くてお客さんとケンカしてね。それでお客さんがいなくなって、戻ってくるのに3年ぐらいかかりましたよ（笑）」

——普段は常連さんが多いんですか？

「ここはふらっと入ってくる人いないからね（笑）。でも、休みなしでやってんですよ。12月も30日までやっていて、31日と元日だけ休んだな。年明けは結構予約が入っちゃってね。コースもやっていて、数日前に予約してもらわないといけないんですけどね。コースは中華料理だけじゃなくてフランス料理も入ったり」

——そういう料理はどこかで修業したんですか？

「いやいや、全部独学ですよ。ラーメン屋の頃も長崎にちゃんぽん食べに行ってみたり、台湾に行っていろいろ食べてみたり、横浜中華街には毎週通っていました。自分で食べてみて、その味を自分流に直していく。参考書を買って読んでもさ、プロのレシピはたいてい調味料をひとつふたつ抜いて書いてるんですよ！完璧にその通りには書かないんですよ」

——そういうものなんですか！　新潟出身で、東京に出て来られたのはいつ頃ですか？

「魚沼から15歳のときに出てきました」

――15歳で！

「私らの時代はみんなそうでしたよ。勉強するのが嫌いな子は働きに早く出て。私は勉強が大っ嫌いだったからね。15歳で原宿に出てきて、日本蕎麦の店に6年勤めました」

――その頃の原宿ってどんな町だったんでしょうか。

「今とは全然違うよね。お店はなくて連れ込み旅館ばっかりだったね。あの辺は米兵がたくさんいてね。うちの店は竹下通りまっすぐ行った、明治通り沿いで、蕎麦の出前は渋谷とか千駄ヶ谷のほうまでいろいろ行ったな。江利チエミさんとか、山田五十鈴さん、作曲家の服部正《はっとりただし》さんのところとか。左手に、ここの天井ぐらい高くまでせいろを重ねて持って、風にあおられて倒れたりね。その頃は台風でも店を休みにしなかったから。

当時、10年ぐらい勤めたらのれん分けさせてもらえたんだけど、今みたいにプラスチックのせいろなんてないし、日本蕎麦は結構資本がないと店を出せなかっ

にこやかにお店のことを話してくれた上重さん

たんです。それで中華のほうにいったんです。中華ならカウンターがあってどんぶりがあって、あと鍋とスープ煮る寸胴があればなんとかなるんでね。

　それで21歳ぐらいから中華のほうで働いて、最初は3年ぐらい出前やって。だけど、そこの親父さんも、もとは洋食のコックさんだったし、私は料理の先生っていなかったですよ。味のことは教えてくれなかった。だから自分で独学で、それで独立して、六角橋にお店を出したんです」

――そこでラーメン屋さんをずっとやって、そこから居酒屋をはじめることにしたのはどうしてだったんですか？

「どっちかって言ったら、ラーメンより料理のほうをしたかったんですよ。ラーメン屋だけだと酒類ってそんなに売れないですよ。もっとじっくり美味しいお酒を飲んで、いろいろ料理を食べてもらいたいと。それで越後のお酒を置きながら、中華料理を出す店をね」

――地酒と中華料理の店ってあまり聞かない気がします。

「そうだね。いい加減なんですよ（笑）。いい加減な人生なんですよ。酒は40歳から覚えたんです。それまでビールばっかり飲んでた。1年間、仲間と日本酒の勉強会をしてたの。集まって日本中の地酒を飲んで。そうやって飲んで、新潟のお酒がいちばんうまいなと思ったの。その頃、たくさんお客さんが来てくれて、（『月刊エレクトーン』という雑誌の1997年2月号を指差しながら）その雑誌に載ってるヴァイオリニストの篠崎正嗣《しのはらまさつぐ》さんなんか、ずっと仲良くしてくれて、今でも年に1回は一緒に食事していますよ。彼にはお世話になりました」

――他にもずっと昔から通っているお客さんがいるんですか？

「はい。大学時代から来てる子たちが、今、67歳（笑）。40年以上来てる。毎年飲み会やってくれてますよ。15人ぐらいでギュウギュウでね。それで、そんなにたくさん来ると私ひとりではできないから、孫が手伝いにきてくれたりね」

――お孫さんも手伝ってくれているんですね。

「娘や孫が可愛くて、それで仕事が頑張れてるようなもんですよ。忙しいときは手伝いに来てくれます。この間、中学生の孫と赤レンガ倉庫にライブ観に行ってきたんですよ。音楽の」

――いいですね！　なんのライブですか？

「クレイジーケンバンド」

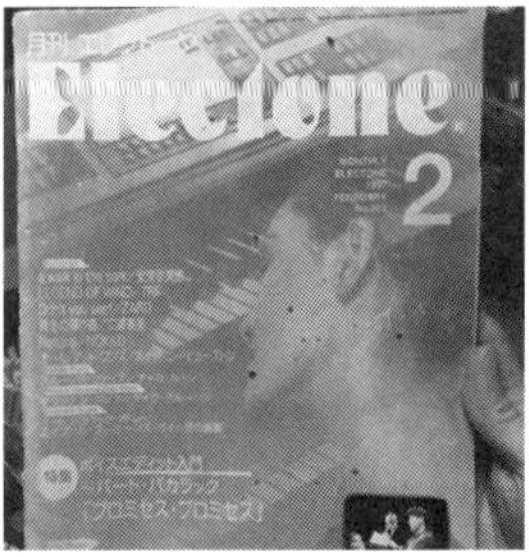

雑誌『月刊エレクトーン』の1997年2月号

右奥で微笑んでいるのがかつての上重さん

――いいなー！

「女房とはね、原宿で出会ったの。女房のお兄さんが原宿にいて、兄貴みたいに私を可愛がってくれてたんです。で、そこにたまたま遊びに行ったらいて、だから、デートもしてないですよ」

――そこから自然に、というか。

「なんか、向こうが来た（笑）。ちょうどその頃、その家に泥棒が入りそうになって、おばあちゃんからも『危ないからしばらくいてくれ』って言われてね。それもあって、兄貴の家でお酒飲んでると『泊まっていきな』って。もちろん、そんなときに手を出したりはしませんよ。その頃ちょうど私もそろそろ独立したいと思って、親にそう話したら『先に嫁もらったほうがいい』って言われてね、それで女房に『結婚するか？』と言ったら、『する』って」

――そうだ。麺類のメニューもありますけど、これは六角橋時代からの味なんですか？

「いや、今のほうが美味しいですよ。昔は忙しくて、スープに時間をかけられなかったの。今は12時間かけてしっかり作れるから。だから今のほうがラーメンは美味しいです」

——締めにラーメンをいただきたいと思うのですが……。

「どれにします？　どれ食べてもいいと思う。好き好きでね。『北京らーめん』は醤油ベース。北京の料理って醤油の味つけがメインなんですよ。いちばんたくさん具が入るのは『広東らーめん』だね。アサリやイカとか入るから、それは塩ベース。『担々麺』は練りごまにラー油の辛さなんですよ。『四川らーめん』は、ひき肉が担々麺より入って醤油ベース。豆板醤の辛さで玉子も入りますよ」

——うーん、だめだ。なかなか決められないです！

「四川らーめんのスープにごはんを入れて食べる人も多いし、私は担々麺のほうが好きだけどね、広東らーめんは四十何年前に長崎で食べたいちばんうまいちゃんぽんを参考にしたの。いい材料を使ってますよ」

——じゃあその広東らーめんと普通のらーめんをひとつずつください！

　しばらくして運ばれてきたラーメンは、気前良く具だくさんで、魚介の旨みが感じられる広東らーめんも、大ぶりのチャーシューが入ったらーめんも、感極ま

締めのラーメンが運ばれてきたぞ！

るうまさであった。

――美味しいです！　どっちも美味しいです！

「他のラーメンも美味しいですから、また食べに来てください。あとはチャーハンね。中華で働いてる頃、チャーハンは３６５日、毎日食べてみました。それでわかったんですけど、塩って毎日、湿度や気温によって味わいが違うんですよ。同じ塩でも。長年やってきましたけど、塩の使い方はまだわかってないんです。塩ほど料理をうまくする調味料はないし、まずくする調味料もないんですよ。湿気の多い季節だったら少し炒って水分を飛ばしたりね。チャーハンは塩の味がダイレクトに出て、ごまかせないから怖いんです」

――えー！　そう聞くとチャーハンも食べてみたいです。

「ぜひ今度食べに来てください。塩によっていかにごはんの甘みを引き立てるか、また、ごはんの甘みでいかに塩の旨みを引き立てるか。中華で働いてた頃、まかない食べるときもおかずなんてもらえなくて、そのかわりチャーハンなら文句言われなかった。それで毎日自分で作ってたんです。それが勉強になりましたね。小学校１年生ぐらいの子で、うちで一回チャーハン食べて、それ以来、ここのチ

エビやタコも入った具だくさんの「広東らーめん」

醤油の奥深いコクに感動した「らーめん」

ャーハンがいいってずっと来てくれる子がいます（笑）」
――次は絶対チャーハンも食べます！　ごちそうさまでした！

「上重朋文の店」は夢のような店であり、そして家だった。料理と酒が大好きな店主が行きついた究極の空間だ。

　料理も美味しいが、何より上重朋文さんの穏やかな人柄が素晴らしい。茶目っ気もあり、酒好きだというところも最高だ。またゆっくりお邪魔しよう。

「上重朋文の店」は11時から21時までほぼ年中無休で営業しているとのことだが、席数もなく、おひとりでやっているお店なので念のため事前に予約しておくことをおすすめしたい。また、近隣は住宅街で騒がしくすると苦情が来てしまうそうなので、お店に行く際にはその点、ご配慮のほどお願いいたします。

　店主の上重さんのうしろに貼ってある「雨中春樹萬人家」という書は、この店の常連の習字の先生が書いてくれたもので、雨の中に立つでっかい木はみんなが雨宿りできる家みたいなものだ、というような意味だという。まさにこの店にぴったりの書に思えた。

一緒に並んで写真を撮らせていただいた

この店にぴったりな書

90歳、いや89歳の字書き職人・松井頼男さんと最後に会ったときのこと

2019年に出版された拙著『深夜高速バスに100回ぐらい乗ってわかったこと』に「銭湯の鏡に広告を出した話」という文章を書いた。大阪市此花《このはな》区にある千鳥温泉という銭湯の浴場内に掲示されている鏡広告（洗い場の壁に取り付けられている鏡に広告が入ったもの）に興味を持ち、その広告が制作されていく過程を取材させていただいたものである。

千鳥温泉の鏡広告は近畿浴場広告社という会社が一手に引き受けている。近畿浴場広告社は現在、江田《えだ》ツヤ子さんという84歳になる方がおひとりでやっていて、たくさんの鏡広告を車で銭湯まで運び、さまざまな工具を使って取り付けたり取

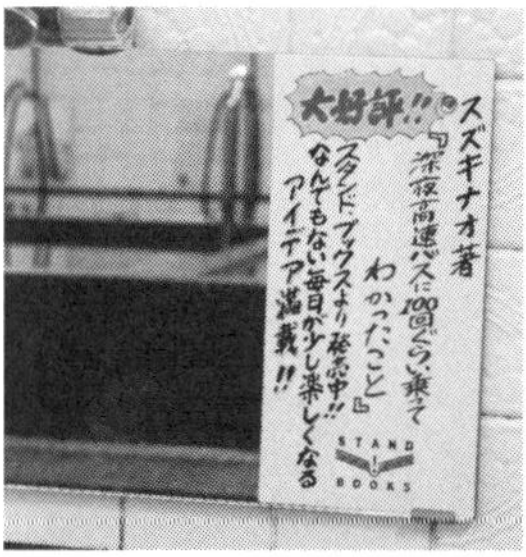

私の本の宣伝用に制作してもらった鏡広告

り外したりという力仕事を元気にこなしておられる。
鏡広告の制作依頼を受け付け、でき上がったものを納品し、実際に設置するという部分が近畿浴場広告社の役割で、広告自体を制作しているのは松井工芸という会社だ。松井工芸は、松井《まつい》頼男《よりお》さんという方がこれまたおひとりでやっていた印刷会社で、クライアントの依頼に沿った広告をデザインし、主にシルクスクリーン印刷で、ときには自ら筆を持って字を入れたりイラストを描いたりして広告面を作り上げていた。

はじめて松井工芸の松井さんを取材させていただいた２０１９年当時、松井さんは88歳になっておられた。取材後も、出版された本をお渡ししに行く際に工房を訪ねたり、本をきっかけに松井さんに広告物の制作依頼があり、依頼主と松井さんの間に素人の私が入って頻繁にやり取りをさせていただいたりと、何度もお会いする機会があった。

松井さんは幼い頃から習字が得意で、その技術はもちろんお仕事にも生かされていたし、タダ同然の授業料で（つまりはほとんど趣味として）習字教室を開いていらした。私はその習字教室に一度行ってみたいと思っていたし、もし機会が

デザイン・レタリング・印刷などをひとりでこなす松井頼男さん

細い路地の奥に「松井工芸」はあった

あれば鏡広告の話だけでなく、松井さんの来歴、昔の思い出話などもお聞きしてみたいと思っていた。しかし、松井さんは2021年の1月に亡くなられ、その願いは叶わぬものとなった。

私が松井さんと最後にお会いしたのは2020年の7月のことだった。コロナ禍で、ましてやお相手がご高齢ということもあり、本来なら差し控えるべきタイミングだったと思うのだが、千鳥温泉のオーナーである桂《かつら》秀明《ひであき》さんが新たな鏡広告を発注するにあたり、どうしても面と向かって松井さんに説明しないと伝わりにくい部分があり、それを説明しに行くとのことで、私もそこに同行させていただくことになった。桂さんと松井さんが鏡広告のデザインについてどんなやり取りをされるのか、近くで見てみたいという気持ちもあった。

差し入れ用の缶ビールを手にした桂さんと私がふたりで松井工芸のドアを開けると、「ああ、どうもどうも」と、これまでと変わらぬ元気な様子で松井さんが出迎えてくださった。挨拶も早々に広告のデザインについての細かな話がはじまった。

机に向かって作業をされていた松井さん

私はその様子を写真に撮らせていただき、何気なく持っていたＩＣレコーダーで録音をした。すると途中、桂さんが「松井さんがどんなふうに作業をしているか、いつか見てみたいですね」と言い、それを聞いた松井さんが、「え、そしたらちょっとだけやって見せよか」と、作業の流れを実際に説明してくださったのだ。「ちょっとだけ」とおっしゃった松井さんだったが、ありがたいことに、結局そのまま2時間近くにもわたって作業を見せていただくことになった。

思いがけず貴重な取材となったわけだが、私にはそれを特にどこかの媒体で文章にするというようなあてもなく、撮影した写真と録音した音声は私のパソコンに保存されたまま、月日が流れた。２０２１年のはじめに桂さんを通じて松井さんの突然の訃報を知り、それからだいぶ経ってようやく気持ちが落ち着いてくると、松井さんが私たちにお仕事のことを説明してくれたひとときのことが改めて思い出され、それがいかにありがたい時間だったかが身に染みてくるのだった。

先述したとおり録音データは2時間ちょっともあり、素人である私の理解の浅

広告のデザインについて話し合う松井さんと千鳥温泉の桂さん

実際に受注した原稿を使って制作過程を見せてくださるという

さもあって、全体の中のほんの一部をかいつまんだような内容にしかならないと思うが、あの日、松井さんが私たちに説明してくださったことをここに書き留めておきたいと思う。

＊

ほな一回やってみようか。これが原稿や。これをな、コピーとんねん。フィルムにすんねん。

ほんまはこれをやる製版所ゆうのがあんねん、これをフィルムにする会社があんねん。ただしな、これを業者さんに頼んだら、安いところでもな、1枚1000円かかるわけや（笑）。このコピー機でやったらな1枚50円や。ほやけどこれな、1枚ではできへんねん。なんでかゆうたら薄いからな、同じのを2枚やんねん。2枚使うても100円！

コピー機を使って原稿を透明なフィルムに転写する

これをうまいこと重ねたら版ができんねん。１枚やったら薄いから光が透過してまうねん。色がきれいに抜けへんねん。こんなコピーでやってるところ、まずないと思うわ。

ほんでな、ここにスクリーンコートゆうのを塗んねん。ほんで、重ねてこうして光当ててな。そしたらこの版の部分だけ光が通れへんねん。スクリーンコートは光を当てると硬化するわけや、ほんで、光が通れへんとこだけ、液が抜けるわけや。そやから、そこにあとでインクが入るわけや。

こういうの全部、自分で考えてん。フイルムも２枚、糊でずれんように貼ってな、これはもう、我ながらようようまいこと考えたなと思てんねん。いちいち業者さんに出してたら高《たこ》うつくねん、時間ももったいない。

この液な、いつも感心すんねん。「オペキュー」ゆうんかな（オペークと読むらしい）。写真の修整に使うやつやねん。ほら、水でものすごい薄めても濃いや

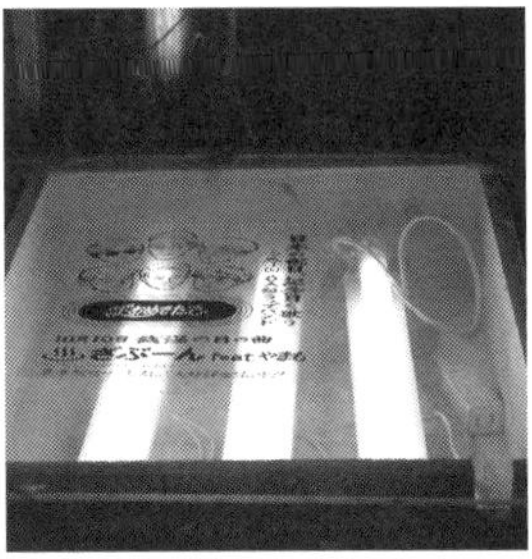

フィルム２枚をぴったり張りあわせて「版」が完成

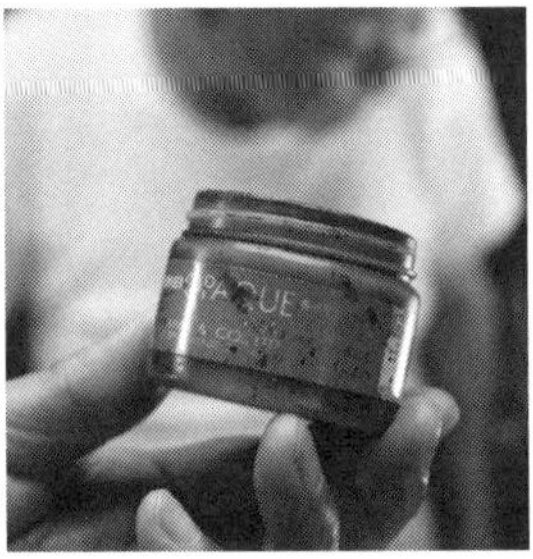

コピーの過程で生じたかすれなどはこの「OPAQUE」を使って筆で修正

ろー！　しゃぶしゃぶやろ！　これでこないして直すわけや、完璧や。

これな、版を焼き付けたあとのやねんけど、洗《あろ》たら何回でも使えるねん。いちいちサラ（新品）は使《つこ》てへんねん。目が細かいからスクリーンコートがまだ残ってるやろ。それを取る方法があんねん。僕が考えてんこれ、アルコールとな、シンナーみたいな溶剤があんねん。それを調合してあんねん。これで拭いたら取れんねん。取れよんねんまた！　きれいにな。綺麗でもないけどな。これ自慢できるで！　これ僕考えた。こんなんいちいち買ってられへん。

また使えんねん。ずっとやってたら知恵出てくるわ、やっぱりな。

ほんでな、布きれや綿のきれに印刷するときはな、インクが柔らかかったらあかんねん。うちの娘がよう気いついてな、それをここに書きよってん。「お父さん忘れたらあかんで」ってことで。娘も一緒にやってからな、僕より上手やった、若いだけにな。娘のほうが細かいのは上手や。

一度使ったキャンバスも洗って再利用するんだとか

娘さんが松井さんのために書き残した注意書き

どこも習いに行ってないねん、我流や。ようできたな、思てな。これできれいになったで。これや、本題は。これスクリーンコートゆうねん。これを塗んねん。乾かすのにはな、ドライヤーではあかんねん。熱当てたら硬化しよんねん。普通の風やないと。ほんで、真っ暗にしなあかんねん。5分ぐらいしたらもう一回塗んねん。1回ではムラがあんねん。

面倒やろ？　邪魔くさいやろ（笑）。儲からんねん、この仕事。趣味でやるなら別やで。金儲けしようと思たら無理やな。昔やったら仕事あったけど、タオルとか腕章とかはちまき（に印刷する仕事）とか、あんなん滅多にけえへん。この前テレビ観てたらな、ベトナムな、ベトナムの国で、子供が印刷しとんねん（笑）。小《ち》っさい子がな、おそらく版は日本でこしらえてるんや思うわ。あんな子供ができんねんから、そら仕事来《けえ》へん。

まあ、字だけは難しいやろな。でもな、お客さんが「別に手書きでなくてええ

このスクリーンコートをさっき洗ってきれいにしたキャンバスに塗る

この動作の淀みのなさが印象的だった

わ」ゆうたらな、パソコンで文字やればええねん。まあ字は難しいでほんま。これな、こんなんあんねん。これ見本にしてんねんけどな、35年ぐらい前かな。もっと昔はええ本あってんけどね。これ、ええことにはな、書き順を書いてくれてんねん。これが気に入ってん、僕。書き順がわからんときがあるやろ。これな、坊主の「坊」という字な、これ正確に書ける人いてないんちゃうん。僕が教えるのは難しい字はやれへん。日常使う字やな。

これな。版こしらえるんでも、専門に焼く機械があんねん。大きなメーカーなんかたいそうなもんでやってるけどね、僕はこの電球で焼いてんねん。この電球やないとあかんねん。この球がいちばんええわ。あんまり大きいとな、ブレーカー飛びよる（笑）。これ300ワットや。結構明るいでこれ。

下にスポンジ敷いてな。すき間ないように。この上に版を置くねん。このスポンジもいろいろあってな、これがいちばん気に入ってねん。もう二度と手に入らん。どこで買うたかもしらん（笑）。二度と手に入らんやつや。せやけど一回買

松井さんが大事にしている漢字の見本帖

キャンバスの上に版を固定し300ワットの電球で照らす

うたらずっといけるやつや。

これでライト当てて焼くねん。だいたい10分はかかるな。太陽はな、あんまり光が強いから、太陽でやったことないねん。ほんまは太陽でやったほうが、光がまんべんなく当たんねんけどな。いっぺんやってみたいんやけどな。これで10分やな。前は時計つけてたんやけどな、色でわかんねん、色が変わってくる。焼けたらずんずん緑色になってきよんねん。専門のとこはたいそうやで、おっきな機械で焼いとるわ。甲子園のライトみたいなもんや（笑）。

スクリーンコートが固まったらな、水で流すねん。硬化してないとこだけ水で溶けよんねん。簡単なこっちゃ。見てみ、ほら、落ちるやろ、少し乾かしてな。簡単やろ。最初はこんなうまいこといかへんかってん。時間とか、加減がな。これで乾いたら印刷や。

案外あれやろ、邪魔くさいやろ（笑）。時間かかんねん。乾いたかな、よいし

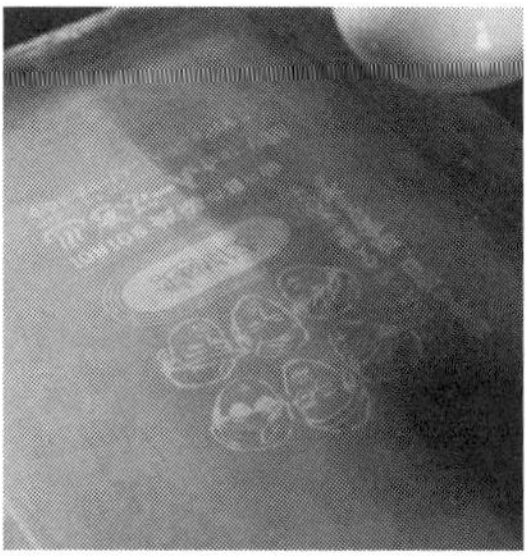

10分ほど電球で照らすとキャンバスに版が焼き付いた

外に出てシャワーでスクリーンコートを洗い流す

よ。ほんでこないして透かしてね、だいたい抜けがあんねん。あのフイルムの版に目に見えんような、点々がついとんねん。それが原因や。ピンホールゆうてな、これをちょっと修正しなあかん。埋めてあげなあかんわけや。筆はな、イタチの毛がいちばん弾力性があんねん。僕買うてんのほとんどイタチ。イタチもピンからキリまであんねん。高いゆうても、中国のイタチなら安いねん。これで1100円。中国にはイタチようけおんのと違う？

これでようやくや。これやったらまず黄色だけ刷るねん。黄色、どんな黄色やっけ？　普通の黄色？　レモン色か？　普通の黄色やな。黄色のインクあれへんな。そしたらレモンにちょっと赤入れたらええねん。な、赤がきくやろ？　ちょっと入れるだけでな。ほれでこれヘラや。このヘラも昔はゴムやってん。せやけどすぐ端が丸くなんねん。今のはゴムちゃうねん。ええのこしらえてくれた。

残ったペンキもな、無駄にせえへん。もったいない。黄色は高いねん。あとあれは高いな、えんじな。特殊な色は高い。えんじは1本8000円ぐらいすんね

松井さんが使っている筆。イタチの毛を使ったものが多いという

コピー機で作成したフイルムの"抜け"を筆で埋めていく

ん。黒やったら3000円やのにな。バカにならんねん。

黄色入れたら、次は赤やな、赤いところだけこうして一度にやってまうわけや。こういうちょっとついた色はな、この特殊な油で溶かすねん。こんなんもう、弟子入りするもんおれへんで、なあ（笑）。こうやって色を重ねていくわけや。だいたい、こんなもんや。わかった？　あとはやっとくわな。

＊

——本当にありがとうございました。勉強になりました。

「今までようけお客さん来てくれたけどな、こんな熱心に見てくれたんあんたたちだけや、ほんま」

——最近は、お体は変わりないですか？

「最近な、腰が痛いねん。治らんねん、江田さんもゆうてたな。『座骨神経痛や』ゆうて。年いったらいろんなもん出て来よんな。ほんでなかなか治らへんね

黄色インクの上から赤いインクを塗り……と、完成に近づけていく

「案外邪魔くさい仕事やろ？」と言う松井さん

ん（笑）」

──松井さんは、おいくつでしたっけ？

「90なった。90やゆうの、なんかイヤな年やなと思てな。そんな言えへんねん。これからはいつまでたっても89で行く（笑）。これからずっと89。あと3年は仕事できると思うわ」

──3年経っても89歳（笑）。

「魚釣り好きやからな、僕。最近腰痛で行ってないけどな、この前な、船の人が、『うちでいちばん年寄りですわ』てゆうてくれてん。僕メバル好きでな、メバルの季節なったら必ず行くねん。大阪の朝潮橋《あさしおばし》から船が出てんねん、大きな船2隻。そんで神戸まで行ってくれんねん。昔な、泉南《せんなん》のほうで船乗ってたときに、80ぐらいの人がおってんや。そのとき僕、まだ50代やってん。そやから『80代でも釣りできてんねんなー』と思ったけど、いつの間にか通り越してんねん（笑）。なあ、ええ」

と、こんなふうにじっくりとお話を聞かせていただいた。去り際、松井さんが

インクを混ぜ、依頼者の意図に沿った色合いを素早く作っていく

キャンバスの上からペンキをヘラでのばす

文字へのこだわりについてこうおっしゃった。

「文字も大切やで。僕いつも思うねん。食堂あるやろ。『天丼』とか『うなぎ丼』とかって書いてるやん。黒の文字でな。あれも変な字で書いてたら美味しそうに思えへんねん。やっぱりね、『天丼』でもねぇ、カーッとね！　なんとも言えん『天丼』ゆう字書いてたらねぇ。美味しそうや思うねん。不思議なもんや。だから僕らでもあんまり下手な字のとこは入らん（笑）。なんか美味しくなさそうや思てな」

桂さんが「松井さんの書いた食堂の看板はどこかに残ってたりしないんですか？」と聞く。

「僕の看板、有名や。食堂やないけどな、阿倍野筋のラーメン屋。白樺、白樺や。大きいで、看板。うちの娘とふたりでやったんや、自慢できる看板やから、まあ、見ておいてください。あの看板は自慢できるな。立派なもんや。ふたりでこしらえてん。あっちこっちで書いたけどね、ええので残ってんのはあそこだけやな。お店のおっちゃんも気に入ってくれた。『ええなあ』ゆうてな。気に入ってんや

下に置いてあったプレートに鮮やかにプリントされた

おでこでキャンバスを押さえながら作業をつづける松井さん

ろな」

そのように松井さんが教えてくださったので、桂さんと私は帰りにその「ラーメン白樺」でお昼ごはんを食べることにした。松井工芸のすぐ近くの店だ。松井さんが娘さんとふたりで作ったという自慢の看板は堂々としていてかっこいい。店の脇にある小さな看板の「ラーメン」の文字も松井さんが書いたものだと思われる。「ラーメン白樺」はご夫婦で切り盛りされている老舗で、味噌ラーメンがすごく美味しかった。

それから半年が過ぎ、私は松井さんの四十九日に工房にお邪魔し、お線香を上げた。奥様にご挨拶して去ろうとすると、松井さんの作業場に目がいった。作業場にあった松井さんのさまざまな道具類は片隅にまとめられ、高く積み上げられていた。私の視線に気づいた奥さんが「道具もたっくさんあったんやけど、もう私もわからんので、こうして片づけてもうてね」とおっしゃった。

松井さんが娘さんと手がけた自慢の看板

この「ラーメン」も松井さんの手によるものだと思われる

松井さんの頭の中にあった膨大な知識や、体が、手先が憶えていた技術は消えてしまったのだ。松井さんの言葉をこうして書き残したけど、ここに書いたことなんて、本当に、取るに足らない、小さな小さな欠片でしかない。

誰かが私に何かを話して聞かせてくれたことのありがたさと、私がそれをどれだけ聞こうとしてもひとりの人の内面には遠く及ばないという寂しさ。その両方の重みに足元をふらつかせながら私は外へ出た。そして辺りをしばらく歩き、「ラーメン白樺」の看板を少し見上げてからドアを開けた。

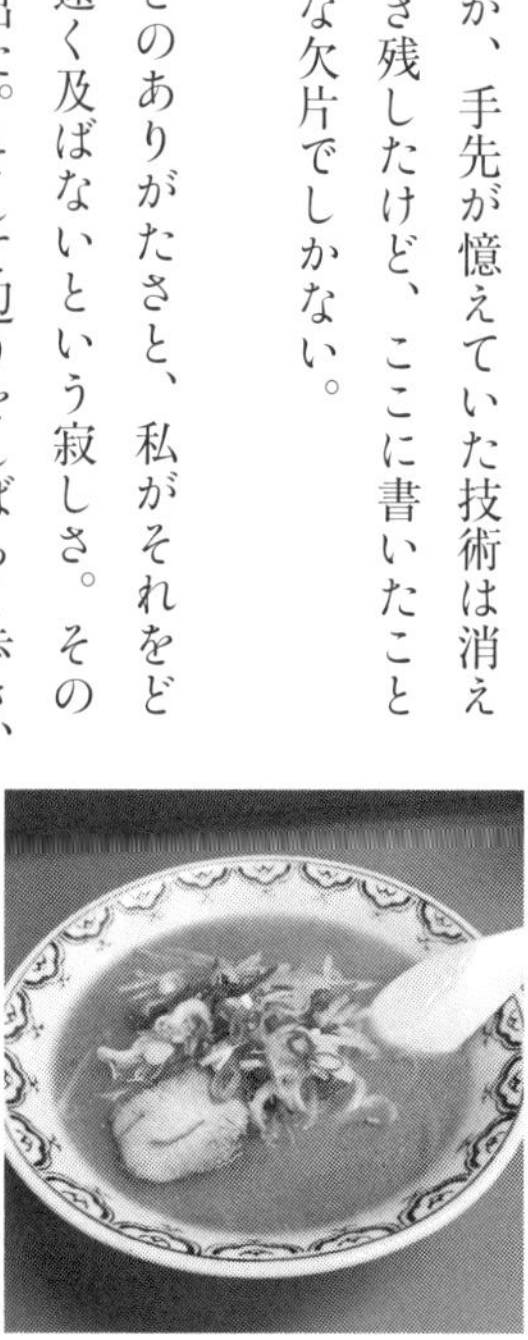

「ラーメン白樺」の味噌ラーメン、美味しかった

松井さんと最後にお会いしたときの写真。本当にありがたい時間だった

あとがき

先日、千鳥温泉のオーナー・桂秀明さんから連絡があった。「松井頼男さんが残した仕事道具を引き取りに行くので、よかったらその様子を見てみませんか」というお誘いだった。久々に松井さんの工房を訪れると、大阪市に拠点を置く「JAM」という印刷会社で働く方々が来ていて、かつて作業スペースとして使われていた場所に積み上げられた様々なものの中から、引き取れそうな道具類をピックアップしているところだった。

「使えそうなものもたくさんありますし、うちの業務に活用できるわけではないけど、個人的に持ち帰りたいというものもあります。味わいがある道具ばかりですね」と、段ボール数箱にぎっしり詰まった品々を眺めながら印刷会社の方はおっしゃっていた。「松井さんの作業の仕方は独特です。すごいと思います。特にこの電球で版を焼くのなんか、見たことないやり方ですよ」とも言っていた。

帰り際、桂さんから一冊の本を手渡された。「これ、松井さんが字を書くときの見本にしていた本。引き取らせていただいたんで、よかったらナオさんにと思って」と言う。作業現場を取材させていただいたとき、松井さんが手にしていたものだ。「書き順を書いてくれてるから、気に入ってんねん」と言いながら、松井さんがめくっていたものである。

野ばら社という出版社の『書道三体事典』という本で、奥付を見ると昭和42年、1967年に出版されたものだとわかる。何度も何度も手にしていたからだろう、900ページ以上の分厚い本の背はいくつにも割れ、それをその都度ガムテープで強引に補修したらしき跡がある。そしてそのガムテープもとっくに粘着力を失い、今にもバラバラになりそうだった。

家に帰って自分なりに補強した上で、改めてその本を手に取ってみた。ページをめくると、さまざまな漢字が、書き順も示した上で並んでいる。紙はすっかり黄ばんでいて、くしゃくしゃになって千切れかけているページもある。そんなボロボロの本を手に持って眺めていると、今私がしているのと同じような動作で松井さんもこのページを繰り返しめくっていたんだということを、指先の感触を通じて強く実感した。本のページのめくり方なんて誰だってだいたい同じなんだから考えてみれば当たり前のことだが、いなくなってしまった松井さんとまだ生きている私の時間とがほんの一瞬だけ交差したような気がして嬉しくなった。私の部屋にまたひとつ宝物が増えた。

本書にしても、前編にあたる『深夜高速バスに100回ぐらい乗ってわかったこと』にしてもそうだが、知らない場所を訪れて誰かの話を聞かせていただくとき、親しい友人と一緒に些細なことで笑い合うとき、出会った人々から分け与えてもらった時間を私は本当に大切にできているだろうか、と思う。いつも軽く受け流してしまっているだけなのではないか、と大抵の場合、後悔の念を抱く。まあ、「後悔の念」などと言いつつ、結局はいつもそれを忘れてまたのん気に出かけていくわけだが……。

いつだったか、私の父に「お前はちょっと、人に優しくしてもらいすぎじゃないか。ズルいっていうか、得だよな」と言われたことがある。両親の出身地である山形の親戚たちが私は好きで、その親戚たちにいつもよくしてもらっていることについて父がそう言ったのだったが、親戚だけでなく、私は出会う人々にいつも甘えてきたと思う。頼りない私を見かねてか、多くの人が手を差し伸べてくださった。そういうことの集積が本書のような形となって、それをさも自分の手柄のようにしているのだから本当にズルい。本書は私が出会った人々の優しさによって成り立っているものであるということを、改めて記しておきたい。

いつも段取りの悪い私の取材を受けてくださった方々、突然の訪問を許してくださった場所、私の気まぐれに辛抱強くつき合ってくれる友人たち、文章を書く場所を与えてくれるメディアの方々、本を出そうと声をかけてくださったスタンド・ブックスの皆様に特に感謝したい。

この文章を書いている今は、新型コロナウイルスの国内の感染者数がようやく落ち着きを見せている時期であり、もうそろそろ気ままな旅に出てもいいのではないかとぼんやり計画しはじめている。ウイルスによって失ったものは大きかったが、家の近所を散歩することの楽しみに気づいたり、身近なものをしっかり見ていくことの大切さを知る機会にもなった。コロナ禍に学んだものの見方を忘れず、またあちこちへ出かけたい。知らない場所で知らない人に会って、それをまた自分なりの言葉に変えていきたい。そうしていくことでしか、自分は世界に対して御礼を返すことができないのだと思う。

２０２１年10月　スズキナオ

初出

海を見に行くだけの午後　『QJWeb クイック・ジャパンウェブ』qjweb.jp ２０２０年３月１日
気軽に焚き火を楽しんでみる　『QJWeb クイック・ジャパンウェブ』qjweb.jp ２０２０年４月５日
友達の生い立ちから今までについてじっくり聞く　『QJWeb クイック・ジャパンウェブ』qjweb.jp ２０２０年５月３日
行ったことのない近所の喫茶店でコーヒーを飲む　『QJWeb クイック・ジャパンウェブ』qjweb.jp ２０２０年７月５日
近所の食堂で静かに昼ごはんを食べる　『QJWeb クイック・ジャパンウェブ』qjweb.jp ２０２０年８月９日
近所の中華料理店で贅沢してみる　『QJWeb クイック・ジャパンウェブ』qjweb.jp ２０２０年９月13日
いつもの自分じゃないほうを選ぶ　『QJWeb クイック・ジャパンウェブ』qjweb.jp ２０２０年10月４日
さっきまでいた場所を高いところから眺めてみる　『QJWeb クイック・ジャパンウェブ』qjweb.jp ２０２１年２月28日
憧れの〝寿司折〟を求めて散歩する　『QJWeb クイック・ジャパンウェブ』qjweb.jp ２０２１年４月４日

行くことができない山形に行った気分を味わう　『QJWeb クイック・ジャパンウェブ』qjweb.jp ２０２０年６月７日
山で汲んできた美味しい水で焼酎を割る　『QJWeb クイック・ジャパンウェブ』qjweb.jp ２０２０年11月７日
高尾山の山頂辺りで気楽にハシゴする　『文春オンライン』bunshun.jp ２０２０年12月30日
神戸・高取山は山茶屋の天国だった　書き下ろし
「ちょっとそこまで」の気分で海を渡る　『QJWeb クイック・ジャパンウェブ』qjweb.jp ２０２１年１月３日
せっかくＵＳＪに行ったのに中に入れなかった人のために　『デイリーポータルＺ』dailyportalz.jp ２０１７年４月24日

モリで突いて捕った魚をイカダの上で食べる「たきや漁」が夢のよう　『メシ通』hotpepper.jp/mesitsu/２０１８年8月8日
熊本のセルフビルド温泉「湯の屋台村」は料理もうまいし温泉水もうまい　『メシ通』hotpepper.jp/mesitsu/２０１９年2月13日
一軒の民宿を営むご夫婦だけが暮らす島――三重県志摩市横山へ　『デイリーポータルZ』dailyportalz.jp ２０２０年3月26日

優しい味ってどんな味？　『デイリーポータルZ』dailyportalz.jp ２０１９年8月8日
ガチャガチャマシーンからつまみが出てくる飲み会を開催してみた　『デイリーポータルZ』dailyportalz.jp ２０１９年10月6日
家の中のお気に入りポイント「俺んち絶景」を見せ合ってみる　『デイリーポータルZ』dailyportalz.jp ２０２０年5月17日
私たちの7月20日――なんでもない日の夕飯の記録　『デイリーポータルZ』dailyportalz.jp ２０２０年6月5日

床に砂！　１００年前の校舎で食べるジンギスカンの源流店　『メシ通』hotpepper.jp/mesitsu/２０１９年4月15日
思わず通り過ぎてしまいそうな店ふくや串かつ店で1本70円の串かつを食べる　『メシ通』hotpepper.jp/mesitsu/２０１９年9月24日
本当に美味しいホッピーを大阪で飲む　『メシ通』hotpepper.jp/mesitsu/２０２０年1月10日
「家みたいな店」の店主にたっぷりと話を聞いた　『デイリーポータルZ』dailyportalz.jp ２０２０年2月24日
90歳、いや89歳の字書き職人・松井頼男さんと最後に会ったときのこと　書き下ろし

※本書収録にあたり、一部、改題・改稿しています。

スズキナオ　1979年東京生まれ、大阪在住のフリーライター。WEBサイト『デイリーポータルZ』、『集英社新書プラス』、月刊誌『小説新潮』などを中心に執筆中。著書に『深夜高速バスに100回ぐらい乗ってわかったこと』（スタンド・ブックス）、『酒ともやしと横になる私』（シカク出版）、『関西酒場のろのろ日記』（ele-king books）、パリッコとの共著に『酒の穴』（シカク出版）、『椅子さえあればどこでも酒場 チェアリング入門』（ele-king books）、『〝よむ〟お酒』（イースト・プレス）、『のみタイム 1杯目 家飲みを楽しむ100のアイデア』（スタンド・ブックス）がある。

スズキナオ

遅く起きた日曜日にいつもの自分じゃないほうを選ぶ

二〇二一年十二月二十二日　初版発行

編集発行者　森山裕之
発行所　株式会社スタンド・ブックス
〒一七七-〇〇四一　東京都練馬区石神井町七丁目二十四番十七号
TEL 〇三-六九一三-二六八九　FAX 〇三-六九一三-二六九〇
stand-books.com
印刷・製本　中央精版印刷株式会社

©Nao Suzuki / Recruit Co., Ltd. 2021 Printed in Japan
978-4-909048-12-7 C0095

落丁・乱丁本はお取替えいたします。定価はカバーに表示してあります。本書の無断複写・複製・転載を禁じます。

本書について、また今後の出版について、ご意見・ご要望をお寄せください。ご投稿いただいた感想は、宣伝・広告の目的で使用させていただくことがあります。あらかじめご了承ください。info@stand-books.com

スズキナオ（著）

『深夜高速バスに100回ぐらい乗ってわかったこと』2019年11月発売

ISBN978-4-909048-06-6 C0095　四六変型判　定価：本体1,720円（税別）

若手飲酒シーンの大本命、「チェアリング」開祖、ウェブメディア界の真打ち、スズキナオ、待望の初単著。人、酒、店、旅……、現代日本に浮かび上がる疑問を調査し、記録する、ザ・ベスト・オブ・スズキナオ！　岸政彦（社会学者）、林雄司（「デイリーポータルZ」編集長）推薦!!　なんでもない日々を少しぐらいは楽しいものにするための実用書。

パリッコ／スズキナオ（編著）

『のみタイム　1杯目　家飲みを楽しむ100のアイデア』2020年8月発売

ISBN978-4-909048-09-7 C0095　A5変型判　定価：本体1,500円（税別）

どんな状況でも、楽しい酒の飲み方はあるはず。若手飲酒シーンを牽引する人気ライターのパリッコとスズキナオが編集、執筆を務める飲酒と生活の本『のみタイム』。日常を楽しくする、使えるアイデアが満載！　ラズウェル細木、夢眠ねむ、清野とおる、今野亜美、平民金子、香山哲、イーピャオ、METEOR他、豪華執筆陣！

パリッコ（著）

『酒場っ子』2018年5月発売

ISBN978-4-909048-03-5 C0095　四六変型判　定価：本体1,500円（税別）

若手飲酒シーンの旗手・パリッコ初の酒場エッセイ集!!　すべての呑兵衛たちへ。今夜のお酒のおともに、あるいは休肝日のおともに。いま最も信頼のおける書き手である酒場ライター・パリッコによる、これまでの酒場歩きの総決算となるエッセイ集。右肩下がり時代のまったく新しいリアルな飲み歩き。どこでも楽しく飲むには。

パリッコ（著）

『ノスタルジーはスーパーマーケットの2階にある』2021年7月発売

ISBN978-4-909048-11-0 C0095　四六変型判　定価：本体1,700円（税別）

毎夜、酒場の暖簾をくぐる。そんな酒場ライター・パリッコの生活がコロナ禍で一変。酒場の代わりに通う場所は、近所の「スーパーマーケット」。日常にひそむ胸騒ぎも、胸を締めつけるノスタルジーも、すべてがここにあった。どんな状況でも私たちの生活はこんなにも楽しい。「やってみなければわからないことをやってみた」エッセイ集。